文庫

感染遊戯

誉田哲也

KOBUNSHA

光 文 社

目次

感染遊戯／インフェクションゲイム

別れた女房からの電話。用向きはいつもと同じ、金の無心《むしん》だ。

『ほんと安かったのよ。大した車じゃないの』

涼しげな声が逆に腹立たしい。こっちは炎天下、汗を拭《ふ》き拭き外回りをこなしているというのに。

「ちょっと待て。車ったってお前、この前修理したばかりのはどうした」

『ああ、廃車にしたわ。あれ、もうけっこう古かったじゃない』

ちょうど半年前。一人娘の未希《みき》を予備校に通わせたいから養育費を増額してくれ、とこの女はいった。そのとき勝俣《かつまた》は要求通り三万五千円、毎月上乗せすることを約束した。だが、予備校にいったらいったで今度は帰りが遅くて心配だから、最新型の、ナントカ機能付きの携帯電話を買ってやりたいと言い出した。その次は、マンションが老朽化してきたので引っ越したい。引っ越した直後には、車をマンションの門柱にこすってしまったので修理をしたい。車と門柱の両方。それが先月末の話。

なのに、なぜ今日このタイミングで、中古車を買ったから金を出せとなるのだ。

「オイ、だったらなんのために前のを修理したんだこのクソ馬鹿野郎。ちったぁテメェで稼ぎやがれ。くだらねェことばっかいってっと絞め殺すぞ。二度と電話してくんな。このメスブタがッ」

元女房は電話の向こうで何やら喚《わめ》いていたが、かまわず終了ボタンを押した。どう切り上げたところで、結局あの女は請求書を送ってよこすのだ。上手《うま》い落とし処《どころ》を探ろうとするだけ時間の無駄だ。

携帯電話を、汗ばんだズボンのポケットに入れる。

「……メスブタ、って」

コンビを組んで四日になる、東京湾岸署のデカ長（巡査部長刑事）が歩きながら呟《つぶや》く。

「おい若造。他人の電話に聞き耳立てんじゃねえよ」

「無茶いわないでください。それだけ大声で喋《しゃべ》ってたら、聞きたくなくたって聞こえますよ。それに、絞め殺すって……何があったかは知りませんが、少なくとも、サツカンが路上で口にすべき言葉ではないでしょう」

いま歩いているのは、有明《ありあけ》テニスの森に隣接する超高級高層マンションの前だ。平日の午後三時。周囲に通行人がいないことくらい、むろん勝俣も確かめてから喋っている。

「黙れチン毛頭《げあたま》。こっちは謂《いわ》れのねえ支出を無条件で被《こうむ》るんだ。捨《す》て台詞《ぜりふ》の一つや二つ好きに吐いて何が悪い」

「その、チン毛頭ってのもやめてください。失礼でしょう。全国の癖毛《くせげ》持ちを敵に回しますよ」

「おう。いつでも相手になってやる。いっそ、ハゲもデブもカツラもワキガも、まとめてかかってきやがれ。一網打尽《いちもうだじん》にしてくれるわ。ちなみに俺は脂足《あぶらあし》だ」

そして水虫持ちだ。


受け持ちの聞き込みは適当なところで切り上げた。世田谷《せたがや》署までいって、個人的に確かめておきたいことがあったからだ。チン毛頭は途中で追い払った。小遣いを握らせ、個室ビデオでも見てこいといっておいたが、本当にそうするかどうかは分からない。

世田谷署に着いたのは、午後六時を少し回った頃だった。

エレベーターを五階で降り、埃《ほこり》っぽい廊下を進む。突き当たり、開けっ放しのドア脇に「三軒茶屋《さんげんぢゃや》会社役員刺殺事件特別捜査本部」と書いた紙が貼《は》ってある会議室に入る。

「おう、邪魔《じゃま》するぞ」

まだ時間が早いせいか、室内は閑散《かんさん》としていた。が、目的の女主任が戻っていることはひと目で分かった。

向こうもすぐこっちに気づいた。真っ赤に塗られた唇が何事か呟く。

「……ガンテツ」

ほう。先輩警部補を渾名《あだな》で呼び捨てとはいい度胸だ。喧嘩《けんか》を売っているとしか思えない。

「よう姫川《ひめかわ》。またお前の大好きな、暑い夏がやってきたなぁ」

この女は十七の夏に、ちょっとした暴行被害に遭《あ》っている。まあ、そんなことは今どうでもいいか。

「なんのご用ですか。ここの人手は充分に足りてますが」

「オメェな、少しは口の利き方に気をつけろっていってんだよ。もうとうに三十過ぎてんだろ？　いつまでもピーピーキーキー、生娘《きむすめ》みてぇに喚いてんじゃねえよ……それより、おたくの係長はどうした」

「まだ、本部から戻ってきてませんが」

それは好都合だ。

「じゃあ仕方ねえ。ネエちゃんのでいいから資料を見せろ」

「ハァ？　なんでですか」

「うるせえ。いいから黙って見せろ。オメェの汚《きたね》えパンツでもしょぼいオッパイでもねえぞ。このヤマの、捜査資料を、この俺に、見せろ」

閑散としているとはいえ、それでも周りには五、六人の男性捜査員がいる。これ以上抵抗してもいいことはないと判断したのだろう。姫川は隣の席に置いてあったバッグをあさり始めた。くちゃくちゃっとした緑色の革の、高いんだか安いんだかよく分からない、大きめのバッグだ。

そこから、これまたブランド物だかなんだか知らないが、やけに立派な革表紙のファイルを取り出す。

「全部は駄目ですからね。最初のところだけですからね」

「先っぽだけよ、ってか……相変わらずケチ臭《くせ》え女だなオメェは。いいから開け。おっぴろげて、さっさと見せろって」

姫川は溜め息をつき、頭を振りながら表紙を開いた。

一枚めくると、被害男性の顔写真、もう一枚めくると、鑑識が撮影した現場写真が出てきた。つぶさに観察する。

やはり。すべて思った通りだ。

「……十五年、か。よく逃げ回ったと、褒《ほ》めてやるべきか」

すぐさま姫川が、喰いつかんばかりの目でこっちを見る。まあ、わざと餌《えさ》を撒《ま》いたのだから、デカなら喰いついてきて当然だが。

「十五年って、どういうことですか」

「どうもこうも、十五年ってのは、五年の三倍だよ」

上手く整えた眉と眉《まゆ》の間に、深い皺《しわ》が刻まれる。

「あるいは三年の五倍で九年より六年長いのは私も知ってますけど、そういうことではなくて、このマル害（被害者）の過去十五年に関する何かを、勝俣主任はご存じなのですか、とお訊《き》きしているんです私は」

そうだ。質問とは、そういうふうにするものだ。

「ああ……知ってるよ。ついでにいやぁ、ホシが誰かは知らないが、動機なら、おおよその見当はつく」

途端姫川は、やけに必死な目つきで「教えてください」と身を乗り出してきた。

いいだろう。たまにはこんな小娘に、恩を売っておくのも悪くはない。

十五年前といえば、まだ勝俣が刑事部から公安部に転出する前の話だ。

その殺人事件は、同じ世田谷区内ではあるが成城《せいじょう》署の管轄で起こった。発生は十五年前の六月二十四日木曜日。勝俣が成城署内に設置された特捜本部に参加したのは、その翌朝からだった。

「こりゃひでぇな……色男が台無しだ」

被害者氏名、長塚淳《ながつかじゅん》。二十五歳。生前の写真ではそこそこの美男子に見えるが、現場写真の方はひどいものである。胸や腹、背中などを九ヶ所刺されて血塗《ちまみ》れ。しかも揉《も》み合っているうちに当たったのか、額から右目にかけても大きな切り傷がある。そのうえ仰向《あおむ》けで死んでいるものだから、口も目も半開きという実にだらしない表情になっている。

写真と共に受け取った資料を見ると、マル害は東大卒。現在は大手製薬会社「濱中《はまなか》薬品」の社員で、環境保全部に所属。未婚。家族は父親である長塚利一《としかず》ただ一人。家事は週に二回きてくれる家政婦任せだが、幸か不幸か犯行当夜は早めに引き揚げており、事件には遭遇しなかったようである。

「それでは、会議を始める」

司会は殺人班四係長、橋爪《はしづめ》警部。

「気をつけェ」

号令は勝俣がかけた。四十人ほどの捜査員が一斉に立ち上がる。

「敬礼……休め」

まず最初に、特捜本部デスクから事案の説明があった。

マル害は昨夜十時半頃、世田谷区南烏山《みなみからすやま》二丁目十七-△の自宅に帰り、だがまもなく犯人に呼び出され、自宅玄関前で刺殺された。

なぜ事件翌朝のこの段階で「まもなく」まで分かっているのか、と勝俣が訊くと、マル害の着衣がスーツのままなのに対し、下足《げそく》がサンダルだったことからそのように判断した、と返ってきた。書類鞄《かばん》もリビングのソファ脇に置いてあったという。つまりマル害は、会社から帰ってきていったん家に入り、だが着替えるまもなく呼び出され、サンダル履《ば》きで外に出たところ、いきなり何者かに襲われ殺害された、という筋読みなわけだ。

「死因は多量の出血による失血死。凶器は、刃渡り十七センチ前後の、文化包丁状の刃物。マル害は、表から見ると左開きの玄関ドアから半身を出し、その状態でまず、後ろから刺されたものと見られている。そのまま外に倒れ、続けざまに刺され、事切れたのだろう。マル害は発見時、閉まったドアに身を寄せるようにして倒れていた。……第一発見者は、十一時十分頃に帰宅したマル害の実父、長塚利一、六十二歳。『労災施設事業団』という、特殊法人の理事だそうだ。長塚利一に確認してもらったところ、住居には荒らされた様子も、変わったところもないということだった。また知っての通り、昨夜は午前三時くらいまで大粒の雨が降っていた。そのため現場周辺から足痕《そっこん》、指紋は、今の段階では採取できていない」

もう一つ疑問が湧いたので手を挙げる。

「その……家に入ったマル害を呼び出したってこたぁ、呼《よ》び鈴《りん》かなんかに、指紋は残ってなかったんですかね」

橋爪は中腰になって資料をめくり、眼鏡《めがね》の角度を調節して眉をひそめた。

「そういう報告は……ない」

ということは、ホシは手袋か何かをしていたわけか。すると計画的犯行か。住居内が荒らされていないということは、動機は怨恨《えんこん》か。


勝俣は成城署刑事課のデカ長と、勤め先での敷鑑《しきかん》（被害者の関係者に対する聞き込み）を担当することになった。こういった殺人事件の場合、特に現場を見ておくことが最も重要なのだが、致し方ない。それは後日、暇を見つけて個人的に、ということにしておこう。

濱中薬品環境保全部では主に、マル害の評判について訊いた。

まずは入社年度が二期早い、先輩男性社員の話。

「うちの部は、自社工場が周辺の環境に悪影響を及ぼしていないかとか、新しく工場を建てる候補地を視察したりとか……まあ、新しい工場というと最近は海外が多いので、長塚にはその、海外の調査部門を主に担当してもらっていました。といっても、本社と現地スタッフのパイプ役みたいなもので、彼自身が海外にいくことはなかったんですが」

要するに国際通話専門の電話番か。どうも、自宅前で滅多刺《めったざ》しに遭うほどの恨《うら》みを買う仕事ではなさそうだが。

「交友関係はどうでした。同僚とは、よく飲みにいくタイプでしたか」

「ええ。食べながら軽く一杯、はしょっちゅうでした。ほとんど毎晩だったんじゃないでしょうか……彼のところは、お母さんが亡くなっていて、家政婦さんも週末と、平日何曜日かの二回だっていってましたし。家に帰って食べるのは、その、家政婦さんがきてくれる夜だけだ、みたいに……聞いた記憶はあります」

そんな飲み仲間を何人か挙げてもらい、その連中からも話を聞いた。興味深いネタを披露してくれたのは、入社以来の付き合いだという同じ課の男性だ。自ら親しい付き合いだったというだけあって、落胆の度合いは他の誰よりも激しい。

「……あいつ、一回だけ、俺たちと飲んでるところに、カノジョを、連れてきたことが、ありました……今年の、まだ寒い頃だったから、カノジョは、まだ就職前だったはずです……最近は、カノジョも遅くまで仕事があるから、ウィークデーは、あんまり電話もできない、なんて……ボヤいてました」

就職したばかりということは、恋人は二十二歳くらいだろうか。短大卒なら二十歳か。

「ってことは、学生時代からの付き合い、だったわけかい」

　ええ、と彼は頷《うなず》いた。ということは、同じ東大卒と考えていいのか。ならば、浪人や留年をしていなければ二十二歳。マル害が二十五歳。年はいい具合に釣り合いがとれている。

　訊くと名前はケイコ。漢字や名字は分からないという。まあ、その辺は学生時代の友人を当たっている連中が調べてくるだろう。あるいは親公認の間柄なら、利一が知っているかもしれない。

　ちょっと、意地悪な質問を思いついた。

「長塚さん、最近そのケイコさんと上手くいってない、みたいな話、してませんでしたか」

　いいえ、と彼はかぶりを振った。

「そうです、か……」

　表向きは上手くいっていた恋人関係。しかし内情がそうとは限らない。女による怨恨の線は、まだ捨てずに握っておくべきだろう。

　ちなみに司法解剖を担当した医師は、特に女性には不可能、というほどの力強い刺し方ではない、という微妙な鑑定結果を報告してきている。

三、四日すると、マル害の恋人に関する情報もかなり集まった。森尾敬子《もりおけいこ》。やはりマル害と同じ東大卒で、二十二歳。現在は大手出版社に勤務。写真で見る限り、まあまあの美人といったところだ。

また勝俣自身も、濱中薬品の女性社員からちょっと面白《おもしろ》い情報を入手していた。マル害は五月の連休中に、他の課の女性と二人で映画を観《み》にいっていた――。

すわ痴情《ちじょう》のもつれによる犯行か、と一時は特捜本部も色めきたったが、その線はすぐに消えてしまった。件《くだん》の女性は犯行当夜、出張で大阪にいたことが分かり、犯行時刻はまだ大阪支社にて会議中だったことが確認できたからだ。

また森尾敬子の方も、すぐにシロ判定が出てしまった。

彼女も犯行当夜は、会社で校了作業の真っ最中だった。これについては複数の同僚社員から証言を得ているし、受付に仕掛けられた監視カメラも、夜の十二時過ぎに退社する森尾敬子の姿を鮮明に捉《とら》えているので、間違いないものと思われる。

捜査開始から、早くも一週間が経《た》っていた。ほとんど進展が見られない状況に、勝俣も少なからず苛立《いらだ》ちを覚えていた。

「女絡《がら》みじゃねえのかな」

「そう、ですねぇ」

特捜本部入りした捜査員は夜の会議終了後も居残り、署が用意した弁当やつまみで一杯やるのが普通である。勝俣も例外ではなく、この一週間は家にも帰らず、夜中過ぎまで捜査員と飲んでは、ああだこうだと事件について話し合う日々を過ごしていた。

そういえば一度だけ女房から電話があり、伯父《おじ》さんが亡くなったから葬儀に出てくれと頼まれた。無理だと断ると理由を訊くので、「俺がいっても生き返るわけじゃあるめぇ」といってやった。人でなしと罵《のの し》られたが、その通りだと返して切った。

思い出したら急に酒が不味《まず》くなった。何かもっと美味《うま》いつまみはないのか。

そう思って辺りを見回すと、なんだろう。上座《かみざ》左手に置かれたテレビの前に捜査員が集まっている。時間からすると、おそらくニュース番組だ。この事件について何か流れているのだろうか。

勝俣も、ビールのグラスを持ってそっちにいった。

見てみると案の定、流れているのは長塚淳の葬儀の模様だった。

場所は世田谷区内の葬儀場。参列者の中には森尾敬子の姿もあった。まあまあの美人だし、派手に泣いているからテレビ的にもオイシい画《え》なのだろう。誰かがチャンネルを替えたら、そっちでも敬子の泣き姿が見られた。

事件の説明がひと通り終わると、レポーターは参列者にマイクを向け始めた。さすがに顔は映さなかったが、明らかに敬子と分かる女性もコメントしていた。

《……すごく、誠実で……学生時代から、リーダーシップもあって……どうして、彼がこんなことになったのか……》

誠実だろうがリーダーだろうが、殺されるときは殺されるんだ、と思ったが、敬子がちょっと美人であることを思い出し、その言葉は呑み込んだ。

美人はいい。それで若けりゃ、なおさらいい。

捜査開始八日目。

夕方、少し早めに戻って報告書の下書きをしていると、本部デスクにどこからか電話がかかってきた。

なんだろうと見ていると、応対した橋爪がそうかそうかと、嬉《うれ》しそうに何度も頷いている。何かいい報《しら》せでもきたのだろうか。

席を立ってデスクに向かう。

橋爪も、受話器を置くなりこっちを向いた。

「科捜研だ。マル害の着衣から、指紋が出たそうだ。まず、ホシのものと見て間違いないだろう」

「ハァ？」

分かりやすく眉を段違いにしてみせたのだが、橋爪がこっちの疑念を察するふうはなかった。得意満面な様子は微塵《みじん》も揺るがない。

どうやら、いわないと分からないらしい。

「……なんで今頃、指紋が出るんだよ」

よくないとは思いつつも、どうもこいつを相手にすると敬語を略しがちになる。

「ん？　ああ、それは……マル害の着衣を丁寧《ていねい》に乾かして、何通りか採取方法を試していたからだろう。ボタンとかベルトとか、そういうところから出たらしいから」

「だからってよ……」

真実はおそらく違う。本当は、ただ後回しにされていただけなのだと勝俣は思う。橋爪は、キャリア上司に取り入るのが上手い分、叩《たた》き上げの連中からは白い目で見られることが多い。だからこういうとき、横に対する睨《にら》みも押しも利かない。上司に持つと、下が割りを喰う典型的なタイプだ。

しかし、それを今いっても始まらない。

「ちなみに前科はなし。大きさから、おそらく男性だろうということだ」

さて、こうなったらどうするべきか。関係者から指紋を採取して照合するか。その場合、関係者の範囲はどう設定すべきか。

そんなことを議論していたら、地取り《じど》り（現場周辺の聞き込み）に回っている同じ係の市《いち》村《むら》というデカ長が、勢い込んで会議室に入ってきた。

「係長ッ、も、目撃情報が……出ましたッ」

なんと。出るときはこうも続けて出るものか。

周りからも捜査員が集まってくる。

市村は息を整えながら手帳を開き、報告を始めた。

「犯行当夜、十時、ちょっと前に……現場周辺を、小柄な……身長、百六十センチくらいの、痩《や》せ型の、年配の男性が、うろついているのを見たと、近所のマンションに住む、学生が……証言しました。門のところで、中を覗《のぞ》こうともしていたようです」

「年配ってのは、どれくらいだ」

「五十代、から……七十代」

まあ学生の感覚からしたら、よほどのヨボヨボでない限り、五十歳から先はほとんど一緒なのだろう。

橋爪も顔をしかめる。

「……人着《にんちゃく》（人相着衣）は」

「黒い、コウモリ傘を差して、黒い、ウインドブレーカーのような、ナイロン地の上着を、こう、襟元《えりもと》までチャックを閉めて、フードもかぶって……この雨の、しかも蒸し暑いのにジョギングかな、でもそれにしちゃ、傘って変だよな……と、思ったそうです」

「顔は」

「はい。その学生が現場前を通ったところ、さっと傘を上げて、目が合って……そのとき、見たそうです。学生の顔を確認するような、そんな仕草だったそうです」

「似顔絵、作れるくらい覚えてるのか」

「今ならまだ覚えてる、みたいにはいってました」

よし、と橋爪が机を叩く。

勝俣は、人知れず舌打ちをした。

やはり。強引にでも現場周辺を担当しておくべきだったか。

早速翌日の午前中、その学生を呼んで似顔絵を作成した。

「もうちょっと、目は細かった……かな」

「こんな感じ？」

「いや、そんなに鋭い感じじゃなくて」

「細いけど、鋭くない……じゃあ、ちょっと垂れた感じですか」

「そう、っすね。……うん、そんな感じです」

できあがったのは、なんというか、しょぼくれた猿のような顔だった。頭髪はフードで分からなかったというので、本部鑑識課の似顔絵師が適当に、オールバックと禿《は》げ頭と二種類描いて仕上げた。

だが困ったことに、捜査員の誰もが、そのしょぼい猿の絵を見てはかぶりを振る。誰一人、そんな顔の関係者には心当たりがないという。

九日目からは捜査員全員がその似顔絵のコピーを持ち、これまでに当たった人物に再度確認をして回った。年の頃が近いマル害の父親、長塚利一にも訊いたが、まったく心当たりはないらしかった。

むろん、濱中薬品の社員には勝俣が確かめた。社内は当然として、各地の工場、取引先、ライバル会社、退社した人間、誰でもいいから似た人物はいないか。そんなに珍しい顔ではない。勘違いでもかまわない。名前を挙げたところで即逮捕するわけではない。何々さんかな、程度でもいい。ほんの部分的にでも似ている人物がいたら教えてほしい——。

だいぶ下手《したて》に出て訊いたつもりなのだが、不思議なくらい反応はなかった。あまりの手応《て》《ごた》えのなさに、事件とは無関係なのでは、という疑念すら湧いてきた。

いや。これしきのことでいちいちネタを捨てていては、事件解決など到底望めない。こういうときは、いったん頭をリセットする必要がある。

勝俣は濱中薬品から出たところで、自分は現場に寄ってから帰ると相方《あいかた》のデカ長に告げた。彼は「お供します」と小さく頭を下げた。


長塚邸は、造りは古いがなかなか立派な構えの屋敷だった。手前の道から見上げると家政婦がきているのか、二階の窓がすべて開いている。

勝俣は相方に「入ろう」と顎《あご》で示した。不審に思って家政婦が出てきたら、それはそれでよし。出てこなければ、別にそれでもよし。

小振りな門を通って敷地に入る。目の前には小さな池。敷石のアプローチは右手の玄関にいざなうように続いている。道とを隔てるブロック塀の内側にはびっしりと木が植えられている。背は一メートル半ほど。葉はツツジに似ているが、詳しくは分からない。

犯行現場となった玄関前まできた。マル害、長塚淳はこの場所、一段上がった玄関ポーチ部分に、右肩を下にして倒れていた。上下はグレーのスーツ。ワイシャツは血で真っ赤に染まっていた。サンダルは左が脱げ、一メートルほどポーチから出たところに転がっていた。右はかろうじてつま先に引っかかっていた。

呼び鈴はドアの左側にある。ただ「ブビー」と鳴るだけの、もっともシンプルなタイプだ。

と、そこまで確かめて一つ、疑問が湧いた。

ホシは、マル害の着衣に指紋を残していた。なのになぜ、呼び鈴からは何も検出できなかったのだろう。逆なら分かる。雨に濡《ぬ》れた着衣からは出なくて、廂《ひさし》の下にある呼び鈴のボタンからは出た、というのなら頷ける。だが逆というのは、どういうことだ。ホシは呼び鈴を押すときだけ、たとえばハンカチなどで指紋がつくのを防ぎ、そのあとは素手で犯行に及んだのか。馬鹿な。そんなことはないだろう。いくらなんでも考えがチグハグ過ぎる。一貫性がない。

「主任……」

相方に指を差されて、初めて気づいた。胸で携帯が鳴っている。どうもいま使っている機種は、呼び出し音が小さくて分かりづらい。

「アア、もしもォーし」

『私だ、橋爪だ。あのな、今し方、こっちにホシが出頭してきてな』

おいおい、フザケるなよ。

急いで成城署に戻り、だが特捜のある五階まではいかず、刑事課のある三階でエレベーターを降りた。ホシが出頭してきたのなら、刑事課の取調室に入れられているはずだからだ。ちなみに捜査機関が犯罪を認知し、指紋まで出ているこの段階になって出頭してきても、それは自首とは認められない。よってそれによる減刑も望めない。せいぜい、反省の色ありとして情状酌量の参考にされる程度だ。

「遅くなりました」

刑事課の戸口を入ると、課長デスクの脇にある小さな応接セットにいる橋爪が振り返った。ここの署長、副署長、刑事課長と、四人で茶を飲んでいたようだ。

「おお、ガンテツ」

何が「おお」だ、この盆暗《ぼんくら》が。

「係長。あんたこんなとこで何やってんの」

「何って、待ってたんだよ。お前を」

「俺なんか待ってねえで、とっとと取調べすりゃいいだろう」

署長に怪訝《けげん》な目で見られたが、かまっている暇はない。

「いやぁ……長塚淳さんを殺したのは私です、っていったきり、名前訊いても何訊いてもだんまりでな。難しそうな爺《じい》さんなんで、こりゃ下手《へた》に触らないで、お前に任せた方がいいと思って、ここの主任をつけて、そこの調室《しらべしつ》に入れといたんだよ」

そういって、適切な判断だろうといわんばかりに胸を張る。もういい。お前には何も期待しない。

「人相は。似顔絵とどうなんだ」

「そっくりだ。ハゲてる方にな」

お前の脳天も相当危ういがな。

「指紋は」

「一致した。あとはお前がゲロさせたら、一件落着だ」

逮捕状を用意しとけと言い置き、勝俣は相方を連れてデカ部屋の隅っこにある調室に向かった。

薄っぺらいドアをノックすると、中から「はい」と驚いたような声が返ってきた。

「一課の勝俣だ」

すぐにドアが開き、三十そこそこの巡査部長が戸口に顔を出した。

「交替だ……調べは俺がやる」

「はい」

入れ替わり、相方と二人で中に入る。

三畳ほどのせまい調室。中央に据えられたスチール机の向こうにいるのは、まさに、あの似顔絵そのものといっても過言ではない猿顔の男だった。

相方はドア脇にあるパイプ椅子《いす》に座らせ、勝俣は男の向かいに陣取った。その間、男は勝俣をちらりと見上げた他は、地蔵のようにじっと動かずにいた。

「……警視庁捜査一課の、勝俣です。これからしばらく、おたくの調べを担当しますんで。そのつもりでいてください」

男の視線はずっと、勝俣のネクタイの辺りで止まっている。

「まず、氏名を、お聞かせ願おうか」

無反応。よく耳を澄まさないと、息をしているのかどうかも分からないほど固まっている。

「……あんたなぁ。長塚淳を殺したって出頭してきても、身元を明かさないんじゃなんにもならないだろう。そもそも……なんであんたみたいなおとっつぁんが、あんな長塚みたいな若造を殺そうと思ったの。下手したらあんた、ぶん殴られて凶器取り上げられて、返り討ちに遭ってたかもしんないんだよ？　そういうこと、ちっとは考えなかったの」

それでも唾《つば》は溜まるのか、小さく喉仏《のどぼとけ》が上下する。

「あれだよな……たまたま通りかかって、殺《や》ったわけじゃないんだよな。犯行時刻の少し前から、あんたは長塚の家の近くにいた……傘を差して、カッパか何かを着て、フードまでかぶって……ってことは、あれだろ。ちゃんと家にいるときから、全部用意してきたってことなんだろう？　カッパも、傘も、凶器も。よっぽど憎かったんだろうな……と、俺なんかは、思うんだけどね」

この年の男が、息子ほども年の違う若者を殺す。たとえばこの男に娘がいて、それが長塚にレイプされたとか。そういう筋の怨恨なら話は分かりやすい。

「あんた……子供、いる？」

反応、ありだった。視線が一瞬、ほんの数ミリだが浮き上がった。

「俺さ、こう見えても……って、どう見えてつかは知らないけど、娘がいるんだよ。去年、生まれてね。四十近くになってできた、初めての子。可哀相《かわいそう》に、俺に似ちまって、ひでぇブスなんだ……まあ、女房に似てても高が知れてたけどな」

また視線が沈んでいく。お気に召さないか、この話題は。それとも、こっちを正視できないくらい響いちまってるのか。

「でも、あれだな……ブスでもなんでも、テメェの子供ってのは、可愛《かわい》いもんだな。考えてみりゃあ、ブルドッグだってブタだって、好《す》き好《この》んで飼う奴《やつ》はいるわけだし。それに比べりゃ、一応は人間の女の子だ。いくらかはマシさ。……ああ可愛いな、って思うことも……いつもじゃねえけど、たまにならあるよ」

自分でいっていて、段々こっ恥《ぱ》ずかしくなってきた。

やめよう。別の話題にしよう。


ああだこうだとネタを振ってはみたが、なかなか手強《てごわ》い爺さんで、一向に話に乗ってくる気配はなかった。そうなると四十八時間なんてのはあっという間まで、いよいよ検察に送致しなければならない期限がきてしまった。

面倒なので、送検の手続きはすべて橋爪にやってもらうことにした。どうせ何も喋ってないのだ。勝俣がやっても誰がやっても同じことだ。それでなくても今回は、自供、指紋、似顔絵と、豪華三点セット付きでの送検になる。十日間の勾留《こうりゅう》は難なく認められるだろう。

そんなわけで時間ができた勝俣は、マル被（被疑者）を送り出してすぐ、自分もタクシーに乗って署を出た。もう一度、長塚邸を見ておこうと思ったのだ。誰にもいわずに出てきたので、相方は今頃署内を捜し回っているかもしれない。

着いてみると、今日は家政婦がこない日なのか、外から見える窓はすべて閉まっていた。カーテンもぴっちりと引かれている。ということは、長塚利一も留守なのだろうか。門の辺りを見回したが、こっちに呼び鈴らしきものはない。なんと不便な造りだろう。

仕方なく、門扉《もんぴ》の上から手を回して留め具をはずし、勝手にお邪魔することにした。あとから家政婦でもきて文句をいわれたら、開いていたとかなんとか、適当に言い訳をすればいい。

また玄関前までいってみる。だが前回と違い、今回はマル被のイメージが勝俣の中に明確にある。犯行の状況を、それなりにシミュレートすることができる。

マル被は大雨の中、長塚邸の様子を、塀の向こうから窺《うかが》っていた。あるいは、門のところから敷地内を覗いていた。しばらくして、長塚淳が帰宅する。おそらく、少し離れたところで待っていたのだろう。あっというまに、中に入られてしまった。

マル被は迷っただろう。あのしょぼくれた爺さんだ。マズい、入られた、こんちくしょう、とすぐ次の行動に移ったとは考えづらい。迷って迷って、だが結局決心して、敷地内に侵入した。門扉を飛び越えた、というのもないはずだ。おそらく、さっき勝俣がやったのと同じ方法で静かに門を開け、マル被は現場の方に進んでいった。

そして、呼び鈴を——。

そう。ここがおかしい。呼び鈴のボタンに、マル被の指紋は残っていなかった。これを押さなかったとしたら、奴は家に入った長塚淳をどうやって再び呼び出したというのだろう。声をかけたのか。まさか。これから殺そうという相手に、出てきてくださいと呼びかける馬鹿はいまい。仮にいるにしても、この事件はその限りではない。なんといっても、現実に呼び鈴はあるのだ。ではやはり、指紋がつかないよう工夫して押し、しかし犯行時はその注意を怠った、ということなのか。

どうも、しっくりこない。

そもそも、仮にマル被がこの呼び鈴を押したにしても、いったん家に入った長塚淳が再び出てくるとは限らない、とは考えなかったのだろうか。どう見てもこれは、二十五歳の男が一人で住む家ではない。それくらいマル被だって分かっていたはずだ。なのに、家族が出てくる可能性は考えなかったのか。

いや、家の照明があらかじめ消えていたなら、留守だと分かるか。それならば、再び出てくるのも淳に違いないと確信できるか。

ちょっと下がって、家屋全体を見回してみる。すると、あることに気づいた。どこの窓の脇にも、雨戸を収納するための戸袋がついている。犯行当夜は大雨――。

と、そこまで考えたときだった。

「……あなた、ど、どなた？」

背後で怯《おび》えたような声がし、振り返ると、丸々と太った中年女が立っていた。話には聞いていたが、生で見るのはこれが初めてになる。間違いない。家政婦の鈴木良江《すずきよしえ》だ。

「これは失敬。警視庁の者です。門が開いていたのでここまでお邪魔してしまいましたが、長塚さんはお留守のようですな」

手帳を見せながらいうと、女は「はあ、刑事さんですか」と、ほっとした様子で胸に手を当てた。一メートルは優に超えるであろう、無駄に豊満なバストに拳《こぶし》が埋まる。

そうだ。ちょうどいい。

「あの……つかぬことを伺《うかが》いますが、事件の夜は、だいぶ雨が降ってましたよね。もしかしてあの夜、あなた、雨戸を閉めたりしました？」

鈴木良江は「ええ」と、事もなげに頷いた。

「注意報も出てましたんで、二階から何から、閉められる雨戸は全部閉めて、淳さんが帰ってこられて真っ暗じゃいけないから、一階の何ヶ所かには電気も点《つ》けて、それで帰りましたが」

そうか。すると、当の長塚淳でさえも、父親や家政婦の不在は、外からでは分からなかったわけか。

「もう一つ。淳さんはあの夜、お父さんの帰りが遅いことや、あなたが早く帰ることは、知っていましたか」

鈴木良江は、さあ、と首を傾《かし》げた。

「旦那《だんな》さまがお帰りになる時間は、いつもまちまちですから、ご存じなかったと思います。私はテレビで、これからますます雨足が強くなるっていってるのを観て、それじゃ早く帰らなくちゃ、と思ったくらいですから、もちろん淳さんは、ご存じありませんでした。まあ、ダイニングのテーブルに、早く帰りますってメモは残しましたけど。ひょっとしたら、帰ってきた瞬間は、私がいると、思われたかもしれないですね」

なるほど。

長塚淳は、父親や家政婦の不在を知らなかった。ということは、外から様子を窺っていただけのマル被も同様、呼び鈴で誰が出てくるかは予測できなかった可能性が高い。

これはちょっと、事件を根本から考え直す必要があるかもしれない。

長塚淳が何者かに恨みを買うような理由は、今のところ何一つ見当たらない。少なくとも特捜本部は把握していない。

だが、こう考えたらどうだろう。

マル被が狙《ねら》ったのは、長塚淳ではなかった。つまり、本当に殺したかったのは、長塚利一。むろん、鈴木良江を狙った可能性もゼロではないだろうが、彼女は長塚邸から一キロほどのところにあるアパートで一人暮らしをしている。彼女を殺したいのなら、アパートで襲った方が成功率は格段に高い。

そう。マル被はなんらかの方法で、長塚利一を呼び出した。が、実際玄関に出てきたのは淳の方だった。その淳を、マル被は誤って殺してしまった――。

勝俣は夕方、特捜に戻ってきた同じ係の岩田《いわた》という警部補を捕まえ、ちょっと顔を貸せと署の外に連れ出した。相変わらず蒸し暑かったが、風が出てきた分、昼間よりはいくらかマシだった。

「なあ。長塚利一に事情聴取をしたのは、お前だったよな」

「ええ。自分ですが……それが何か」

見た目はひょろっこいが、案外芯《しん》は強い。必要とあらば勝俣に喰いつくことも厭《いと》わない。若いがなかなか見どころのあるデカだと、勝俣は密《ひそ》かにこの岩田を高く買っていた。あまり出しゃばった真似《まね》さえしなければ、潰《つぶ》さずにおきたい後輩ではある。

「奴の今現在の勤め先は、なんて法人だったかな」

「ああ……」

内ポケットから手帳を取り出してめくる。

「ええと……労災施設事業団、ですね。病院や、リハビリの施設なんかを運営してる特殊法人ですよ」

「そこの前は」

岩田は、途端に目つきを険《けわ》しくした。

「……なぜ、そんなことを訊くんです」

「興味があるんだよ」

「事件と関係あるんですか」

「馬鹿たれ。関係ねえことを穿《ほじく》って回るほど、今の俺さまは暇じゃねえ」

依然、岩田の目は険しいままだ。

「……答えねえならそれでもいいぜ。だがそうなったら、俺は根こそぎ持ってくから覚悟しろよ。俺には、暗黙の了解なんてものは通用しねえからな」

刑事同士は互いの捜査範囲を荒らしてはならない。だが、それを破ったところで減俸になるわけでも、ましてや部署を飛ばされるわけでもない。せいぜい仲間に嫌われる程度である。しかし、そんなことをいまさら厭う勝俣ではない。

頭のいい岩田は、そこのところをちゃんと読んだようだった。

「分かりました……じゃあ、割り勘にしましょう。こっちのネタは隠さず出します。ですから、勝俣さんが動くときは、自分も一枚嚙《か》ませてください。それでどうですか」

岩田。面白《おもしれ》えぞ、お前。

近くの珈琲《コーヒー》専門店に移動した。まもなく捜査会議が始まるが、そんなものは放っておけばいずれ終わる。知ったことではない。

店は二階建てだった。上の方が空《す》いているだろうと思い、階段を上がろうとすると、ウェイトレスに呼び止められた。

「お客さま、ただいまのお時間は……」

終《しま》いまでいう前に睨みつけた。

「俺は上がいい。絶対に、上がいい」

ウェイトレスは大人しく「どうぞ」と二階を示した。

階段を上り始めると、後ろで岩田がくすくす笑い始めた。

「勝俣さん……便利だなぁ」

「だろう。お前も見習え」

思った通り、二階には誰もいなかった。だが念のため、一番奥の席に陣取った。まもなく、さっきとは違うウェイトレスが水を持ってきた。オリジナルブレンドを二つ頼むと、彼女は浅くお辞儀をし、そそくさと帰っていった。

「……じゃあ、早速聞かせてもらおうか。長塚利一の、前の勤め先からだ」

岩田は「はいはい」と、再び手帳を開いた。

「ま、お察しのこととは思いますが……厚生省です。最終役職は保健医療局長。労災施設事業団に天下《あまくだ》ったのは、今から四年前です」

四年前の厚生省、といえば。

「……ちょうど、薬害感染症問題が表面化してきた頃だな」

「ええ。それがあったもんで、私も長塚利一の来歴に興味を持ったんですが、でも何せ、殺されたのは息子の方ですからね。しかも就職先は濱中薬品。非加熱製剤を販売していたのは、緑川《みどりかわ》製薬です。薬害感染症問題とは、直接結びつかないものと思って、それ以上は手をつけずにいたんですが」

「ところがよ……」

勝俣は、さきほど長塚邸に出向いた際に見たこと、鈴木良江から聞いたこと、呼び鈴に指紋がなかったことなどを組み合わせ、岩田に話して聞かせた。

岩田は、二重《ふたえ》の瞼《まぶた》を限界まで開いて勝俣を見た。

「じゃあ、狙われたのは淳ではなくて、利一の方だったっていうんですか」

コーヒーが運ばれてきた。

ウェイトレスが下がるまで待ち、話題を再開する。

「……ああ。その可能性は決して低くないと、俺は思ってる」

ブラックのままひと口飲む。不味い。

岩田はスティックシュガーを持ったまま固まっている。

「だからよ。オメェ、もうちょっとその、厚生省の線をつついてみろよ。俺は訴訟絡みの線を調べる。上手く繋《つな》がったら、報告書の半分はお前の名前で出させてやるよ」

いよいよ、面白くなってきた。


翌日。勝俣は相方を連れて図書館にきていた。地検から帰ってきたマル被は、とりあえず留置場に入れっぱなしになるが致し方ない。

「で、何を調べたらいいんでしょう」

もっともな質問だ。

「まず、厚生省が現行の加熱製剤を認可したのが八年前。だがその後の三年間、厚生省はそれまで使われていた非加熱製剤の危険性を認識していたにも拘《かか》わらず、非加熱製剤の回収命令を出さなかった、と見られている。むろんそこには、官僚の天下りを始めとする、民と官の癒着の構図が見て取れる……で、実際に非加熱製剤を流通させた緑川製薬と、厚生省を相手取った訴訟が起こされたのが、四年前……だから、そうだな。お前は八年前から提訴まで、俺はその後の記事を拾う。重要なのは個人名だ。特に訴訟を起こした側、被害者側の氏名を漏《も》らさず拾え」

むろん、簡単にいくものでないことは分かっていた。だが実際に始めてみると、想像以上に骨の折れる作業であることを痛感した。

まず、目が疲れる。

非加熱製剤、薬害感染症、厚生省などのキーワードを常に意識しながら、あらゆる記事を斜め読みしていくのだが、三十分もやると目がチカチカし始める。途中で相方を薬局に走らせ、目薬を買ってこさせた。午後になると眠気も襲ってきたので、ミントの強いガムと、あと仁丹《じんたん》も買いにいかせた。銀箔《ぎんぱく》の仁丹。あれは効く。

図書館には都合三日通った。取調べもしないでどこをほっつき歩いているんだと橋爪にいわれたが、だったらあんたが吐かせりゃいいだろう、と言い返したら黙った。以後、奴とは口を利いていない。

一方、岩田との協力関係は良好だった。厚生省時代の長塚利一について長々と口頭で説明を受けたが、覚えきれないので書面に起こしてこいといったら、半日で仕上げて持ってきた。実に使える男だ。

さらに勝俣は、新聞から拾った個人名を調べて回った。新聞社、地裁に地検、弁護士会、各所轄に市区役所。当たりが出るまでどこまでもいくつもりだったが、なんのことはない。二軒目の新聞社であっさりと目星はついた。

厚生省が非加熱製剤の回収を怠ったとされる期間に投与を受け、それが原因でウイルスに感染、のちに肝炎や免疫不全症を発症、死亡したとみられる患者は全部で三人いた。

篠木忠晴《しのきただはる》、享年《きようねん》三十二。

菊地憲二《きくちけんじ》、享年四十一。

住吉明《すみよしあきら》、享年二十七。

話をしてくれた朝陽《ちようよう》新聞社会部の部長は、ただし、と前置きした上で興味深い情報を提供してくれた。

「この他にも、感染症を発症したこと自体がショックで、自殺してしまった女性が一人いるんですよ。当時はまだ、あの手の病気は経口か、性交渉によって感染するものと信じられていましたからね……世間や知人から、そういう目で見られること自体に、耐えられなかったんでしょう。彼女は」

その女性の名は、大友麻由《おおともまゆ》。享年二十一。

勝俣は、この大友麻由を含む四人の家族について調べた。

捜査開始から二十日が経った。マル被の勾留に関しては心配ない。まだ手元に置いておける時間は二日も残っているし、延長すれば、さらに十日間勾留しておくことも可能だ。

以前と同じ刑事課の調室。八日ぶりに見るマル被は、さすがに少々脂っ気の抜けた感じはあったが、それでもやつれたというほどではなかった。健康面も精神面も、別段心配してやるほどのことはなさそうだ。

「ずいぶん、お待たせしちまったね……まあ、楽にいこうや。時間はまだたっぷりあるんだ」

勝俣の手元に、資料的なものは何もない。それがなくとも諳《そら》んじていえるほど読み込み、内容は頭に叩き込んできた。

「まず、あんたについて分かったことを、報告しておくよ……大友慎治《しんじ》。五十七歳。東京都墨田区、押上《おしあげ》三丁目、十二の◎在住。無職。家族はなし。二年前、一人娘の麻由さんが自殺で亡くなって以来の、一人暮らし」

マル被、大友慎治は目を閉じ、細く、静かに息を吐いた。少し緊張しているのかもしれない。

「麻由さんは七年前、緑川製薬が販売していた非加熱製剤を投与され、ウイルスに感染。のちに免疫不全症を発症。……あんたもついこの前まで、厚生省と緑川製薬を相手取った民事訴訟に、加わっていたんだよな」

何かの痛みを堪《こら》えるように、大友は何度も奥歯を嚙み締めた。

「やがて、東京地検刑事部が捜査を開始。つい三ヶ月前、緑川製薬の取締役二名と、元厚生省薬事局、生物製剤課長だった、志村晴彦《しむらはるひこ》が逮捕、起訴された。だが、厚生省から引っ張るのが志村だけでいいのかという論議が、ワイドショーや週刊誌で派手に展開された。課長クラスではなく、もっと上の人間が裏で糸を引いていたんじゃないかという論調が、大勢《たいせい》を占めていた」

ひと呼吸置く。大友の目の色を見る。白目がだいぶ黄ばんではいるが、黒目は決して濁ってはいない。机の一点に、じっと視線を据えている。

「その黒幕と噂《うわさ》された人物が、長塚利一だった……わけだよな。長塚利一は、当時の厚生省薬事局長。つまり、逮捕された志村の上司。緑川製薬との関わりも深く、非加熱製剤の回収に待ったをかけた張本人と目《もく》されている……が、どういう手を使ったのか、長塚は捜査機関の追及をかわし、労災施設事業団という特殊法人に天下った。何事もなければ緑川製薬の顧問か何かに納まる予定だったらしいが、さすがにそれでは風当たりが強いと感じたんだろう。特殊法人で一回マスコミの目をくらましておいて……来年度から、特別参与という肩書きで緑川製薬に入ることが内定している」

大友は、低く押し殺すようにして息を吐いた。叫び出したいのを、必死で堪えているようにも見える。

「ウイルスを撒き散らした張本人である厚生官僚が、多額の退職金と共に天下り、法人や関連業界の企業を渡り歩く……あんたはそれをなんらかの方法で知り、憤《いきどお》った。赦《ゆる》せなかった。娘の人生を奪った奴らが、ほとぼりが冷めるのを待って、再び結託する。しかもそれには、莫大《ばくだい》な金や、利権がついて回る……あんたは、長塚利一の抹殺《まっさつ》を、決意した」

しばらく間《ま》をとると、大友は、首を折るようにして頷いた。

「……仰《おっしゃ》る、通りです」

どこかで滞《とどこお》っていた血流が、一気に大友の中に巡《めぐ》り始めたようだった。にわかに頰《ほお》が紅潮していく。行き場のない怒り。思い出すだけで、動脈の一本や二本はぶち切れそうな様子だ。

「だが、あんたはしくじった。利一ではなく、息子の淳を、誤って刺してしまった……なぜだ。なんであんた、あんなヘマをした」

再び大友が口を開く。顎が、微《かす》かに震えている。

「あの夜……私は、長塚の家の様子を窺いながら、どうやって侵入すべきか、あるいは、どうやって長塚を呼び出すべきか……雨に打たれながら、思案していました。そこに、ふいに現われたのが、彼でした……」

視線が、机の上を泳ぐ。

勝俣も、雨の路上で対峙《たいじ》する長塚淳と、大友の姿を脳裏に描いた。

「何かご用ですかと、訊かれました。私は一瞬、どうしていいのか分からなくなりましたが、でもすぐに、これは好機を得たのだと思い直し、彼にいいました。お父さまは、ご在宅でしょうか、大切なお話があるのですが、と……彼は、ちょっと待っていてくださいと、門を開けて入っていきました。私は門のところで、彼が家に入っていくのを見ていました。……玄関の中は、とても明るかった。長塚は帰っている。……私はそう、確信しました。そして門を入り、玄関前までいき、用意してきた包丁を急いで出し、両手に握り……」

大友が、自分の手元に視線を落とす。あるはずのない包丁を、その手に握る。

「すぐ、玄関の中に人の気配がして、私は脇に避《よ》けました。そして、ドアが開き、出てきた人影に、背後から……刺した瞬間は、目をつぶっていました。でも、呻《うめ》き声が、思いのほか若いことに気づき、目を開けると……そこに倒れていたのは、長塚ではなく、彼……

でした」

なるほど。つまり呼び鈴は、実際に触ってもいなかったわけか。

「彼は、怯えたような目で、私を見上げていました。むろん、瞬間的に、後悔はしました。でも、顔を見られている……このまま逃げたら、きっとすぐに捕まる。殺すしかない。ここで彼を殺しておけば、もう一度くらい、長塚に挑むチャンスが巡ってくるかもしれない。とにかく彼を……そう思って、彼の息が、絶えるまで、私は……刺し続けて、しまいました」

その場面だけを切り取れるなら、お粗末な素人《しろうと》犯罪だと笑ってやりたいところだ。しかし、背景にある事情が事情なだけに、さすがの勝俣も茶々を入れる気にはなれなかった。

「もう一度チャンスを待ってでも、長塚を殺したい……そうまで思ってたのに、なぜ出頭してきた」

大友は斜めに視線を上げ、ゆるく溜め息をついた。

「……テレビです。テレビで、彼の葬儀の様子を、見ました」

勝俣も特捜のテレビで見た、あれか。

「それが、どうした」

「その……参列者の中に、麻由と、よく似たお嬢さんが、いらして……年の頃も、背格好や、目の感じも、とても、よく似ていて……そのお嬢さんが、泣き崩れる姿を見て……私は初めて、とんでもないことをしてしまったのだと、気づきました」

森尾敬子だ。そうか、そういうことか。

「それでも、あれは長塚の息子だ。人殺しの緑川製薬と、裏で肩を組んでいた厚生省……その、薄汚いドブ役人どもは、国民から騙《だま》しとった金で、今もなお、ぬくぬくと生きている。あの息子だって、そういう金で生きてきた人間の一人なんだ。死んで当たり前なんだ……そう、自分に言い聞かせて、言い聞かせて……でも、目を閉じると、彼女の顔が、浮かんでくるんです」

知らぬ間に、大友の目には、いっぱいの涙が溜まっていた。

「……そんなに泣いたら、あなたの方が死んでしまうよ……そう、いいたくなるくらい、そのお嬢さんは、激しく、泣いていました……何度も思い出していると、それは、いつの間にか、麻由の顔に、なっていました。どうして、彼が殺されなきゃならないの……そう、麻由に、いわれている気がしました。……それでもう、私には無理だと、思いました。長塚への復讐《ふくしゅう》は、断念せざるを得ない。それで、自首を、決意しました……」

勝俣は、そうか、と相槌《あいづち》を打ってはみたものの、それに続く言葉は、なかなか口にできずにいた。

やがて大友は、すみませんでしたと、小さく肩をすぼめて頭を下げた。

昼には少し早いが、とりあえずそこで、いったん調べを切り上げることにした。


後日、大友の自宅を家宅捜索した。ごくありふれた、小さな二階家だ。

凶器として使用された包丁は茶の間、仏壇前の経机《きょうづくえ》の下に、白いタオルに包まれて、無造作に置いてあった。犯行時に着用した衣類は、分別ゴミで出してしまったという。その供述通り、家から黒いウインドブレーカーが発見されることはなかった。

よく片づいた家だった。掃除も隅々まで行き届いている。一階には茶の間と台所、それと風呂。二階には娘の部屋と、和室が二つ。おそらく一方が大友の自室で、もう一方が夫婦の寝室だったのだろう。ベッドがあるわけではないので、実際のところは分からないが。

家宅捜索もほぼ終わり、押収品を車に積み込んだあとで、もう一度仏壇を見にいった。

だいぶ前に亡くなったという大友の細君と、麻由の写真が飾ってあった。確かに、あの大友の娘にしては上出来といえる顔だが、決して森尾敬子ほどの美人ではなかった。似ている、というのも、少々図々《ずうずう》しいといわざるを得ない。まあ、親の欲目ということで、そこは大目に見ておこう。

そして、事件発生からちょうど一ヶ月が経った七月二十三日。

大友慎治は、長塚淳殺害の容疑で起訴された。

十五年前の事件のあらましを話し終えると、姫川はまた眉間《みけん》に深い皺を寄せた。

「……えーと、すみません。十五年前に長塚利一の殺害を目論《もくろ》み、しかし失敗した、その、大友慎治という男は、逮捕起訴されて……あら？　ひょっとしてもう、出所してきてるんですか？」

勝俣はかぶりを振ってみせた。

「いや。大友は六年前に、獄中で死んだよ。くも膜下出血だった」

「じゃあ、誰が長塚利一を殺したっていうんですか」

そう。今現在、殺人班十一係姫川班が担当している事件というのは、何を隠そう、長塚利一殺害事件なのだ。

「だから、ホシに心当たりはないと、最初に断っただろう。手前勝手な期待をするんじゃねえ」

すると、口をすぼめてあらぬ方を見る。

「……あれ。ガンテツさん、最初になんていいましたっけ」

「フザケんじゃねえぞ、このクソ年増」

殴りたい。本気でこの正義の鉄拳を、その中途半端な馬鹿面《ばかづら》のど真ん中に見舞ってやりたい。

「ホシは知らんが、動機なら見当がつくといったんだ。この、ダサイタマ県民が」

「ああ、そうでしたそうでした。じゃあ、動機を教えてください」

「テメエ、今まで一体、何を聞いていやがった」

駄目だ。あまりの腹立たしさに、頭がクラクラしてきた。ひょっとして、自分はもう年なのだろうか。

「いいか……大友は、長塚淳殺害については素直に犯行を認めた。だがただ一点、絶対に明らかにしようとはしない事柄があった」

「はい。なんでしょう」

いちいちこいつの打つ相槌は癇《かん》に障《さわ》る。

「どうやって、長塚の自宅住所を突き止めたか、だ」

「はあ……」

口を開けっ放しにするな。馬鹿が三割増して見える。

「いくらマスコミが不人情でも、さすがに個人の住所までは誌面に載せない。しかも長塚は、表面的には薬害事件に関与していないことになっている。民事訴訟絡みで裁判所に顔を出すこともなかった。一部のマスコミはむろん、長塚の居場所を知っていただろうが、それを大友に教えたという人間は、ついぞ見つけ出すことができなかった。……だが、今の時代なら、おおよその見当はつく」

姫川は、急に真顔になった。いや、その目つき。それだけをとれば、まったくの別人に見えるほど雰囲気が一変している。まるで悪霊でも憑依《ひょうい》したかのように、眼の奥に、妖《あや》しげな光が宿って見える。

「インターネット……ですか」

声色も、ぞっとするほど冷たい。なんと気味の悪い女だろう。

「ああ、そうだ。何せ十五年も前だからな。まだインターネットもほとんど普及してなかったし、当時でいうところの『パソコン通信』なんてもんが、まさか個人情報の漏洩《ろうえい》に繋がるなんて認識は、警察の側にもさっぱりなかった」

「調べなかったんですか。大友のパソコンは」

今一度、かぶりを振ってみせる。

「ああ、調べなかった。それどころか、奴がそんなもんを持ってたかどうかも記憶にねえ。俺もさっぱり、関心がなかったからな。だが最近は、俺もちょくちょく見るようにはしてるよ。……ひでえことが、色々書いてあるな。有名人のあることないこと、一般人に対する誹謗《ひぼう》中傷、吊《つ》るし上げ。それだけじゃねえ。盗撮写真、本物の遺体写真。中には、レイプ映像なんてものまで流されてる。プライバシーもクソもあったもんじゃない。そんな世の中だ……天下りと渡りを繰り返してぬくぬくと生きてる野郎が近所にいたら、住所も電話番号も、ついでに顔写真もネットに晒《さら》して、丸裸にしてやろうくらい、誰が思っても不思議はねえ」

姫川は小さく、だがしっかりと頷いた。一体、なんに対する肯定か。考えようによっては、怖い結論に行き着きそうだ。

「日々垂れ流されるそんな情報を、大友みたいな人間がキャッチしたら、どうなると思う。今や官を恨んでる人間の数は、百や千なんてケチな桁《けた》じゃあない。何十万人、何百万人という国民が、官僚憎しと歯軋《はぎし》りしながら、夜な夜なテレビ画面を睨みつけている……十五年前、大友慎治が抱《いだ》いたのと同じ類《たぐい》の恨みが、今、多くの国民の間にくすぶっている……いや、それは刻一刻と感染し、勢力を拡大し続けている」

まあ、勝俣がしたかった話というのは、おおよそはこんなところだ。

「……えれぇ時代がくるぜ、姫川。国民の、お上《かみ》に対する逆襲だ。下手したら、魔女狩りみてえになっちまうかもしれねえな……官僚だってだけで、下手すりゃ省庁に勤めてるって分かっただけで、即刻吊るされる……そういう時代が、もうすぐそこまで、きてるのかもしれねえぞ」

そしてこれは、決して脅しなどではない。

連鎖誘導／チェイントラップ

もう、八年も前になる。

十二月十四日、夜十時半。一本の電話が、人生のすべてを変えた。

それまでは、いつも通りの年の瀬を迎えるつもりでいた。

毎年クリスマス的なことも、正月らしいことも碌《ろく》にできないが、せめて年賀状用の写真だけは家族そろって撮る。三脚を立て、タイマーを長めにセットし、妻と息子に「笑え」と命ずる。できあがった写真では、決まって自分だけがしかめっ面をしていた。だからといって撮り直しはしない。そのまま写真屋に出し、年賀葉書にしてくれと頼む。

それすらも、今後はできなくなる――。

倉田《くらた》修二《しゅうじ》は受話器を置き、浅く息を吐いた。

それから、心配そうに覗き込んでいる妻に説明した。

英樹《ひでき》が逮捕され、神奈川県警川崎《かわさき》警察署に連行された。交際相手の女性、嶋田《しまだ》彩香《あやか》を殺害した容疑での通常逮捕だという。警視庁警部補の息子を殺人容疑で逮捕したのだ。神奈川県警も確固たる証拠を摑《つか》んだ上での検挙だったはず。間違いということは考えづらかった。連絡をくれた同県警刑事部長の声は落ち着いており、倉田に対する同情すら窺えた。

「……本部に、いってくる」

それだけ言い置いて自宅を出た。

妻は顔を覆《おお》って座り込んだまま、何も答えなかった。

事実関係の報告が済んだら謹慎を言い渡されるものとばかり思っていた。だが警視庁内にある、神奈川県警に対する漠然《ばくぜん》とした不信感からか、ある程度結果が出るまで、少なくとも起訴されるまでは通常勤務に就《つ》くよう命じられた。その際、息子の年齢を確認された。現在は十八歳、来年の三月十五日で十九歳になると答えると、微かにだが、刑事部長を始めとする幹部の顔に安堵《あんど》の色が浮かんだ。最悪、マスコミに漏れても実名報道は免《まぬが》れると踏んだのだろう。

その後は休暇を二日もらったが、神奈川県警からの連絡はなかった。また、英樹の事件が新聞やテレビで報道されることはまったくなかった。ひょっとすると、同業の好《よしみ》で県警が庇《かば》ってくれたのかもしれない。三日後には本部庁舎で在庁に就き、その翌日に発生した殺傷事件の現場に臨場し、倉田はそのまま特捜本部入りした。

麻布十番《あざぶじゆうばん》路上殺傷事件特別捜査本部。

事件発生翌日の朝八時半。麻布署の講堂で初回の捜査会議が開かれた。

「気をつけッ……敬礼ッ」

警視庁本部からは倉田を含む捜査一課九係員十一名、機動捜査隊員が六名。麻布署刑事課からは十四名、他部署や近隣署からの応援が三十三名。鑑識も合わせると、初動捜査は約八十名態勢になった。

管理官の中村《なかむら》警視から事案の詳細が説明された。

「マル害二名の身元が割れたので、まず報告する。死亡した女性は、野中紗枝子《のなかさえこ》、三十四歳。住居は現場近くのマンション、ローズハイム麻布三〇四号。旅行代理店勤務。腹部を二ヶ所刺され、うちミゾオチから突き上げるように入ったものが心臓に達し、即死したものと見られている」

顔写真等はまだないようだが、遺体を直接見た捜査員は、男好きする感じの美人だといっていた。体付きもなかなかよかったと。

「病院に搬送された重傷の男性は、松井武弘《まついたけひろ》、四十五歳。外務省経済局勤務。現住所、目黒区祐天寺《ゆうてんじ》二丁目四の△。腹部を三ヶ所刺されていたが、奇跡的にも、命に別状はなかった」

こっちの方は免許証を所持していたのか、顔写真が全捜査員に配られた。のっぺりと丸い、あまり特徴のない顔をしている。歌舞伎の女形《おやま》をやる誰かを連想したが、あいにく名前までは浮かばない。

「両名を襲ったのは同一犯と思われるが、マル害同士の関係はまだ分かっていない。通り魔の犯行であるならば、二人はたまたま現場に居合わせただけ、ということも考えられる。どちらが先に刺されたのかも、現時点では判明していない。凶器は、あまり刃の幅が広くない刃物。包丁などではなく、飛び出し式ナイフの類ではないかと思われる」

英樹も、相手女性を刃物で刺したとのことだった。そういったものが簡単に入手できないよう規制しよう、という動きもちらほら出てきてはいるが、それで犯罪が防げるとは到底思えない。少なくとも、倉田は思わない。

「当事案は昨日、十八日月曜の二十時七分頃、麻布十番二丁目十二の△付近の路上、野中紗枝子が居住するローズハイム麻布の入り口から、わずか十五メートルの地点で発生した。現時点では、争う声を聞きつけた通行人、井原基樹《いはらもとき》、三十七歳が、現場から西に走っていく痩せ型の男性を目撃したという証言以外に、目ぼしい情報はない。救急車は、その井原基樹が携帯電話で呼んだということだ」

一次報告の終了後、捜査員の振り分けが行われた。倉田は敷鑑の担当になったが、今日のところは野中紗枝子宅で行われる家宅捜索の指揮を執らなければならない。

講堂の上座にいき、家宅捜索に関する打ち合わせをしたあとで、九係長の伊吹《いぶき》警部は溜め息をついた。

「……刺殺ってのも、皮肉なもんだな。つらいだろうが、初動捜査の間だけでも、がんばってみてくれ。上は上で、ダメージが最小限になるよう、ちゃんと動いてるから。現段階では、できるだけ普段通りの行動を心がけてくれ」

言葉通りには受け取れなかった。むしろ上は、マスコミ対策を含む組織防衛の方策を練る時間を必要としている。そういっているようにしか聞こえなかった。だがそれも致し方ないと思う。警察官の息子が殺人を犯し、あまつさえ隣県の警察に逮捕されたのだ。言い訳の一つや二つ、じっくり考えたいだろう。

「……申し訳ありません。自分が、至らないばかりに」

伊吹は軽く倉田の二の腕に触れた。

「自棄《やけ》を起こすなよ。何しろ神奈川だ。間違いだってデッチ上げだってないわけじゃない」

そう。絶対にないわけではない。だがその可能性は極めて低いといわざるを得ない。

倉田は礼をいい、自分の鞄を置いた席に戻った。先ほど名刺交換をした麻布署の吉野《よしの》デカ長（巡査部長刑事）他、六名の捜査員が家宅捜索への出発を待っていた。

野中紗枝子の暮らしぶりは、三十代半ばの女性にしては贅沢《ぜいたく》なものに見えた。間取りでいえば１ＬＤＫ。寝室が六畳ほど、リビングダイニングは十二畳以上ある。二人でも充分に住める広さだ。

かといって同居人がいる様子はなかった。歯ブラシは電動のものが一セットだけ。茶碗や皿は複数あったが、ペアの色違いなどはない。整理簞笥《だんす》に男の着替えを預かっているわけでもない。ゴミ箱を漁《あさ》っても、異性の存在を感じさせるものは何一つ出てこなかった。

だが捜索開始から小一時間経った頃、吉野が一冊の銀行通帳を持ってきた。

「……この女、給料以外に、定期的な収入がありますね」

太い指で通帳の履歴をたどる。確かに毎月二十五日の給料日あと、だいたい三十日前後に、決まって三十万ずつ振り込まれている。送金主は「タナカイチロウ」となっている。少なくとも通帳の最初のページ、昨年の今頃にはもう、同様の振り込みは始まっている。

倉田は頷いてみせた。

「これ、令状とって銀行を調べてみよう。すぐ本署に持ち帰ってくれ。連絡は、私がデスクに入れておく」

「分かりました」

吉野はビニール袋に入れた通帳を自分の鞄にしまい、玄関に向かった。

倉田と他六名は、その後もしばらく捜索を続けた。


夜の捜査会議では目撃証言他、多数の有力情報が報告された。

中でも大きかったのは監視カメラの映像だ。

「ホシはかなり、この現場周辺を念入りに下調べしたものと思われます。配りました現場周辺見取り図を見てください」

コピーして配られた手書きの図には、いくつかの数字が丸をして振られていた。

「まずローズハイム麻布の玄関、これが一番。ですがこれには何も映っていませんでした。向かいのマンション、麻布ヒルズのカメラが二番、その隣の時間貸し駐車場が三番と四番……」

少し離れたコンビニまで入れると、現場周辺には九台のカメラが仕掛けられていたことになるが、そのほとんどにホシと見られる人物の姿は映っていなかったという。

「しかし、時間貸し駐車場の四番。これはちょっと、植え込みの暗いところに仕掛けられてまして、これだけは気づかなかったのかもしれません。ちょうどこの、カメラの向かい側。缶飲料の自動販売機と、隣の民家の駐車場の柱に隠れるようにして、ホシらしき人間がひそんでいる姿が映っています。見取り図と一緒に配ったのが、その映像から抜き出した写真です」

　基本的には駐車場の精算機前の様子を撮るために仕掛けられたカメラのようだが、確かに道をはさんで向かいにある自動販売機も左側に映り込んでいる。その横に人影があり、何枚目かのカットでは顔も覗かせている。決して鮮明ではないが、自販機の明かりに照らし出された顔は面長《おもなが》で、少し髪が長めであることは確認できる。

「この後、二十時六分になって男は自販機の陰を飛び出し、一分足らずでまたこの前を横切って走り去ります。ですがその際も、他のカメラの前は通っていません。犯行現場も同様で、どのカメラにもちょうど映らない地点で凶行に及んでいます。待ち伏せていたことといい、かなり計画的な犯行だったとみていいと思います」

　入念な下調べ、待ち伏せ、死角での殺害。

　通り魔の線は消えたと思っていい。だとすると、最も考えやすいのは異性関係。ストーカーか、痴情のもつれか。

　恋愛関係にあった異性を、殺害――。

　一度そこに思いが至ると、どんなに会議に集中しろと己《おのれ》に言い聞かせても、思考は数秒と持たず英樹の一件へとすべり落ちていく。

交際相手の嶋田彩香は高校の一級後輩だった子だ。一度自宅に呼んだときに挨拶《あいさつ》をされたが、おそらく奥手であったろう英樹の相手にしては、華やかな雰囲気の、さばけた感じのお嬢さんだったように記憶している。

今日の昼、初めて面会にいった妻からの報告では、県警は英樹を捜査本部のある川崎署ではなく、同じ市内にある川崎臨港署に留置し、取調べているとのことだった。また報道機関への発表が一切されていないのは、捜査が本格化する前に英樹が自ら出頭したかららしかった。逆にいえば、県警から直接聞き出さない限り、こちらには一切情報が流れてこないことになる。

妻の問いかけに、仕切りの向こうの英樹はただだかぶりを振るばかりだったという。犯行を否認したという意味ではない。「本当はやってないよね」「信じていいんだよね」と訊いたところ、首を横に振って否定した、ということだった。

わずかながら心にあった「間違いであってほしい」という願いも、今はもうない。ではこの気持ちは、一体なんと表現したらいいのだろう。

落胆。それはもちろんある。こんな簡単な善悪の判断など、いわずとも分かってくれていると思っていた。親が警察官であることに関して、もっと自覚を持ってくれているものと、漠然と思い込んでいた。だがそれらは間違いだった。

怒り。それもある。この世で最も犯罪に手を染めてほしくない人に、それをされてしまった。その裏切りに対する怒りも、事前に察知できなかった自分に対する憤りもある。

事が起こってからまだ当人の顔を見ていないので、実際に相対したときにどんな感情が自分の中に湧き起こるか、まったく予測できない。

ただ、不思議と絶望はしていなかった。自分の中で、今まで思いもよらなかった扉が開かれたような、そんな感覚があった。その先に何があるのかは分からない。だが、突如自分はそこにいかなければならなくなった。扉を通り、かつて踏んだことのない地面を踏み、歩いたことのない道を進まねばならない。予感、というのとは違う。でもそれ以外に思いつく言葉はなかった。変わらざるを得ない自分をどこかで意識していた。

報告はもう一人の被害者、松井武弘の担当者に移っていた。

「松井は事件当夜、現場近くのイタリア料理店を探し歩いていて、事件に遭遇した模様です。松井の供述通り、現場から百メートルほどの場所に『リストランテ・ナポリ』という店はありました。松井自身はいったことがなく、今後接待で使うための視察だったようです。よって野中紗枝子とは面識もなく、なぜ自分が襲われたのかもまったく分からない、と話しています」

鑑識の結果、血痕と足痕の位置関係から、ホシはまず野中紗枝子を刺し、次に松井武弘を刺したものと推測された。だとすると松井は、たまたま近くを歩いていて巻き添えを喰ったただけ、という可能性が高い。あるいは、野中紗枝子の恋人と勘違いされたのか。

翌日、倉田は吉野と共に金融機関を訪ねた。野中紗枝子が給料を受け取るなど普段の生活に使っていた口座のある、いずみ銀行麻布十番支店だ。

支店長に令状を提示すると、二十分ほどでリストが示された。

「お待たせいたしました。お尋ねのあった『タナカイチロウ』さま名義のお振り込みは、すべて他行さまのＡＴＭからのものでした。先月、十一月三十日が、ＵＦＣ銀行虎ノ門《とらのもん》支店の三番機。その前の十月二十九日も、同じくＵＦＣ銀行虎ノ門支店の一番機。九月三十日はＵＦＣ銀行高田馬場《たかだのばば》支店の三番機からですが、八月二十八日は、また虎ノ門支店からになっています。二番機です」

七月以前の記録も見せてもらったが、ほとんどがＵＦＣ銀行虎ノ門支店からの振り込みだった。そしてそれは、途中何度かの中断はあるものの、およそ七年前から続いていた。

振り込み時間まで記したリストをもらい受け、いったん麻布の特捜に帰り、ＵＦＣ銀行虎ノ門支店向けの令状を改めてとり、翌日支店を訪ねた。

会議室に通され、そこに用意されたモニターで、振り込みのあった当該日時のカメラ映像を順次見ていった。だが最初の映像を見た段階で、収穫はすでにあった。

振り込みを行っていたのは、松井武弘だった。思えばこのUFC銀行虎ノ門支店は、松井が勤務する外務省本省の目と鼻の先にある。

この男は、少なくとも七年前から野中紗枝子に月々三十万の金を渡していた。理由は主に二つに絞られる。恐喝を受けていたか、愛人関係にあったか、そのどちらかだ。ちなみに松井には妻子があるので、後者であった場合は不倫関係ということになる。

会議で誰かの報告を聞いていても、捜査の途中で蕎麦屋《そばや》に入り、食べながら吉野と世間話をしていても、ふとした瞬間に英樹のことを考え始めてしまう。

二度目の面会にいった妻は、着替えを渡して顔を見ただけで、話らしい話は何もできなかったと伝えた。むろん、捜査員も捜査内容を明かしたりはしない。ただ「元気を出してください」とだけいわれたらしい。妻は「ありがとうございます」と返し、そのまま帰ってきたという。

最近、英樹が彩香さんと上手くいっていないらしい、と妻から聞かされたのは今年の秋口だった。だが十代の息子の交際事情に、親がいちいち口を出す方がどうかしている。その場は「ああそうか」とやり過ごし、しばらくして「まだ悩んでるみたい」と聞いたときも、やはり頷いて済ませていた。

それが間違った対応だったといえるのは、今現在、嶋田彩香が何者かに殺害され、その容疑が自分の息子に向けられているからに他ならない。それ以前の段階で英樹の相談に乗ってやればよかったのだろうが、あいにくそんな時間は持ちようがなかった。本部捜査員は、いったん捜査が始まれば十日や二十日はまったく家に帰れなくなる。むろん非番もあれば自宅待機の日もあったが、そういうときに英樹が家にいるのかというと、まずいなかった。アルバイトや大学のサークル活動で忙しかったのだろう。夜も十時過ぎに帰ることが多かったようだ。

「……倉田さん、どこかお悪いんですか」

吉野はときおりそんなふうに訊いた。目つきと顔色が悪いのは生まれつきだと笑って誤《ご》魔《ま》化《か》したが、そんな下手な言い訳が刑事相手に通じるはずがない。倉田の様子がおかしいという噂は、数日のうちに特捜本部全体にいき渡った。だからといって、伊吹係長が「休め」といってくることはなかった。幹部が英樹の一件と、自分の処遇をどのように考えているのかは皆目見当がつかなかった。

それまで松井に話を聞いていたのは、倉田と同じ捜査一課九係の高林《たかばやし》という警部補の組だった。だが高林がいくら揺さぶっても、松井は野中との関係を認めなかった。毎月三十万振り込んでいただろう、虎ノ門のATMのカメラ映像も確認しているんだぞと手の内を明かしても、人違いだといって譲らない。動かぬ証拠を前にずいぶん子供じみた言い逃れをするのだな、とも思ったが、実のところ松井は被疑者ではなく被害者なのだから、ATMの画像と松井本人の顔を照合してまで「一致したぞ、やはりお前だろう」とやるわけにはいかなかった。背景にあるのが不倫関係であるため、あまり穿《ほじ》くると人権問題に発展する恐れが出てくる。警視庁の行き過ぎた捜査で被害者の家庭が崩壊した、などと報じられるような事態はできることならば避けたい。

捜査開始から一週間が経って、担当の交替が言い渡された。

十二月二十六日火曜日。初めて倉田は、松井が入院している病院を訪ねた。犯行現場からほど近い場所にある大学の付属病院だ。

「失礼します」

松井は個室のベッド、カマボコ状に膨《ふく》らんだ布団の中で天井を睨んでいた。

「初めて、お訪ねいたしました。警視庁の、倉田と申します」

「吉野です」

写真では歌舞伎の女形のように見えた顔はすっかり無精《ぶしょう》ヒゲに覆われ、髪は岩場に溜まった海苔《のり》のように、妙な粘り気を持って頭皮に張りついていた。

「……昨日までの人と、違うんですね」

「ええ。私が、高林の代わりです」

「どっちが偉いんですか」

「は？」

「高林さんと、倉田さん。どっちが偉いんですか」

「同じ警部補ですので、どちらが偉いというようなことは、特にありません」

適当にあしらわれたと思ったのか、松井は面白くなさそうに鼻息を吹いた。だがそれすらも腹の傷に障ったか、直後に片頬を歪《ゆが》ませた。かなり痛そうだった。実は、監視カメラの映像が確認されるまで、この事件は松井一人の狂言である可能性も疑われていたのだが、今はさすがにその線はないと考えられている。担当医も、松井が自分で自分を刺した可能性は皆無であると断言している。

痛みをやり過ごしたのだろう。松井は目を閉じ、細く息を吐いた。

倉田は、一つ咳払《せきばら》いをしてから始めた。

「……松井さん。高林が何度かお尋ねしているとは思いますが、今一度お訊きします。松井さんは、一緒に被害に遭われた野中紗枝子という女性とは面識がない、ということで、よろしいのでしょうか」

チッ、といったそのすぐあとで、舌が乾いた唇を舐《な》めに出てくる。目は閉じたままだ。

「知りませんよ。何度いったら分かるんですか」

「あなたと瓜《うり》二つの人物が、野中さんの口座に毎月三十万ずつ振り込んでいる、というカメラ映像が確認されていても?」

「人違いですね。どうせ、ちょっと似てるという程度の話でしょう。勘違いですよ。いい迷惑です」

野中の部屋から松井の指紋でも出ていれば話が早いのだが、残念ながらそれはなかった。とすると、松井と野中の密会場所は別にあったことになる。松井もその点には自信があるのだろう。野中の部屋から自分との関係を示すものは何も出てこない。そう踏んでいるのだ。ということは事件当夜、松井はただ彼女をマンション前まで送ってきただけ、ということになるのか。

実はここにくる直前、倉田は現場周辺のカメラ映像を改めて確認してきている。そこに二人の関係を示す画《え》が映っていてくれたらと期待したのだ。確かに、数台のカメラが歩く二人の姿を捉えていた。しかし、どのアングルで見ても二人の間には若干の距離があり、

「連れ立って歩いていた」とは断言できない状況だった。分かりやすく腕でも組んでくれていたらよかったのだが、用心か偶然か、あるいは口喧嘩でもしていたのか、一瞬たりともそういう絡みはなかった。

仕方ない。野中との関係はいったん置いておくことにする。

「では、これも繰り返しになるかとは思いますが、ご覧いただけますか……現場付近の物陰にひそんでいた男。この男が、あなたを襲ったのではなかったですか」

高林がこれを確認した際、松井は「よく分からない」と答えている。一方、現時点では唯一の目撃者であり、通報をくれた井原基樹は、この男に間違いないと証言している。

ようやく松井が目を開ける。焦点が合わないのか、しばらく眉をひそめたり戻したりしながら写真を睨む。

「前と、同じ写真じゃないですか……もう少し解像度を上げてくるとか、画像処理を施《ほどこ》すとか、そういうのはないんですか」

「申し訳ない。今の技術ではこれが精一杯です。どうですか。この男ではなかったですか」

「分かりません。一瞬のことだったので、よく覚えていません」

何年も付き合った愛人を目の前で殺されたというのに、この男は一体何をとぼけているのだろう。むろん犯人ではないのだろうが、かといって完全なる被害者というふうにも見えない。何やら、灰色の印象を拭《ぬぐ》えない。

しかし瞬時に、男は付き合っていた女性を直接殺害することすらあるのだ、と考えを改めた。過ぎた恋慕、別れ話のこじれ、理由は様々あろうが、どちらにせよ男は女を殺す生き物なのだ。女が男を殺すより、遥《はる》かに高い確率で。

どんなに善良そうな顔をしていようと、幼い頃から優し過ぎるくらい優しい子であろうと、両親が持てる限りの愛情すべてを注いで育てようと、人は人を殺すことがある。

人間はいつでも、人間を殺すことができる――。

いや、駄目だ。冷静にならなければ。今は捜査中だ。

「松井さん。ではこれは、単なる推理だと思って聞いてください。……我々はＡＴＭのカメラ映像を見たとき、それが松井さんであると判断しました。本当にそっくりなので。当然我々は、松井さんと野中さんが、男女の間柄にあったものと考えました。これも無理からぬことです。七年ほどの間、毎月三十万ずつ、彼女の口座に振り込んでいたのですから」

ここで松井が「七年間毎月じゃない」などと尻尾《しっぽ》を出してくれたらよかったのだが、残念ながらそれもなかった。

「確かに、野中紗枝子さんは魅力的な女性でした。年も松井さんよりひと回り近く若い。毎月三十万の援助をしてでも、手元に置いておきたい。男なら、誰もがそう思うのではないでしょうか」

「なんの証拠もなく……失敬だな、あんた」

倉田は無視して続けた。

「ただし、誰にでもそんなことができるわけではない。毎月三十万ですからね。家庭があったらなおさら、そんな額を自由にはできない……普通はね」

「ちょっと待て。なんの話をしてるんだ」

また腹の傷に障ったらしく、松井は顔をしかめた。

「まあ、聞くだけ聞いてください……たとえば、松井さんですよ。あなたは外務省にお勤めだ。中南米局中米課を皮切りに、タイやヨーロッパの在外公館にも勤務し、現在は経済局総務参事官室の庶務主任を務めておられる……たいそう憧《あこが》れのポストだそうですね。ノンキャリアにとっては」

松井の顔つきが明らかに変わった。倉田を見なくなったし、では最初のように天井を睨んでいるのかというと、それとも焦点は合っていないようだった。

「そう。松井さんはノンキャリアなんですね。外務省は他省庁と違い、国家公務員試験I

種をパスしてもキャリアにはなれない。俗にいう『外交官試験』というのに合格して入省しないと、キャリアへの道は開かれない……そういった意味では、松井さんはむしろ私どもに近いお立場の方なわけです。私も、ノンキャリアの警察官です。どんなに頑張っても、警視総監や警察庁長官にはなれない。最高に出世しても、本部の課長が最高ポストです。まあ、私の場合は国家公務員ではなく、地方公務員ですが」

ひと呼吸おき、松井の様子を窺う。固く口を結び、続く言葉を待っている。見開いた目は依然焦点を失ったまま。むしろ目も鼻も耳に変えて、顔全体で倉田の言葉を聞こうとしている。そんなふうに見えた。

「私には、女性に月々三十万もの大金を渡す甲斐性《かいしょう》は、残念ながらありません。公務員ですから、副業もできませんしね……どうやったら、そういうお金って作れるんでしょうね。どうやったら、七年もの間、あんな素敵な女性を自分のものにしておけるんですかね」

松井は答えなかった。だが額には汗の玉が浮き、隣り合ったものは繋がって大きくなり、やがて耳の方に流れ落ちていった。それでも松井は黙っていた。汗を拭うでもなく、天井ではない、もっと違うどこかを睨んでいた。

それで充分だった。

倉田は確信した。

松井は、外務省で横領を働いている。その金で、野中紗枝子を愛人に囲っていた。いま松井が最も恐れているのは、野中紗枝子殺害事件の捜査が進むことによって、自分の背任行為まで明るみに出てしまう事態だ。

正月になると市民はニュースを見なくなる、出すなら早い方がいい、という刑事部長の判断で二十八日、カメラ映像と画像処理済みの写真四点がマスコミ各社に公開された。

その夕方、早くも倉田のもとに情報が舞い込んできた。戸矢《とや》という朝陽《ちようよう》新聞の記者からで、彼は倉田が荻窪《おぎくぼ》署にいた頃、一帯を受け持つ第四方面の担当だった。

『倉田さん、ご無沙汰《ぶさた》してます』

「久し振りだな。お前いま、何やってる」

『第一方面で、遊軍やってます』

第一方面の記者クラブは丸の内《まるうち》署に置かれているが、麻布署もその管轄に入っている。つまり戸矢は、この殺傷事件の報道にもある程度は関わっていることになる。

「ちょっと、待ってくれ」

倉田は辺りを見回した。

聞き込みを終え、吉祥寺《きちじょうじ》の駅方面に歩いているのだが、井《い》の頭《かしら》通りは車の往来が激しく、落ち着いて話ができる状況ではない。だがすぐそこに電話ボックスを見つけた。

倉田は吉野に片手で詫《わ》び、その電話ボックスに入った。

「……すまん。なんの話だったかな」

『とぼけんでくださいよ。今日発表された、麻布のヤマの写真についてに決まってるでしょう』

「何か情報か」

戸矢は「ええ」といい、しばし間《ま》を置いた。

『……実はあれ、知ってる男かもしれないです』

「かも、ってなんだ」

『いや、何しろ粗《あら》い写真じゃないですか。断言はできませんが、似てる男なら知ってます、って話ですよ』

やけに勿体《もったい》つける。

「……今夜、一杯奢《おご》ろうか」

『いいですね。ご馳走《ちそう》になります』

待ち合わせは、渋谷の居酒屋で十一時半ということに決まった。

大きくてザワザワした店だが、ボックス席がたくさんある、密談には打って付けの店だ。

係長と吉野には家に帰るといって、麻布署を出た。嘘《うそ》などつかず、本当に帰ればいいのだろうが、なかなかそうはできなかった。

その後も妻は面会にいったが、英樹は依然何も語らないという。あなたも会いにいってあげて、と泣きながら何度もいわれたが、どうにもその気になれなかった。妻には、せっかく県警が別の署に移して調べてくれているのだから、自分がいったらその邪魔をすることになる、と説明したが、本心は違っていた。

自分でも信じ難いのだが、会いたいという気持ちが、まるで湧いてこなかった。そればかりか、自分はすでに息子のことを憎み始めていた。親なんだから、全人類がお前を疑っても、俺たちだけはお前を最後まで信じ抜く——そんな台詞は、口が裂けてもいえそうになかった。

そんなことに時間を使うくらいなら、仕事をしていた方がいい。どの道、英樹の起訴が決まれば警視庁にはいられなくなる。免職ではなく、モラルとしていられなくなる。自分にとっては、これが警察官人生最後のヤマになる可能性が高い。だったら、やってやろうじゃないか。一人息子を人殺しに育ててしまった駄目《だめ》な父親だが、警察官としては最後まで、人殺しと戦ってやろうじゃないか。

倉田は五分前に店に入ったが、戸矢は五分遅れて顔を見せた。

「すんません。出がけに、ちょっとバタバタしちゃって」

「麻布絡みか」

「いえ、全然別件です」

戸矢はいきなり熱燗《あつかん》をオーダーした。倉田は瓶《びん》ビール。

「ま、とりあえずお久し振り、ってことで」

「ああ。お疲れさん」

互いにひと口ずつ飲み、料理をいくつか注文してから本題に入った。

「さて。じゃあ、聞かせてもらおうか」

「ええ。お電話したのは、他でもないんですが……」

いいながら、お通しの煮物をつまむ。

「おい、あんまり勿体つけるなよ」

戸矢はニヤリとしながら割《わ》り箸《ばし》を置いた。

「……被害女性、野中紗枝子ってのを見たとき、なんか引っかかってたんですよね。ネットで検索してみたんですけど、何も引っかかってこなくて、なんだったたっけなって、思ってたんですが」

適度に相槌は打っておく。戸矢はもう一杯猪口《ちょこ》を空《あ》け、苦《にが》そうに口を歪めながら続けた。

「あの写真の男……ひょっとしたら、元うちの記者をやってた人間かもしれないです」

心臓が、ひと回り大きくなった気がした。

それに伴って鼓動が速く、激しくなる。

「カワカミノリユキといいまして。五年前に社を辞めてます。依願退職ですが、そうでなくてもいずれは解雇されていたでしょう」

他人事《ひとごと》ではない気がしたが、今それはさて置く。

漢字を確認する。「川上紀之」と書くようだ。

「年は」

「今年、三十六になるはずです」

「何をやらかした」

「電車内の痴漢で訴えられて、裁判にまでなったんですがね。覚えてないですか」

五年前、痴漢騒ぎで新聞記者が訴えられる、か。

「いや、覚えはない」

「……無理もない、か。ちょうど、痴漢で裁判起こすのが流行《はや》り始めた頃ですからね。埋もれちゃったのかもな。うちとしては、むろんその方が助かりますけど」

戸矢がタバコを銜《くわ》える。倉田もポケットから出して倣《なら》った。

「その痴漢騒ぎと……麻布の一件、どう関係があるんだ」

「ですから、野中紗枝子ですよ。強制わいせつで川上を告訴したのが、野中紗枝子だったんです」

なるほど。

「川上には当時、結婚を前提に付き合ってた女性がいましてね。最初は、それでも信じてくれてたらしいんですが、他紙に名前が載っちゃったりね、一時はテレビで取り上げられたりもしたもんですから、女性的には引きますよね。もしかしたら、引いたのはその子の親だったのかもしれないですけど。……で結局、破局。会社も実質クビ、裁判も負け。もう、ものの見事にすべてを失ってましたね。痴漢って怖いな、って思いましたよ」

刺身の盛り合わせが届いた。戸矢がしょう油差しに手を伸ばす。

倉田は、近くにあった小皿を一枚、戸矢に差し出した。

「あ、すんません」

「つまり川上は、自分からすべてを奪った野中紗枝子を恨み、殺害するに至ったと」

「そう、思っちゃうんですけどね。俺なんかは」

「でも、もう五年も経ってるんだろう」

細切りのイカを箸ですくいながら、戸矢が頷く。

「確かに……五年ってのは、ちょっと引っかかりますよね。ただ、裁判を起こした側に対しては、周りもプライバシー保護に気を遣《つか》ったと思うんですよ。川上は社を追われてもいましたし。なかなか調べがつかなかったんじゃないですかね。それでいつの間にか、五年も経ってしまった」

ない話ではない、かもしれないが、まだ何か引っかかる。

「ちなみに、川上は現役時代、どこの部局にいた」

「政治部ですね。だから、一緒に仕事したことはないんですが、サンズイ（汚職事件）とかがあると、ちょいちょい協力はしてもらってたんですよ。同じ社でも、社会部が嫌いな政治部記者は案外多いんですが、川上はそんなことなかったんで。誰々先生とゼネコンの何々の繋がり、どうやったら裏取れる？　とか訊くと、いえる範囲で教えてくれたんですよね……」

ふいに、頭の中で繋がるものがあった。

「そういえば、朝陽新聞ってのは、省庁への取材も、政治部がやるんだったよな」

戸矢は鯛をひと切れつまみながら頷いた。

「そうですよ。川上がまさにそうでした」

なるほど。そういうことか。

戸矢から川上紀之の顔写真を入手し、翌朝の捜査会議にかけた。

むろん、まだ川上を被疑者と呼ぶ段階にはない。マル害、野中紗枝子に恨みを抱く可能性のある一人物、というのに過ぎない。それでも一応全捜査員に配布し、関係者に確認をとることになった。野中紗枝子の住居や、勤務していた旅行代理店近くで目撃されている可能性も充分あるからだ。

倉田も午前中に病院を訪ね、松井に確認した。だがこちらは、依然「知らぬ存ぜぬ」という態度だった。しかしそれも、一つの確認にはなった。ATMの男は自分ではない、といったときと同じ態度で否定してくれたのだ。こちらにしてみれば「実は知ってる」と、認めさせたも同然だった。

病院を出たところで携帯の電源を入れると、すぐさま着信があった。特捜の代表番号からだった。

「もしもし」

『ああ、伊吹だ。すまんが、至急こっちに上がってきてくれ』

「なんですか」

『とにかく、至急だ』

電話を切ると、吉野が怪訝そうに覗き込んできた。

「どうかしたんですか」

「分からない。至急戻ってこいと、ただそれだけだ」

見舞い客目当てのタクシーに乗り込み、麻布警察署と告げる。すでに十二月二十九日。多くの企業が年内の業務を終えたからだろう。道は空いており、お陰で本署までは十分とかからなかった。

「遅くなりました」

講堂に入ると、デスク担当の警部補が慌《あわ》てた様子で立ち上がった。

「倉田さん。下の階の、第三会議室にいってください」

「なんなんだ一体」

「とにかく、会議室に」

吉野と首を傾げ、いわれた通り下の階に急ぐ。そこは警備課と交通課のフロアで、刑事課捜査員が出入りするような場所ではなかった。

廊下の中ほど、右手にある第三会議室のドアをノックする。

「九係、倉田です」

「入れ」

「失礼します」

第三は比較的小さな会議室だった。会議テーブルがロの字に並べられており、壁際の席に捜査一課の中村管理官と伊吹係長、窓を背にした席にもう二人座っていた。

一人は捜査二課長、秋嶋《あきしま》警視正。まだ四十そこそこのキャリアだ。もう一人も同じく捜査二課、管理官の生田《いくた》警視。こちらは定年間近、ノンキャリの叩き上げだ。

捜査二課は知能犯捜査の担当部署。選挙違反に贈収賄《ぞうしゅうわい》、汚職、企業犯罪、詐欺《さぎ》、横領などもその範疇《はんちゅう》に入る。

生田管理官が一つ咳払いをし、吉野を指差す。

「君は、はずしてくれ」

吉野は背筋を伸ばし、一瞬反発する姿勢を見せたが、倉田が小さく頷いてみせると、すぐ冷静さを取り戻せたのだろう。一礼して下がっていった。

ドアが閉まり、吉野の気配が去るまでは沈黙が続いた。

伊吹係長が顎をしゃくる。

「……まあ、座れ」

　倉田はすぐ近くの椅子《いす》を引き、あえて秋嶋二課長と生田管理官の正面に陣取った。

「なんですか。こんな昼時に呼び戻して、弁当の一つもなしですか」

　口を開いたのは秋嶋二課長だった。

「……倉田主任。ここは一つ、単刀直入にお願いしよう。今後、松井武弘に触るのはやめてもらいたい」

　中村管理官と伊吹係長は、ぼんやりと向かいの壁を眺《なが》めている。その態度で、大体の事情は分かった。

　捜査二課長から捜査一課長に話を通した上で、二課の生田管理官が一課の中村管理官に、松井への事情聴取をストップするよう要請した。順番としては、次に中村管理官が伊吹係長に下命《かめい》したはずだ。「倉田を引き戻せ」と。だがそこで、伊吹係長が難色を示した。「倉田が大人しく手を引くかは分かりませんよ」といった調子で。だったら誰が説得する、という話になり、最終的には秋嶋二課長が引っ張り出されることになった。そんなところではないだろうか。

　むろん、倉田も簡単に引くつもりはない。

「なぜです」

「分かるだろう。うちが内偵を進めてたんだ。今、部外者に掻《か》き回されたくない」

「掻き回してなんていませんよ。うちはただ、松井を刺した人間を追っているだけです。松井を洗っているわけではありません」

「だとしても、警察の人間に周りをうろうろされては迷惑なんだ。要《い》らぬ警戒をさせて、証拠を隠されでもしたら元も子もない」

なるほど。事情はだいたい摑めた。

「つまり今、松井の捜査が佳境《かきょう》に入っていると」

秋嶋が渋々頷く。

「……まあ、そんなところだ」

「狙いはなんですか」

「そんなこと……いえるか馬鹿」

「いえないなら、こっちも引けません」

隣の生田管理官が睨んでくる。だがそれは、秋嶋二課長が横から制した。

「そう、意地悪をいいなさんな。おたくの狙いは女殺しだろう。しかも公開捜査、写真まで公表されてる。ずいぶん、有力な情報も入ってきてるそうじゃないか。もう、松井に触らなくたってできるだろう」

有力な情報、辺りは単に鎌《かま》を掛けているだけだろう。今朝《けさ》の会議に上げた川上の件まで、二課が認識しているとは思えない。

「いえ、まだですね。女の方はともかく、松井が刺された原因はまだまったくの手つかずです。むしろこれからですよ」

秋嶋が小首を傾げる。

「どうあっても、松井から手を引く気はないと」

倉田も同じように傾げてみせる。

「そうはいってません」

「じゃ、どういう意味だ」

「ネタを明かしてください」

秋嶋が首を戻す。

「ネタ？　なんの」

「松井の横領についてですよ。そこが明らかにならないと、この件は落ちない」

生田がとっさに腰を浮かせる。だが、再び秋嶋が彼を押さえる。さすが、キャリア課長は権限が違う。自らの裁量でネタの出し入れができるのは大きな強みだ。

「……何が知りたい」

「全部ですよ。松井は少なくとも、七年前から女を囲ってた。月々三十万ずつ渡してね。

でも松井は、四十代のノンキャリ職員ですよ。仮に年収が七百万あったとしても、年間三百六十万、ごっそり半分愛人に持ってかれて、それで女房が黙ってますかね。普通は黙ってないでしょう。しかし松井は、そこを上手くやっていた。だとしたらもう、別口の収入、つまり横領を疑うしかないでしょう……むろん、いま納得できるように説明してもらえるなら、今後松井には触りません。約束します。でも、半端《はんぱ》な説明で茶を濁すようなら、こっちは自力で、納得いくまでやりますよ。……どうします。私はどちらでもいいんですが」

秋嶋は、溜め息をつきながら頷いた。

「……まあ、大方《おおかた》はお察しの通りだ。だが、松井がやってたのは単なる横領じゃない。組織的な裏金作りだ。松井は、もう十年も前から裏金作りに手を染めていた。というより、裏金作りに精通していたからこそ、参事官室の庶務主任にまでなれたといってもいいだろう。これまでに明らかになってる外務省の伝統的な手口ってのは、おおよそは店絡みだ。五十万飲み食いしたら、百万請求させる。それを受けた省の会計が、百万円支払う。そうやって店側に、五十万の『プール金』を作り出す。そのプール金は、あとでプライベートの飲み食いに使うのか、店側と交渉して現金化するのか、それは担当者次第だろうが、松井が考え出したのは、それとはちょっと違うシステムだった」

生田がちらりと秋嶋を見る。そこまで明かす必要があるのか、とでもいいたげだが、ここで止《や》められたら倉田も黙ってはいない。

その辺の空気も読めているのだろう。秋嶋は続けた。

「松井は……同じことをハイヤー会社相手にやっていた。ハイヤーの水増し請求だ。五十万の配車実績しかないところに、百万の請求を起こさせる。しかもその差額をプールせず、直《じか》にタクシーチケットで受けとり、さらにそれを金券ショップに持ち込んで現金化する……これが、松井の手口だ」

なるほど。松井はこのカラクリを知られたくないがために、野中紗枝子との関係を認めなかったのか。

「外務省ってのはな、モラルもなんにもないところなんだよ。女のアルバイトや臨時事務員なんてのは、基本的に顔と体で選ばれる。それを男どもが、仕事そっちのけで真っ昼間から取り合うような世界さ。それだけじゃない。病院にかかって共済でも利用すれば、その情報が福利厚生室に回って、あっという間に省内に知れ渡る。中絶や、持病の噂が出回って省内にいられなくなったり、最悪のケースでは自殺者まで出ている」

秋嶋は伊吹、中村と順番に見て、また倉田に目を戻した。

「捜査一課の仕事は、そりゃ何よりも優先されるべきだとは思うよ。人命に直接関わるんだからな。でも、そうじゃないところにも悪はあるんだ。分かってくれよ。税金泥棒とか、もうそういうレベルじゃないんだ。いま上手くやらないと、奴らは証拠を焼き捨てちまう。……頼む。松井から手を引いてくれ。埋め合わせは、必ず何らかの形でするから」

充分、納得はいった。

椅子を引いて立ち上がる。

「分かりました。……もう、松井には触りません」

一礼し、秋嶋らに背を向ける。

ギヴ&テイク、でイーヴン。いや、それより少し、損をした気分だった。

その後も、小さな情報は細切《こまぎ》れに上がってきた。

野中紗枝子は十一年ほど前、外務省に事務補助員として採用され、それから約四年間勤務していた。松井とはその間に知り合い、関係を持つようになったのだろう。松井の野中に対する送金が始まったのがその直後だから、辻褄《つじつま》は合う。ひょっとしたら松井の方から、もう外務省は辞めろ、以後は俺が食わせてやる、と持ちかけたのかもしれない。

だが肝心の、カメラ映像の男の特定となると、ほとんど進展がない状況だった。むろん、川上紀之が何らかの事情を知っているものと考え、立ち回りそうな場所に捜査員を配置してはいる。ここ三年ほど住み続けている高円寺《こうえんじ》のアパート、アルバイトをしていた運送会社、長野の実家周辺、痴漢騒ぎで破局した女性の自宅。

それでも、川上らしき人物を発見することはできなかった。

捜査が足踏み状態に陥《おちい》っているうちに年は明け、一月五日金曜日、英樹の起訴が決まった。未成年のため量刑での配慮はされるだろうが、受けるのは一般と変わらない刑事裁判になるということだった。

その結果を受け、倉田は即日退職届を提出した。結局、麻布事件の結末を見ることなく、警視庁を去ることになった。心残りがないといったら嘘になるが、だからといって事件解決までいさせてほしいとも思わなかった。自分は、刑事の資格などとうの昔に失っていた。今回はただ上層部が判断に窮し、決定を保留していただけだ。自分はそれに甘え、息子が殺人を犯したという事実から目を背《そむ》けてきた。それだけのことだ。

家に帰ると、妙に張り切ってみせる妻の姿が痛々しかった。十八歳なんだから、刑期を終えて出てきたってまだ充分若い。いくらだってやり直しは利く。そんなふうに早々と割り切ってみせるところに、強い違和感も覚えた。

警察を辞めてきた、というと、あらそう、という答えが返ってきた。いいじゃない、仕事なんてなんだって。そうもいわれた。違和感は一層強まり、居たたまれなくなり、家を出た。

だがいくべき場所は、あまりなかった。

昼間から酒を飲み、どうしようもない酔っ払いになってしまいたいという欲求もなくはなかったが、残念ながらできなかった。いや、酒を飲んではみたのだが、まったく酔えなかった。それでも無理して飲み続けると、吐いてしまう。その繰り返しが馬鹿馬鹿しくなり、酒は飲まなくなった。

繁華街を歩いても、海を見にいっても、渇ききった心に変化は訪れなかった。たった一ついっていない場所があったが、どうしてもそこにだけは足を向ける気になれなかった。今だと、東京拘置所ということになるが、事ここに至っても、英樹に会いたいという気持ちは微塵も湧いてこなかった。さらにいうならば、会って親だとか、子だとか、関係を確認するのが我慢ならなかった。今ですら腸《はらわた》が千切《ちぎ》れそうな怒りを抱えているというのに、実際に会ってしまったら、自分が何をしでかすか想像もつかない。

あるいは、怒りが萎《な》えてしまうということも、あるかもしれない。会った途端、妻と同じように英樹を赦《ゆる》したくなってしまうかもしれない。早く刑期を終えて社会復帰してくれれば、事件を過去のことにできる。そんなふうに考えるようになるかもしれない。

それも、到底赦し難かった。

数々の犯罪者に手錠を掛け、法廷に送り込んできた。中には未決囚も、すでに死刑になった者もいる。死ねば、仏だ。墓までいって手を合わせ、成仏《じょうぶつ》しろよと唱えるくらいはする。だが有期刑で済んだ者に対しては、嫌悪《けんお》と怒りを忘れず抱き続けている。

そう。人の命を奪ったら、もう償う方法はない。せいぜい、死んで詫びるくらいしかすべきことはない。だから、一人殺せば原則死刑でいいと思ってきた。そう信じて、警察官をやってきた。刑事として、日々靴底を減らして東京中を歩き回ってきた。

だから、困っている。息子だけは例外的に赦してほしい、などという嫌らしい考えは遠ざけたかった。我が息子だからこそ、罪を犯したならば真っ先に突き出す。どうぞ命を取り、収めてくださいと差し出す。そうありたいと今も思っている。英樹にも、選択肢があるならば死を選べ、そういいたい。

だがその選択肢が、今の日本にはない。よほどの殺し方でない限り被害者が一人では極刑は望めない。ましてや犯行時に未成年では、無期懲役にもならない。不定期刑を言い渡され、ほんの数年で仮出所となるのが関の山だ。

分からなかった。どうすべきなのか。殺人犯となった息子をどう扱うべきなのか、まるで考えがまとまらなかった。

いつのまにか、病院まできていた。松井が入院している、あの大学の付属病院だ。

もう警察官ではないのだから、病室を訪ねるわけにはいかなかった。それ以前に秋嶋との約束もある。捜査の邪魔はしたくなかった。

仕方なく、敷地内の広場にあるベンチに座った。ところが、硬く冷たい木の感触が、何かの罰のようで思いのほか心地好《よ》かった。自分を甘やかしたくない。そんな欲求を満たすために、冬枯れた草地のベンチに座り続けた。

夕方まで居座ったが、暗くなり始めたので家に帰った。だが翌日、また同じ場所にきてしまった。そのまた翌日も、翌々日も。

何日目だろうか。隣に、細面《ほそおもて》の男が座った。ニット帽を深くかぶり、顔の半分を覆うほどの無精ヒゲを生やしてはいたが、よく見ればそれは、川上紀之だった。

不思議と、驚きはなかった。

ただ黙って、二人で座っていてもよかった。キンと甲高《かんだか》い音をたてて過ぎていく寒風に、甘んじて弄《なぶ》られ続けるのも悪くなかった。

だがなんの悪戯《いたずら》か、彼のライターはガス切れだった。いくらこすっても火花が散るばかりで、一向にタバコの先に火は灯《とも》らない。

倉田が自分のライターを差し出すと、彼は微かに笑みを浮かべ、会釈《えしゃく》しながら受け取った。倉田も自前の一本を銜え、同様の会釈で戻されてきたそれで火を点けた。

互いにひと口ずつ、一面《いちめん》白く曇った空に吹き上げる。

それが、何かの合図になったようだった。

彼が口を開いた。

「つかぬことを、伺いますが……警察の方、ですか」

驚きはあったが、動揺はしなかった。

「……いえ。もう、違います」

「じゃあ、元、ということですか」

「そうです……よく、お分かりになりましたね」

彼はもうひと口深く吸い、ゆっくりと吐き出した。

「……すみません。何度か、お見かけしていたので」

その言葉の意味を正確には測りかねたが、つまり倉田の面《めん》は割れていたと、そういうことらしかった。

「じゃあ、あなたが、川上紀之さん」

ライターのときと同じように、浅く頷く。

彼、川上は、実に穏《おだ》やかな表情をしていた。

「やはり、私だという目星は、ついていたんですね」

「ええ、そういう情報は入手していました。あなたが、野中紗枝子に強制わいせつで訴えられたことも、承知しています」

川上の目に、針のような鋭さが宿る。

「……それが、松井によって仕組まれたものだ、ということも？」

倉田は頷いてみせた。

「これは、私の推測に過ぎませんが……あなたは朝陽新聞時代、外務省の裏金作りについて調べていた。その過程で松井の存在を知り、彼こそが裏金作りの最先端をいく人物だと目星をつけた。だが逆に、あなた自身も狙われる立場になってしまった。通勤電車内で野中紗枝子の接近を受け、痴漢だと訴えられた。その結果、すべてを失った……おそらく当時のあなたは、野中紗枝子と松井の関係を知らなかった。無理もありません。その事件の二年も前に、野中紗枝子は外務省を退職していたんですから。あなたは痴漢騒動と、松井への取材に因果関係があるなどとは気づかなかった。だが何かのきっかけで、最近になって知った。野中が松井の愛人で、あの痴漢騒動が仕組まれたものであることを、悟ってしまった……違いますか」

川上は、小刻みに何度か頷いたが、倉田の言い分が正しいと認めているのとは、少々違うように見えた。

倉田は続けた。

「なぜ、分かったんですか。野中が松井の愛人だということが」

それには、静かにかぶりを振る。

「大した理由はありません。ちょっとした偶然と、勘ですよ……それよりも私は……いや」

何かにフタをしようとするように、半分ほどになったタバコを口に持っていく。

「川上さん、なんです。どうせなら話してください。もう私は警察官じゃない。あなたが何を告白しようと、手錠をかけることはできない」

「でも、通報くらいはするでしょう」

そんな気力もない、とは、あえていわなかった。

「しませんよ」

川上はもうひと口吸い、だが吸い差しを捨てるところがなく、持て余し始めた。倉田が携帯灰皿を差し出すと、また会釈のように頭を下げる。こんな男がなぜ、という疑問が湧く。

「……刑事さん」

「元、です……倉田といいます」

「倉田さん。私があの二人に罰を下したいと思ったのは、あの痴漢事件だけが原因じゃないんですよ」

罰を下す——その言葉に、倉田の背骨が素早く反応していた。

痺《しび》れに似たものが脊髄《せきずい》を這《は》い上がり、脳天まで突き抜けていく。

また川上の目に、針の鋭さを見る。

「知ってますか。外務省ってのはね、とても異性関係にだらしない役所なんですよ。あの娘はよかったとか、何々課の誰々には手を出すなとか、そんなことを恥ずかしげもなく口に出す連中なんです。在外公館にいきたがるのも、主な目的はセックスですよ。あんなのがエリート官僚なんて呼ばれてるかと思うと、本当に吐き気がする……そんな中でも、松井はひどかった。奴がやたらとプライバシーを触れ回ったせいで、自殺した女性だっていたんですよ」

川上は硬く握った拳を、自らの膝《ひざ》に落とした。

「でも、まさか……松井が生きてるなんて思わなかった。あんなに何回も刺したのに、まさか、助かってるなんて……」

魔が差す、という言葉がある。倉田は今までそれを、衝動的犯罪の説明に使う、便利な言い回し程度にしか思っていなかった。

だが、いま分かった。

人が人を殺す理由なんて、本当はなんでもいいのだ。要は、ある問題を解決するために「殺害」という方法をとるのかとらないのか、つまりは「選択」の問題なのだ。

ある者は痴情のもつれで。

ある者は金のため、あるいは地位や名誉のため。

そしてある者は、正義のため。

人を殺したら、償いは命でしか、いや命でもできない。できないが、それでも命を差し出すしかない。そう思って倉田は生きてきた。息子であれ、人を殺せば自ら命を差し出すべき。今もその考えに変わりはない。

だが、最終的に差し出せる命は一つ。何人殺しても一つ。二人殺してしまったら、あとは何人殺しても同じ。そういう考え方もある。

今、その考え方を採用しようとしている、選択しようとしている自分がいる。

「……川上……」

倉田は、松井武弘が入っている病室の番号を、川上に教えた。そして今なら、捜査一課の刑事はいない、その他の部署の人間が警備についていることもない、と付け加えた。

川上はしばし、戸惑うような表情を見せたが、やがてあの、浅い会釈をして立ち上がった。ウォーマーコートというのだろうか。スポーツ選手が着るような丈の長い防寒着の裾を翻《ひるがえ》し、ポケットの中にある何かを確かめ、真っ直ぐ、病棟入り口に歩いていった。

また、キンと甲高く啼《な》きながら、寒風が過ぎていった。

倉田は一人になった。

家に帰ると、妻が殺されていた。

犯人は、嶋田彩香の父親だった。

沈黙怨嗟／サイレントマーダー

所轄《しょかつ》だとか本部だとか、これまで自分はそういうことをあまり気にしないタチであろうと、葉山則之《はやまのりゆき》は思っていた。

若いうちに警視庁本部に引き上げられたからといって、それをことさら自慢に思うようなことはなかったし、実際、そういう話をすること自体好きではなかった。自分はどこにいようと、与えられた仕事を粛々《しゅくしゅく》とこなすだけだと思っていた。

別に、仕事は給料分だけすればいいとか、そんなふうに考えていたわけではない。むしろ、捜査に損得勘定を持ち込みたくないという方が大きかった。被害者にとっては、あらゆる事件が大事件なのだ。捜査する側の慣れやセクショナリズムで、事件を格付けしたり色分けしたりはしたくない。

だが、こうやって改めて所轄署に勤務するようになると、やはり本部との違いを感じざるを得ないのもまた事実だった。いや、ようやく思い出したというべきか。

本部の捜査一課殺人班にいた頃は、本当に殺人事件しか担当しなかった。事件が起こり、特捜本部が設置された所轄署にいき、そこの捜査員と組んで聞き込みをして回るという、極めて専門性の高い職務を三年半経験した。

その後、巡査部長昇任試験に合格し、再び所轄に出ることになった。現在勤務しているのは世田谷区松原《まつばら》にある北沢《きたざわ》警察署。本来なら、最低でも一年は地域課に勤務すべきところだが、諸々《もろもろ》の事情で配属は刑組課（刑事組織犯罪対策課）強行犯《きょうこうはん》捜査係になった。つまり表面上、手がける事案の性格は捜査一課時代と変わらないことになる。

だが、実際の職務内容はまるで違う。

北沢署は管区のほとんどが閑静な住宅街であるため、強行犯事案といっても「ひったくり」が発展した形での事後強盗や、喧嘩レベルの傷害事案がせいぜいだった。確かに下北沢駅前の商店街は賑《にぎ》やかだが、若者中心の街であるのと、商店会の防犯意識が比較的高いことなどから、いわゆる「凶悪事件」と呼ばれるような事案は滅多に起こらないようだった。実際、葉山が配属されてからこの三ヶ月の間に起こった事件といったら、酔っ払い絡みの傷害が数件と、飲み屋での強制わいせつ未遂が一件だけ。それとて事件として軽視するつもりは毛頭ないが、処理にかかる時間と処罰の重さで計れば、その差は歴然としていた。

また、自分の机に座っている時間も大きく変わる。

捜一にいた頃は、一度事件が起こると基本的に解決するまでは本部に戻らなかった。よって本部にある自分の机に座ることもなくなる。だが所轄署では、毎日必ず自分の机に座る。書類仕事の大半は自分の机でする。

当然、そこでパソコンの調子が悪くなる、などという事態も生じ得る。

「うるせえな。さっきからジージージージー」

向かいの席にいる、担当係長の椎名《しいな》警部補がこっちを覗く。

「すみません。なんか、ドライブの調子が悪くて。データが上手く読み込めないんです」

さらに中腰に立ち上がる。椎名は四十過ぎだが機械類には滅法《めっぽう》強い。課内では「パソコン大臣」とも呼ばれている。

「寿命なんじゃねえか？　ドライブなんてもんは消耗品だ。大人しく修理に出すか、じゃなきゃ外付けのを買ってこい。外付けだったらメーカーは……」

そう、いいかけたところで電話が鳴った。統括《とうかつ》係長や、他にもデカ長が二人ほどいたが、いち早く受話器を上げたのは椎名だった。

「もしもし」

外線ではなく、署内のどこかからの内線電話だ。

「分かりました。こっちに上げてください……え？　なんですかそれ。だったら一一〇番すりゃいいのに……はあ、分かりました。誰かいかせます」

受話器を置き、中腰のまま葉山を見下ろす。

「年寄り同士が殴り合いの喧嘩をしたらしい。すぐ一緒にきてくれって、下に家族がきてる。お前、今日当番だろう。いってこい」

所轄署ではその日の本署当番員、要は夜勤担当が初動捜査に当たる決まりになっている。その際は係の分掌を問わず、刑事事件であれば窃盗だろうと暴力事件だろうと扱わなければならない。

「分かりました。すぐいきます」

葉山はパソコンの電源を切らず、ディスプレイを畳んだだけで席を立った。

しかし一一〇番通報はせず、本署にいきなり飛び込んでくるとはどういうことだろう。よほど近所の住人なのだろうか。

受付にきていたのは二十歳前後の小柄な女性だった。

受付の係員が葉山に紹介する。

「こちら、タニガワさん。お住まいは松原四丁目だそうです」

場所にもよるが、松原四丁目だったら歩いて十分前後はかかる。決して署の近所とはいえない。

「葉山です。少し、事情を伺ってもよろしいですか」

署の玄関脇にあるベンチを勧めると、彼女は小さくかぶりを振った。

「あの、詳しくは歩きながら話しますから、とにかく、きていただけますか」

「そんなに緊急の事態でしたら、最寄りの交番の者を向かわせますが」

松原四丁目だと、どこだ。明大前《めいだいまえ》駅前交番の管轄になるのか。

「いいえ、緊急ってわけじゃないんですけど、でも急いできてほしいんです。交番のお巡《まわ》りさんじゃなくて、刑事さんに」

「どういうことでしょう」

「ですから、それは歩きながらお話しします」

手こそ引かれなかったが、なんだかんだ強引に葉山は署から連れ出されてしまった。時刻は十一時半。予報では夕方から雨になるということだったが、頭上にはすでにどんよりと暗い雲が迫ってきている。

歩いているうちに降られなければいいが。

彼女の名は谷川千尋《ちひろ》。大学生だというが、なぜ平日の午前中なのに学校にいかないのだろう。

「殴り合いと伺いましたが、お怪我《けが》は」

「いえ、怪我というほどのことは。ほっぺたがちょっと腫《は》れたくらいで」

「じゃあ、救急車は」

「呼んでません」

「被害に遭われたのは、どなたなのでしょう」

「祖父です。谷川、マサツグといいます」

漢字は「正継」と書くらしい。今は月に一、二度何かの理事会に出かけるだけで、普段は毎日家にいる、いわば隠居状態なのだという。

「そもそも、何があったのですか」

千尋が首を捻《ひね》る。

「私も、見ていたわけではないんでよく分からないんですが、祖父が知り合いの方を家に呼んで、朝から将棋を指していたんです。私は最初にお茶をお出しして、その後は自分の部屋で勉強をしていたので、詳しいことは分かりません」

「大学へは、今日は」

「授業がないんで、今日はいかないでいいんです。明日までのレポートがあるんで。それをやろうと思ってて」

こんなことになってしまった、というわけか。

「他にご家族の方は」

「両親は旅行中で、祖母は、今日は朝から歌舞伎を観に出かけているので、家には祖父と私だけでした」
三、四階建てのマンションが並ぶ一画から、戸建ての二階家が多い地区に入った。建物は新旧様々だが、どの家も少しずつ緑地を持っており、小さいながらも豊かな印象を抱く。千尋の住む家も、きっとそんな中の一軒なのだろう。
「ここです」

いや、違った。谷川家は周辺のどこよりも大きく、屋根には分厚い瓦《かわら》が載った、実に立派な日本家屋だった。が、よく見ると吹き直したのか外壁の塗装は新しく、むしろ葉山はモダンな印象を受けた。

玄関のアルミサッシも新品同様。ごく最近、大規模な改装工事をしたものと察せられた。

「上がってください。こちらです」

「失礼します」

通されたのは玄関右手、縁側のある和室だった。

奥には床《とこ》の間《ま》があり、水墨画の掛け軸が掛かっている。その下にある壺も、どことなく高そうに見える。

「おじいちゃん、刑事さん、きていただいたわよ」

千尋は縁側の座椅子に胡坐《あぐら》をかいている老人に声をかけた。

わりと大柄なのだろう。それなりに座高があり、顔も平べったく大きい。朝から将棋を指していたと聞いたが、今そこに将棋盤はない。部屋の隅に片づけられている。

「北沢署の者です。お話を伺いに、参りました」

谷川正継は腕を組んだまま庭を見ていた。口は真一文字。そういえば、少し左頬が腫れて変色しているようにも見える。

近くまでいき、畳に膝をつく。千尋が座布団を勧めてくれたが、それは遠慮した。

「何が、あったのですか」

すると、

「何がもクソもあるかッ」

正継はいきなり拳を振り上げ、縁側の床に何か叩きつけた。幾度か跳ね、転がったそれを見ると将棋の駒《こま》だったが、あいにく種類までは分からなかった。でもたぶん「歩」とかの、ごく小さな駒だ。

「ちょっと待ってくれといっただけなのに、なんなんだあの男はいきなり。殺す気か。気が狂ってるとしか思えん。今すぐいって逮捕しろッ」

顔を真っ赤にし、自分で自分の膝に拳を落とす。心臓疾患でもあったら大変なことになりそうな剣幕だが、幸いその兆候はないのか、しばらくすると正継は落ち着きを取り戻した。

タイミングを見計らって切り出す。

「あの、こちらは何分《なにぶん》事情が分かりませんもので、一つひとつ、順番にお伺いしていきます。まず、谷川さんにどなたかが危害を加えた、ということで、よろしいのでしょうか」

「……ああ。そうだ」

「お相手のお名前は」

「お相手なんぞといわんでいいッ」

もう一度拳を振り下ろしたが、今度は持っていなかったのか、駒は飛び出さなかった。

「その方のお名前を、教えてください」

「ホリイタツオだ」

名字は「堀井」だが、名前の漢字はよく分からないという。年も七十前後というだけで、正確なところは分からない。

「堀井氏とは、どういうご関係で」

すると、困ったように溜め息をつく。

「三軒茶屋の将棋サロンで顔見知りになって、今度暇なとき、うちに指しにこないかと誘ったのが、付き合いの始まりだった。もう、三回か四回、ここに呼んでいる」

「堀井さんはどこにお住まいの方ですか」

「太子堂《たいしどう》の方だといっていたが、詳しくは知らん。訪ねたこともない」

ここから太子堂は車でいったら十五分くらいだが、電車だと乗り換えだのなんだので、三十分ほどはかかるだろう。

続けて将棋サロンの住所を尋ねると、正継は和室の出入り口付近にいた千尋を指差して命じた。

「そこに入ってる、バッグをとってくれ」

和室の中央に置かれた座卓の下に、底の浅い籠《かご》のようなものがある。千尋はそこに手を入れ、何やら取り出した。

「これ？」

ナイロン製のウエストポーチ。正継が頷く。

千尋がきて手渡すと、正継はその中から長財布を取り出した。さらにそこから会員証らしきカードを抜き出す。

「……あと、眼鏡」

面倒なので直接、葉山が見ることにした。三軒茶屋将棋サロン。世田谷区三軒茶屋二－十六－△。三軒茶屋と太子堂は目と鼻の先だ。

許可を得てサロンの住所を控える。

「このサロンは会員制ですか」

「ああ」

「ではここにいけば、堀井さんの住所も分かりますね」

正継は頷きながら、会員証を財布に戻す。

葉山は正継の手が止まったところで訊いた。

「さきほど、待ってくれといっただけで暴行を受けた、というように伺いましたが、いわゆる『待った』というのは、頻繁にすることなのでしょうか」

葉山が将棋について知っているのは、駒の動かし方がせいぜい。その先の細かいルールは分からない。

正継は、咳払いを一つしてから答えた。

「……そこのサロンは、待ったをしたとかしないとかが、揉め事の原因になるので原則禁止としているが、そんなものは、それぞれの間柄の問題だ。互いに了承し合える仲なら、普通は問題なんぞ起きん」

「では、堀井さんとはどうだったんでしょうか。頻繁に、待ったが出る間柄だったんでしょうか」

正継は財布をポーチに捻《ね》じ込みながら、小首を傾げた。

「どうだったかな……ただ、家まできて指すんだから、その辺はアレだろう、いわんでも分かるだろう。子供じゃないんだから、一々そんなことで怒る方がどうかしてる。暴力に訴えるなんてのは言語道断。そうだろう。君だって、そう思うだろう」

しかし、その辺りの了解事項が曖昧《あいまい》だったから、お互いの認識にズレがあったから、トラブルが起こった。そういうことではないのか。


三軒茶屋将棋サロンを訪ねると、堀井辰夫《たつお》の現住所は簡単に分かった。太子堂五丁目。ついでにその会員名簿で年齢も確認させてもらった。今年の九月で七十二歳。ちなみに谷川正継は六十六歳ということだった。

訪ねてみると、堀井邸はこぢんまりとした、実につましい佇《たたず》まいをしていた。路地に面した間口もせまく、外壁もくすんで古びている。

呼び鈴を押すと、中から女性の声が応えた。

「はい、ただいま」

相手が誰か確かめもせず開けたら無用心でしょう、と思ったが、顔を出したのはいかにもそういうことをしそうな、よくいえば人の良さそうな、悪くいえば少々ヌケたところありげな女性だった。年の頃は四十前後。

「恐れ入ります。北沢警察署の者ですが、堀井辰夫さんはご在宅でしょうか」

女性は手帳と葉山の顔を見比べ、おずおずと頷いた。

「ええ、おりますけど」

「少し、お伺いしたいことがございます。お目にかかれますでしょうか」

「はあ……少々、お待ちください」

彼女はいったん引っ込み、廊下の中ほど、茶の間らしきところで誰かと話し始めた。すぐ、同じ戸口にかかった玉暖簾《たまのれん》を揺らし、小柄な老人が姿を現わした。

「突然お訪ねしまして恐縮です。北沢署の者ですが……」

「ええ、分かってます。ちょっと、外に出ましょうか」

彼はタタキにあったサンダルに爪先《つまさき》を入れ、下駄箱に手をつきながらこっちに出てきた。

少し歩き、堀井辰夫は神社の一角にある児童公園に葉山をいざなった。

砂場の向こう、ペンキの剝《は》げかかった水色のベンチを目で示す。

もうすぐ七月。神社には黒々と樹木が生い茂り、藪蚊《やぶか》が大量発生していそうだが、贅沢はいえない。二人でベンチに腰を下ろし、まず辰夫の顔色を確かめた。

正継が将棋の駒を投げたのは右手。おそらくは右利き。殴るとしたら相手の左頰という ことになるが、辰夫の顔にそのような痕《あと》はない。つまり殴り合いというよりは、辰夫が一方的に殴った、ということなのかもしれない。

辰夫が、溜め息と共に口を開く。

「……谷川さんの、ことですか」

少し鼻にかかってはいるが、よく通る声だった。この件について反省しているのか、今は少々萎《しお》れた感があるが、体格は小柄ながらも均整がとれており、ぱっと見は健康そうな老人という印象を抱く。

「ええ。さきほどご自宅にお邪魔して、お話を伺いました。ただ、一方の訴えだけを聞くのは不公平ですので、堀井さんにも事情を伺いたいと思い、お訪ねしました」

悲しそうに下唇を嚙む。この穏やかそうな老人が、待った待たないを理由に暴行騒ぎを起こしたというのか。

「谷川さんのお宅で何があったのか、お話しいただけますか」

辰夫は半ばうな垂れるように頷いた。

「……二局目の、終盤に差しかかっていたでしょうか。私の、王手飛車取りという場面で、谷川さんは、その一手を待つよう私にいいました。それで、急に腹が立って……つい、ガツンと一発、殴ってしまいました。谷川さんは、縁側から畳の方に、大袈裟《おおげさ》に転げて。それでも私は怒りが収まらず、追いかけてもう一発、と思ったんですが、階段の方で足音がしたので……今朝は、お孫さんがいらしたので、それで我に返り、そのまま……逃げ帰って、きてしまいました」

千尋の部屋は二階、ということか。

「何もいわずに、いきなり殴ったのですか」

辰夫は微かに眉をひそめた。

「どう、だったでしょうか……よく、覚えていません」

「待ったというのは、そんなに腹が立つものですか」

それにも小首を傾げる。

「そのときは、そうでしたね。腹が立ちました」

「二局ということは、何時頃から指し始めたのですか」

「私が、先方に伺ったのが、八時半とか、それくらいだったと思います」

「谷川さんのお宅には、どうやって？　電車ですか」

「いえ、自転車です。雨さえ降っていなければ、私はどこでも、自転車でいきますので」

ここまで、二人の話に矛盾点はない。

「一局目のときも、谷川さんは待ったをしたんですか」

「いえ。最初は、しなかったです」

「二局目で、いきなり？」

「そう、ですね……そうだったと、思います」

「谷川さんとは、サロンで知り合われたと伺いましたが、そのサロンでは、待ったは原則禁止になっているそうですね。サロンで指しているときも、谷川さんは待ったを申し込んですか」

「いや、どうだったでしょう……よく、覚えていません」

少なくとも、正継は「待った」の常習犯ではない、と。

「他の方はどうですか。サロンでは、ちょくちょく待ったはかかるものなんですか」

辰夫は浅く息を吐き、顔を上げた。

「殴ってしまったのは、申し訳なかったと思っています。まさか、刑事さんが調べにくるような騒ぎになるとは、思っていませんでした……ご迷惑を、おかけしました。私は、逮捕されるんですか」

葉山はかぶりを振ってみせた。

「伺ったところ、軽微な傷害のようですし、現時点では、堀井さんも落ち着いておられるので、今日のところは、逮捕までは必要ないと思います」

「やはり、傷害罪か何かで、罰せられるのですか」

「それも、谷川さん次第だと思います。谷川さんが刑事告訴を望まれる場合は、そういうことになるかもしれません」

「そうなると、やはり、刑務所ですか」

それには、こっちも首を傾げざるを得ない。

「現時点では、分からないとしかいいようがありません。もう少し詳しく、双方からお話を伺って、警察が調書を作ったり、検察とか、裁判とか、そういう手続きを経た上での、刑務所ですから。いま伺ったお話だけでは、私にはなんとも判断しかねます」

ただ、普通は当事者同士の話し合いの上示談《じだん》、というケースだとは思う。

夜になって、再び千尋が署を訪ねてきた。たまたま本署当番だから葉山は署にいたが、そうでなければこんな八時過ぎにこられても応対のしようがない。

一階の受付にいた葉山を見つけ、ぺこりと会釈をする。一緒にいた生安《せいあん》（生活安全課）の佐藤《さとう》巡査部長も怪訝そうに葉山を見た。

とことこっと、千尋が近寄ってくる。

「あの……今朝の件、どうなりましたでしょうか」

その声色、表情から、なんとなく葉山は事情を察した。

今朝、千尋を署にこさせたのは正継だ。そのときは、交番の巡査では埒《らち》が明かない、直接北沢署にいって刑事を呼んでこい、とでもいったのだろう。そして夜になり、また捜査の進捗《しんちょく》状況を聞いてこい、と始まった。あるいは夕方からいわれており、だが千尋も忙しいので、レポートが一段落した今になって訪ねてきた。そんなところではないだろうか。

葉山は、隣の佐藤にひと言断った。

「すみません、ちょっとはずしてもいいですか」

「ああ、いいよ」

「谷川さん、じゃあ、こちらに」

こんな時間だ。会議室ならどこでも使い放題だが、あまり人気《ひとけ》のない上の階ではかえって千尋も落ち着かないだろう。

葉山は一階の廊下の奥、署長室隣の第一会議室に案内した。

「どうぞ、お掛けになってください」

ロの字に組まれた会議テーブル。出入り口近くの席に千尋を座らせ、葉山は角をはさんで斜め向かいの椅子を引いた。

千尋は色白の、なかなか利発そうな目をした女性だった。専制君主的祖父のいいつけ通り二度も警察署に足を運ぶのだから、性格はよほど素直なのか、家族思いなのだろう。

「昼過ぎに、堀井さんのお話も伺ってきました」

葉山は一応、あったままを報告した。堀井辰夫は反省しており、正継が堪忍できるなら、当事者同士の話し合いで示談という方向が望ましいことも、それとなく付け加えた。

しかし、千尋の表情は晴れなかった。正継になんといわれてきたのか。

「正継さんは、その後いかがでしょうか」

千尋は「はい」と小さく頷いた。

「左頰は、確かにまだ、ちょっと腫れてますけど、大したことはないと思います。そもそも大袈裟な人なので、こんなことになってしまいましたが、今どきは子供だって、これくらいの喧嘩じゃ大して騒がないですよね……本当に、お恥ずかしいです」

ある意味、子供だから許される、大人だから許されない、という面もあるとは思うが。

少し、千尋にも事情を訊いておこうか。

「……あの、千尋さんは、堀井さんのことを、以前からご存じでしたか」

また小さく頷く。

「前にも、会ったことはあります。優しそうな人だったので、今朝のことは、ちょっと意外に思っています……けど、もしかしたら、うちのおじいちゃんの方が、何か腹の立つようなことをいったのかもしれないし……そういうこと、たまにあるんで」

聞き捨てならない発言だ。

「そういうこと、というのは」

「あ、いえ……たまに、近所の人と口喧嘩したり、その程度のことですけど。そもそも、ああいう横柄《おうへい》な人なんで、逆に堀井さんみたいに、穏やかな感じの人でないと、家まではきてくれないんじゃないかって、思います」

この娘は、一体何をいいにきたのだろう。口から出るのは、自分の祖父を不利な立場に追いやるような発言ばかりだ。

間を置くと、さらに千尋は続けた。

「あの……これは、そんなにちゃんと聞こえたわけじゃ、ないんですけど」

正継が何かいったのか。

「はい」

「下で物音がして、何かなって思って、私が部屋から出たとき、なんか、物凄《ものすご》い怒鳴り声が聞こえたんです。おじいちゃんの声じゃなかったんで、堀井さんがいったんだと思うんですけど」

「なんと、聞こえたんですか」

千尋が首を捻る。

「お前に殺された、とかなんとか」

「殺された？　堀井さんが、そういったんですか」

「たぶん。あの興奮した感じからも、そうだったんだと思うんです。私が下に下りたときにはもう、堀井さんは、こう、肩を怒らせるような感じで廊下に出てきてて、帰ろうとしていましたし、すぐに部屋を覗くと、おじいちゃんは畳にへたり込んで、呆然《ぼうぜん》としてました。おじいちゃんが怒り始めたのは、それからちょっとしてからのことです」

どういうことだろう。

「堀井さんは、誰が殺されたと、いったんですか」

今度は反対に首を捻る。

「どうだったかな……あいつ、とか、そんな感じだったかな」

何しろ年寄り同士の話なので、一瞬にしろ戦時中の記憶が蘇《よみがえ》ったのか、などとも思ってみたが、考えてみれば辰夫は現在七十二歳、正継が六十六歳。終戦当時辰夫は小学生で、正継はまだ生まれて間もない勘定になる。そういう話ではないだろう。

だとすると「殺された」という発言は、なんについてなのだろう。


当番明けの翌日、葉山は非番だった。

せっかくの休みなのだから、下北沢辺りで買い物をするとか、映画や芝居を観るとかすればいいのだろうが、あいにくその手のことには興味がなかった。強《し》いていえば海外のSF小説を読むのが好きだが、それだと完全に待機寮に籠《こ》もりっ放しになってしまうので、精神衛生上よくない。

もっと外に出た方がいいことは自覚している。たまに捜一時代の先輩、菊田《きくた》和男《かずお》や湯田《ゆだ》康平《こうへい》から誘いを受けることもあるが、これまではなかなか予定が合わず応じられずにいた。直属上司だった姫川玲子《れいこ》からも一度電話をもらった。そのときは少し近況を報告し合っただけで、何か約束をすることはなかった。

そう。友人と呼べる間柄の人間が、葉山にはほとんどいない。むろん恋人もいない。ほんのいっとき付き合った女性はいたが、それはもうずいぶん昔の話だ。

たぶん自分は、心のどこかで楽しむことを罪だと感じている。酒を飲むことも、隣の誰かの肩を叩いて大笑いすることも、自分には許されない気がしてしまう。中二の秋、あの殺人事件を目撃して以来続いている、禁欲という名の欲。そんな自分を唯一解放できる時間があるとしたら、それは捜査に従事しているときだ。

殺される場面を目撃したにも拘わらず、沈黙を選択してしまった自分。顔も声も分からない、ただ大きな影だった殺人者。罪悪感と恐怖感。日常生活に支障を来《きた》すほどではないけれど、常に晴れない何かが額の裏側に貼りついている。

それが、捜査をしているときだけは晴れる。だからつい、非番の日も捜査について考えてしまう。時間が空いたら何か調べよう、現場に足を向けようとしてしまう。

今日もそうだった。さして考えがあるわけでもないのに、なんとなく堀井邸まできてしまった。

夕方四時半。玄関前に立ち、呼び鈴を押そうかどうか迷っていたら、

「……何か、ご用でしょうか」

誰かに声をかけられた。振り向くと、小型犬を連れた男が立っていた。年は四十前後。目元が辰夫によく似ている。ひょっとして息子か。一昨日応対に出てきた女性の夫か。

「失礼いたしました。北沢警察署の者です」

手帳を提示する。非番でもこれだけは常時携帯している。

「ああ、例の、刑事さん」

不思議なほど、表情から感情が読み取れない男だった。声の調子も、好意的なのか迷惑に思っているのか判然としない。

「親父《おやじ》だったら、今ちょっと出かけてますよ。歯医者の予約を入れてたみたいで。よかったら、待ちますか」

散歩用のリードを持った手で玄関を示す。だが葉山はかぶりを振ってみせた。

「いえ、今日はできれば、ご家族の方にお話を伺いたいと思って参りました」

むろん、この場での思いつきだ。

辰夫の息子、堀井隆仁《たかひと》は犬を家に入れてから、再び出てきた。

「お待たせいたしました。ちょっと、そこまで出ますか」

頷き、並んで歩き始める。

「あれは、なんという種類の犬ですか」

「フレンチブルドッグです」

「名前は」

「ドンコ、ですけど……」

隆仁が眉をひそめる。

「それって、親父の件と、何か関係あるんですか」

「いえ、ないです。可愛いなと思って」

飼い犬を褒められると、たいていの飼い主は喜ぶ。隆仁もそうだった。少し態度が軟化したように感じられた。

隆仁の案内で茶沢《ちゃざわ》通り沿いにあるカフェに入った。

ふいに葉山の恰好《かっこう》を確かめるように見る。

「ちなみに、今は勤務中、ですか」

ネルシャツにチノパン。とてもではないが捜査中という恰好ではない。呼び鈴を押すのを躊躇《ためら》ったのは、実はこの恰好のせいもある。

「いえ、実は今日、非番なんです」

捜査権の有無《うむ》を問われるのかと思ったが、そうではなかった。

「じゃあ、飲めますか」

初めて隆仁が笑みを見せた。確かな好機の訪れに思えた。

「ああ、そう、ですね……」

店内の照明は、やや暗めの白熱灯。壁にはジャズのレコードジャケット。奥のカウンターにはずらりとウイスキーのボトルが並んでいる。迷わず「ロックで」とオーダーできれば恰好いいのだろうが、あいにく葉山は強い酒が得意ではない。

一人掛けソファの席に座り、ドリンクメニューを見る。

「じゃあ……せっかくですから、ビールにしようかな」

「私は、ハイボールで」

妙なことになってしまったが、公安部などでは、酒を飲ませて情報を出させる方がむしろ普通だという。勘定さえ割り勘にしておけば、別にあとで困った事態になることもあるまい。

ミックスナッツをつまみに、なんとなく飲み始める。

事件について切り出したのは、隆仁からだった。

「親父、私がいくら訊いても、将棋仲間をポカンと一発、やっちまっただけだって、それしかいわなくて。本当に、そういうことなんですか」

葉山は少し笑みを浮かべてみせた。

「ええ。どうも、そのようです。先方も少し頬が腫れたくらいで、病院にもいっていませんし。怪我というほどのことはないんですが……」

「ですが、なんですか」

隆仁が少し身を乗り出す。革張りのソファが低く啼く。

葉山もそれに視線を合わせる。

「ちょっと、気になることがありまして」

「はあ。なんでしょう」

「辰夫さんの近しい方で、どなたか事件に遭われたとか、殺されたとかいう方は、いらっしゃいますでしょうか」

「なんでまた、そんな物騒《ぶっそう》な」

「先方のお孫さんが、辰夫さんがその喧嘩の際に、お前に殺された、とかなんとか、そんなふうに怒鳴ったと仰るんです。だから何というわけではないですし、聞き間違いかもしれないので、気にする必要はないのかもしれませんが」

隆仁は、斜め下を睨みながら首を捻った。

「いや、そういう人は、いませんね。母は、もう八年も前に亡くなりましたが、いわゆる病死でしたし」

ちょっと気になるひと言だった。本人は無意識だったのかもしれないが、「病死」の前にわざわざ「いわゆる」とはさんだところに、葉山は引っかかりを覚えた。

「どういったご病気ですか」

隆仁は「ああ」と唸《うな》るようにいい、アーモンドを一つつまんだ。

「……病気そのものは、てんかんでした。たまにですが、発作も起こしていました。軽ければ、ぼんやりする程度の意識障害で済むんですが、大きいともう、全身突っ張って、痙攣《けいれん》してしまうんです。最期《さいご》は、風呂で発作を起こしてしまいまして。ですんで、病死というよりは、厳密にいえば溺死《できし》というか、事故死というか……運悪く、仕事の都合で、私たち夫婦は子供を連れて、マレーシアにいっている頃で。老夫婦を残していく不安はあったんですが、まさに、そうなってしまって……突然父に、国際電話で、母が亡くなったっていわれて。急遽《きゅうきょ》帰国しましたけど、何をどうすることもできなくて、葬儀を済ませたら、またマレーシアに戻りました。正式な異動で日本に戻ってきたのは、その二年後です」

隆仁は大手電機メーカーに勤めており、海外では現地工場の運営に関する仕事をしていたのだという。

「辰夫さんは、それについて何か、誰かを恨んでいるというようなことは、ありませんでしたか」

「……恨む」

それには首を傾げる。

「病気そのものは、誰のせいでもありませんし、事故に関しては、もっと気をつけてやっていればって、自分を責めているようなところもありましたが、かといってね……あんな家ですから、風呂だってせまいし、ましてや、てんかんの発作なんていつ起こるか分かりませんからね。毎晩一緒に入ってやるわけにもいかなかったでしょうし。それに、あんまり用心し過ぎていては、普通に暮らせるものまで暮らせなくなって……」

隆仁は、言い終える前に顔色を変えた。

「どうか、しましたか」

「あ、いや……でもな」

シャツの、肩の辺りを指先で掻く。

「些細《ささい》なことでもけっこうなんですが」

「いや、どうかな……」

隆仁は半分ほど残っていたハイボールを一気に飲み干した。

ポケットからタバコの箱を出し、一本抜き出す。

「いや……それでもね、結局悪いのは俺なんだって、親父はいってたんです」

「ええ」

「実に、お恥ずかしいことですが、母は亡くなる少し前から、てんかんの薬を、飲んでいなかったようなんです」

てんかんに関する知識はほぼないに等しいが、それでも今までの話から、薬を飲まなければ発作が起きやすくなるだろうことは容易に察せられる。

「しばらく治まっていたから、というのもあったらしいんですが、実は、当時親父が勤めていた工場が、業績不振から、従業員の給料を払えなくなっていたらしくて」

「当時というのは、いつ頃のことですか」

「ですから、母が亡くなる、ちょっと前です。八年前の年明けとか、春くらいですかね」

「辰夫さんは、その工場にずっとお勤めで」

「いえ、六十の定年までは大手の金属加工メーカーにいたんですが、その後、地元の町工場に再就職しまして。何しろ小さいもんで、それもあったんでしょうが、資金が回しきれず、給料不払いになって、何ヶ月か収入が途絶えて。それで母は生活費を切り詰めるのに、自分の薬代を節約してしまったようなんです。しばらく発作がなかったんで、油断もしてたんでしょう……そのことは、父には黙ってたみたいで。亡くなってから、医者にいわれたらしいです。なんでちゃんと薬を飲み続けなかったんだって」

給料の不払いから生活苦に陥り、薬代を節約した結果、事故死。辰夫が、妻の死の原因は工場の給料不払いにある、と考えても決して不思議はない。

「辰夫さんは、その工場のことを、とりわけ社長のことを恨んだりは」

「そういうのは、なかったと思います。社長は葬儀にもきてくださいましたし。むろん不払いがあったわけですから、社長は陰で親父に謝ってもいましたけど、親父がそれについて怒っているとか、恨んでいるとかいう感じは、ありませんでした」

「ということは、隆仁さんも、その工場の社長とは面識があるわけですか」

「ええ、スギムラさんという方です。会社といっても全部で五人くらいの、それも、社長と息子さんと、経理が奥さんで、純粋な工員は親父の他にはあと一人、みたいな。そんな感じの工場ですよ」

そこに、谷川正継の絡む余地はないのか。たとえば、工場の経営が傾く原因を作ったのがそうであるとか。実は正継は得意先の社長で、スギムラの工場への発注を絞ったため、それが業績悪化の遠因になったとか。

隆仁は続けた。

「親父はああ見えて、金属加工に関してはけっこうプライドを持ってやってました。私に、同じ道に進めとは一度もいいませんでしたが、親子でやってるスギムラさんのことは、けっこう羨《うらや》ましいと思ってたみたいです。ですんで、できるだけ長く勤めたかったんでしょうが、さすがに不払いが長くて、辛抱《しんぼう》できなくなったらしくて。だからあれは……六十四になってからですかね。引退して、年金生活に切り替えようと決心して。スギムラさんのは」

ようやく、タバコに火を点ける。

「……そういった意味じゃ、私だって同罪なんです。薬代までケチらなくたって、いってくれればそれくらい仕送りしたのに。親父にはあとでいったんですよ。なんで不払い喰ってるのに、相談してくれなかったんだって。そしたら、そうだよな、って、肩を落とされちゃいまして……そうなると、もうそれ以上いえなくて」

隆仁はカウンターに向かってグラスを上げ、お代わり、と告げた。

葉山のグラスビールはすっかり泡が消え、リンゴジュースのようになっていた。

正直、これ以上堀井辰夫について調べる必要があるのかどうか、葉山自身も分からなくなっていた。このまま放っておいて、谷川正継が被害届を出しにきたら、そのとき改めて対応を考えればいいのではないか。そんな気もしていた。

だが、引っかかるものがあるのも事実だった。

年寄り同士が暇潰しに将棋を指しており、一方が待ったをかけたことに腹を立て、もう一方が殴った。そこまでは百歩譲って「あり」としても、その間に「殺された」と怒鳴ったというのは、ちょっと聞き捨てならない。

どういう意図でそういう発言をしたのか。そんなことは本人に確かめるのが一番手っ取り早いのは分かっているが、その前にもう少しだけ、堀井辰夫という男について知りたくなった。

非番明け。葉山は隆仁からおおまかに場所を聞いていた、杉村《すぎむら》製作所を訪ねることにした。

現場系や製造業は午前十時か午後三時にいくと話が聞きやすい。ちょうどその頃に休憩をとる職場が多いからだ。

ご多分に漏れず、杉村製作所も十時五分になると機械音が止み、一服しよう、という声が中から聞こえた。

「ごめんください。失礼いたします」

三十センチほど開いていた戸の隙間《すきま》から顔を覗かせる。

緑色の床。同じ形をした金属の輪やネジが大量に入れられた空色のプラスチックケース。パネルで覆われた大型機械もあれば、稼働部分が剝《む》き出しの、誤って手でもはさんだら大変なことになりそうな機械もあちこちに設置されている。

「はい、どちらさん？」

そんな機械の陰から顔を出したのは四十くらい、堀井隆仁と同じ年頃の男だった。少しくたびれたグレーの作業服。同じ素材の帽子。火を点けたばかりの銜えタバコ。

「恐れ入ります。北沢警察署の者ですが、社長さまは今、いらっしゃいますでしょうか」

「うん、いるよ」

おい社長、と声をかける。彼が出てきた「機械の陰」というのは、実は休憩スペースだったようで、そこからまた今度は、辰夫に近い年頃の男が出てきた。

「はい、どういったご用でしょ」

首にかけたタオルで額を拭う。小太りで、分厚い眼鏡をかけている。その後ろからもう一人、若者も顔を出す。若いといっても葉山と同年代。たぶん三十歳前後だろう。

葉山は警戒されないよう、できるだけ穏やかな口調を心がけた。

「こちらに以前、堀井辰夫さんという方がお勤めになっていたと伺ったのですが」

「うん、堀井さんね。いましたけど……」

ふいに顔つきが曇る。

「なに、堀井さん、どうかしたの」

「いえ、お元気ですし、どうもしてませんけど、ちょっと堀井さんがこちらを辞められた経緯について、お訊きしたいと思いまして」

「辞めた、経緯……そう」

こっちへどうぞ、と連れていかれたのは、工場奥にある事務室だった。ピンクのポロシャツを着た女性が机にいる。彼女が経理を担当しているという社長夫人なのだろう。応接セットのソファに座ると、夫人が麦茶を出してくれた。

向かいに座った社長は、自ら話し始めた。

「堀井さんにはね、悪いことしちゃったなって、今でも思ってんの。辞める前、半年近く給料出せなくてさ、結局、そのまま辞めてもらうことになっちゃって。っていうのもね、今いたでしょ、俺の他に二人。あれの若い方。ケンジっていうんだけど、奴にひと通り教えるまではって、堀井さん、がんばってくれたんだよね。しかも、俺の給料はいいから、それよりもケンジに払ってやってくれって……そういわれちゃったらさ、こっちだって、借金してだって払わなきゃって、思うじゃない」

なるほど。辰夫が無給でも勤め続けたのには、そういう理由があったのか。

「お陰でね、今は助かってますよ。俺と倅《せがれ》だけじゃ、オンとオフだけになっちゃうでしょ。でもそこにもう一人いると、仕事回していけるのよ。二人と三人じゃ、こなせる仕事量がまるで違うの。いま俺たちが食えてるのは、ぜーんぶ、堀井さんのお陰。堀井さんが仕事の傍《かたわ》ら、ケンジを一人前に仕込んで、そうやって辞めてくれたお陰。堀井さんが、ケンジを残していってくれたからこそなんだ。今、俺たちが新前《しんまえ》を仕込もうったって、とてもじゃないけどできないよ。そんなことしてたら、仕事が止まっちまう。だからほんと、感謝してんの」

眼鏡をはずし、目元の汗をタオルで拭う。

「……でもさ、ただ働きさせたウチがいうのも変だけど、あれだね。年金制度ってのは、ありゃどうにかならんもんかね。ひどい話だぜ、聞いてみると」

突然いわれても、なんのことか分からない。年金？

「堀井さん、年金に関して、何かあったんですか」

「あったも何も、あの穏やかな堀井さんが、奥さんの四十九日のときに、俺にいったもんね。おっかねえ顔してさ、ウチの女房は、厚労省と社保庁に殺されたようなもんだ、って……いや、当時はまだ厚生省だったか」

誰かが機械の電源を入れたのだろう。ガクン、という音に続いて、規則正しい振動が足下に伝わってきた。呼応するように、葉山の中にも一つスイッチが入った。

厚労省と社保庁に、殺された――。

その足で世田谷社会保険事務所（現・世田谷年金事務所）に向かった。捜査令状があるわけではないので、堀井辰夫の年金支給状況について具体的に知ることはできないが、それでも彼の経歴を大まかに述べると、職員は困り顔で「ああ」とうな垂れた。

「確かに、九五年から二〇〇〇年にかけては、そういうトラブルが相次いでいました。二〇〇〇年四月からは法が改正されましたんで、また話が別になりますけど……」

一応説明は受けたが、まったくもって納得できる話ではなかった。また法が「改正」されたというけれども、聞けば聞くほど「改悪」にしか思えなかった。葉山自身は何一つ被害を受けるわけではないが、それでも憤りを禁じえない。

ここまでくれば、おおよそのところは察しがつく。

「もう一つだけ、教えてください。谷川正継という人物を、ご存じですか」

話をしてくれた五十代の所長は、こともなげに頷いた。

「もちろん、存じ上げております。一時期は『年金のゴットファーザー』などと呼ばれていた方ですね」

ようやく、すべてが繋がった。

谷川家に連絡をとると、正継は仕事で出かけているが、昼過ぎには戻るということだった。ちょうどいいので、それまでは図書館で調べものをすることにした。

午後二時半に再び連絡を入れると、まもなく戻ると連絡があったという。葉山は松原駅近くの洋菓子店で手土産《てみやげ》を用意し、谷川邸に向かった。

出迎えたのは正継の妻であろう、年配の女性だった。案内されたのは前回と同じ和室。正継は夏物の和服を着ており、床の間に近い上座を勧められたが、葉山はあえて断り、出入り口に近いところに膝をついた。

土産を細君に渡し、正継と二人きりになる。

先に口を開いたのは正継だった。

「奴は、詫びていたか」

第一声がそれかと腹が立ったが、まあ、そういう人種なのだと思えばまだ抑えも利く。

「ええ。殴ってしまったことに関しては、悔やんでいらっしゃるようでした。ですが私は事情を伺っても、どうも納得がいきませんでした。将棋の愛好家が、たった一度待ったをかけただけで相手を殴り倒すだなんて。しかし千尋さんにお話を伺って、少し手掛かりが摑めた気がしました。谷川さんは覚えていらっしゃいますか。堀井さんが暴行に及んだ際、お前に殺された、というような意味のことを、口走ったのを」

正継がほんの少し、顎をこっちに向ける。

「……いや。よく、覚えてない」

「私も堀井さんに確かめたわけではないので、本当のところは分かりません。ただ、堀井さんがなぜ谷川さんを殴ったのかは、今は分かる気がしています。……私の推測でよろしければお話ししますが、どうしましょう」

「ああ。いってみろ」

低くいって、目を閉じる。

葉山は背筋を伸ばし、浅く息を吐いた。

「……その前に、お尋ねします。現在谷川さんは、社会福祉医療機構という特殊法人の理事長をされているようですが、もともとは厚生省にお勤めだったそうですね。年金局年金課長を長く務め、その後は年金局長、保険局長、最終的には厚生事務次官……厚生省の、事務方のトップまで登り詰めた」

正継は黙っている。間違いないということなのだろう。

「一時は『年金のゴッドファーザー』と異名をとるほど、省内では年金のエキスパートとして知られた存在だったそうですね」

細君がお茶と、葉山の土産のゼリーを持ってきた。二人の位置関係を奇妙に思っただろうが、何もいわず、彼女は置くものだけ置いて下がっていった。

「谷川さん、教えてください。厚生年金に加入していた人に限って、なぜ六十歳を過ぎても、支給停止解除の翌々月からしか年金は支給されないんですか」

支給停止というのは、六十歳になって年金の受給資格が生じても、引き続き働くなどして収入がある場合は年金を支給しない、あるいは減額する措置のことである。

正継の、何かを透かし見るように細められた目が、少しずつこっちを向く。

「……法律で、そうするよう定められているからに決まっているだろう」

「そうでしょうか。一九九七年八月、社会保険審査会はある六十六歳の男性の訴えに対して、こう審査結果を伝えています。現行の法令下では、支給停止処分の解除の翌々月からではなく、翌月から行われるべきものと思料される、と……私もにわか仕込みなので事実誤認があればご指摘いただきたいのですが、社会保険審査会といえば法律によって定められている、現在でいえば厚労相直轄の、大変権威のある機関だそうですね。その社会保険審査会が翌月支給が妥当と結論づけているのに、なぜ当時の厚生省年金局は翌々月支給を固持したのですか」

正継は答えず、ただこちらを睨んでいる。

「私の調べた限りでは、九五年三月まで、六十歳を過ぎても厚生年金掛金を払い続けていた人は、年金生活に入ろうとすると、決まって翌々月からの支給になっていたそうですね」

ようやく、色の薄い唇が開く。

「……当然だ。確かに疑義が生じやすい条文ではあるが、立法意思としては翌月支給ではなく、翌々月支給ということになっている」

そう。これとまったく同じことを、社会保険事務所の所長もいっていた。だが不思議なことに、その法的根拠は厚生年金法のどこにも書かれてはいない。

「そうでしょうか。法的にも翌月支給が妥当だからこそ、社会保険審査会はそういう裁決を下したのではないですか」

「違う。まるで違う。そういう意味で疑義の生じやすい条文だから、二〇〇〇年の改正で条文を改めたんだ。翌月支給では立法意思に反する。翌々月支給こそ合法。これは国会でも承認を受けている」

葉山が図書館で確認し、理解できた範囲で整理するとこうなる。

一九九五年三月までは、六十歳を過ぎてなお厚生年金に加入していた人に限って、いざもらおうと思っても翌々月からしか年金がもらえなかった。だが一九九五年四月、年金法が改正され、同じケースでも翌月支給されることに決まった。ところが厚生省と社会保険庁はこの法改正を無視。九五年四月以降も翌々月支給を五年間継続し、さらには二〇〇〇年四月、改めて支給を「翌々月から」とするよう年金法の条文を書き換えてしまった。

要するに厚生省と社保庁は、そもそも翌月支給だったところを、勝手な法解釈で翌々月支給として運用し続け、最終的にはその間違いすら「合法」とするよう、自分たちの都合のいいように法律を捻じ曲げた。掛金を集めるだけ集めておいて、いざ支給するとなると理由もなく一ヶ月分カットする。それが厚生省と社保庁の手口だったのだ。

「なぜですか。なぜ九五年の時点で翌月支給と法改正されたのに、五年間も無視して一ヶ月分のカットを続けたんですか」

実際、堀井辰夫はその五年の間に被害に遭い、妻を亡くしている。

あろうことか、正継はそれを鼻で笑った。

「君なあ、九六年時点で翌々月支給をされていた受給者は、すでに十万人以上もいたんだぞ。それを洗い出す費用だけでも、軽く追加支給する額を超えてしまう。しかも、大変な社会的非難を浴びるのは分かりきっている。そんなことが、我々にできるはずがないだろう」

これだ。これぞ日本の官僚の、腐ったものの考え方だ。

「私は九八年に退官しているので、その後の詳しいことは分からん。だが、二〇〇〇年までの五年間でこのケースに該当する受給者は、およそ四十万人、追加支給額は七百億円にも上る。そんなことを、わざわざ非難を浴びてまでやる意味があるか。我々は民から集めた金を、もっと効率よく運用せねばならない。嫉妬《しっと》に狂った民間人が天下りだのなんだのと分かったようにホザくが、馬鹿をいうなというんだ。しかるべき能力を身につけ、しかるべき試練を乗り越えて我々はここに至った。しかるべき報酬だって受け取るし、それを恥じる気持ちは一切ない」

葉山はいつのまにか、力いっぱい両拳を握っていた。

「……だから、堀井さんはいったんですよ。あなたみたいな人に、あいつは殺されたんだと。あいつというのは、堀井さんの奥さんのことです」

「なんの話だ」

「堀井さんは六十歳で一度定年を迎え、改めて町工場に就職して働き続けた。だがある事情で給与がもらえない期間ができ、致し方なく年金生活ができるよう手続きを行った……しかしそこで知らされたのは、年金の支給は翌々月からだという事実。給料の不払いで困窮した上に、さらに無収入の期間が一ヶ月延長されることになった。しかもそこにきて、最悪の事態が起こった」

正継の眉間に、深く溝が刻まれる。

「生活を切り詰めるため、持病の薬を飲まずに我慢していた奥さんが風呂場で発作を起こし、溺死して亡くなった。そのことについて堀井さんはのちに、もといた会社の社長に漏らしています。あと一ヶ月早く年金がもらえていたら、薬が買えた。薬さえ買って飲んでいたら、あいつは死ななくて済んだ。あいつは、厚生省と社保庁に殺されたようなもんだ、と」

グッ、と正継の顎に力がこもる。

それでも葉山は続けた。

「堀井さんは待ったんですよ。翌々月の支給を。その結果、奥さんを亡くしてしまった。その堀井さんに対して、あなたはまた『待った』をかけた。これ以上何を待てというのだと、堀井さんの怒りに火が点いた……そういうことなのだと、私は解釈しましたが」

正継の硬く握られた拳が、座卓に落とされる。細君の持ってきた湯飲みが転び、茶が卓上にこぼれて広がる。

「馬鹿も休み休みいえ。そういうことなら、むしろ堀井の女房が死んだ原因は、給料を払わなかった町工場の方にあるんじゃないか。そんな……お上を恨むなんてもってのほかだ。おこがましいにも程がある」

葉山はかぶりを振った。拳を落としたいのはこっちの方だ。

「無給を覚悟の上で働く、そういう尊い意思だって世の中にはある。それを選択する強い信念の持ち主だって世の中にはいる。気づかれなければいいだろうと、違法を承知の上で詐欺紛《まが》いの搾取《さくしゅ》を続けてきたあんたらに、堀井さんの決断をとやかくいう資格はない」

「黙れッ」

座卓の端を摑んで、正継が体をこっちに向ける。

「キサマだって官の人間だろう。警察だって裏金を作ってるじゃないか。天下りだって搾取だって、駐車場利権だってパチンコ利権だって貪《むさぼ》っとるだろう。知らんとはいわせんぞ」

「その通りだッ」

思わず畳を殴ってしまった。

「確かにキャリア、ノンキャリアを問わず、警察にも利権を貪り、私腹を肥やし、不祥事をひた隠しにするクズはいる。だが少なくとも、俺が尊敬した上司や仲間たちはみな、それに立ち向かって散っていった。あんたのような腐った官僚と刺し違えて、胸を張って桜田門《さくらだもん》を去っていったんだッ」

両拳を畳についたまま睨む。そうしていないと堀井同様、勢いで正継を殴りつけてしまいそうだった。

「いいか、一つだけ忠告しておく。今回あんたは、相手が堀井さんだったから、一発殴られただけで済んだんだ。他の人間だったら刺されてたかもしれない。首を絞められてたかもしれない。本当に、どうなっていたか分からないんだぞ」

数秒待ったが、反論はないようなので葉山は立ち上がった。

和室を出ると、細君が廊下の中ほどに立っていた。葉山は顔を伏せ、頭を下げながらすれ違った。

だが玄関にもう一人、立っていた。

堀井辰夫だった。


自転車を引く辰夫と、ゆっくり歩いて帰ってきた。

辰夫は何度も葉山に詫びた。

「すみません。あなたがまさか、あそこまで調べるなんて、思ってもいませんでした。やはり、警察って凄いんですね」

「いや、ほとんど杉村さんに聞かせていただいた話です。私はあとから、少しだけ事実確認をしただけです」

それでも辰夫は、詫びることをやめない。

「悪いのは、私なんです。覚悟の上とはいえ、家庭を顧《かえり》みず、仕事ばかりしていたんですから……ただ、言い訳にもなりませんが、私は本当に、金属加工の仕事が好きだった。

ハンマーで叩いてもビクともしない金属片が、私の手にかかると、自由自在に形を変えていく。百分の一ミリ、千分の一ミリの狂いもなく、注文通りの製品を仕上げる。そのことに誇りを持っていた……でもそれが、どれほど妻の負担になっていたかなんて、考えもしなかった。愚かなもんです。男なんて」

松原駅近くまできて、辰夫は自転車にまたがった。

自分はもう、この人に会うことはないかもしれない。そう葉山が思い至ったのと、一つ疑問が浮かぶのとが同時だった。

「堀井さん」

慌てて後ろの荷台に手を掛ける。驚いたように、辰夫がこっちを振り返る。

「はい」

「もう一つだけ、教えてください。堀井さんはいつの段階で、谷川さんが元厚生官僚であることを知ったんですか」

辰夫は、すぐには答えなかった。少しだけ葉山から視線をはずし、まだ街灯も点かない夕暮れの街角、黒々としたサザンカの生垣《いけがき》を、見るともなしに見ていた。

やがて、その頬に微かな笑みが浮かぶ。

どんな善良な人間の中にも、必ず邪悪の種はある。そんなことを再認識させられる、不敵な笑みだった。

「ほんの、偶然ですよ……ちょっとした、偶然なんです」

小さくお辞儀をし、自転車を漕ぎ出す。丸かったシャツの背中が途中で伸び、それが妙に溌剌《はつらつ》として見えた。

葉山は、辰夫の背中がカーブの向こうに消えてもまだ、動き出せずにいた。

自分は何か、大きな思い違いをしていたのだろうか。

畳を殴った拳が、急にピリピリと痛み出した。

推定有罪／プロバブリィギルティ

1

初めの頃は、黒板用の巨大な三角定規や分度器、ときには長い紐《ひも》をコンパス代わりに使って図形を描いていた。正確で綺麗《きれい》な図を描くのが当たり前だと思っていたし、そうしないと子供たちに示しがつかないとも思っていた。しかし途中から、歪《ゆが》んだ図形からでも正しい答えが導き出せることの方が、よほど重要なのではないかと考えるようになった。問題に出ている図を見て、問われている角度が三〇度に見えたから、なんとなく答えも三〇度であるように思い込んでしまう。三角定規を当ててみても、ピッタリ三〇度の角と重なるので、答えを三〇度としてしまう。実にありがちな話だ。特に低学年の子供には多い間違い方だ。

しかし、高学年になってもそれでは困る。

「それでは今日から、図形の回転移動に入ります。似たようなことは、四年の終わりにもやったよな。けど、あれは単純に九〇度回転の連続だったり、三角形が直線上を転がったりするパターンだったろ。でも今回のは……まあ、五年生も後期だからな。さすがにもうひと捻りある。直線運動と、回転運動の複合パターンになってくる。でもいつもいってるように、最初に難しそうだな、って思わないこと。見た目の印象より、解き方や答えは単純なはずだ、って自分に言い聞かせること。テストには習ったことしか出さないし、受験はその積み重ねに過ぎないんだから。大丈夫、僕はできる、私はできる。そう思って挑《いど》んでください」

だからここ数年は、あえてあらゆる図形をフリーハンドで描いている。多少歪んでるかもしれないよ、と断った上で勢いよく描いてみせる。ところが熟練とは恐ろしいもので、何年かそんなことをやっていると、たいていの図形はフリーハンドでも正確に描けるようになってしまう。

「たとえばこういうパターン。直線上を円が転がっていって、坂を転がり落ちて、また直線上を転がっていく……」

特に正円が上手く描けると、子供たちも喜ぶ。公立の学校教諭と違い、塾講師は人気商売だ。スキルも熱意も重要だが、子供ウケするパフォーマンスもある程度は必要だ。勉強を面白いと感じさせる、飽きさせない。そういうビジネス感覚はあってしかるべきだ。

ただし、この図形の描き方には、もう一つ別の意味がある。

目に見えるものをそのまま信じるな。一度はきちんと自分で確かめろ。三〇度に見えるその角度は、本当に三〇度なのか。正円に見えるものも、きちんと測ったら実は違うのではないか。一つひとつ、そしてすべてのものを疑え。そういうメッセージを込めているつもりだ。

そう。この国は、欺瞞《ぎまん》と偽善に満ちている。

最悪なのは、騙される側に回ること。

同じくらい悪いのは、騙す側に回ること。

講義を終え、居残って質問にきた子供たちの相手もし、小テストや宿題の採点といった書類仕事を済ませたら、ようやく帰れる。

「お先に失礼します」

「はい、お疲れさまでした」

夜ももう十一時半を回っている。むろん、子供たちの姿は通りにない。塾のロゴをあしらった電飾看板の下を通る。明かりの消えたそれは、使い終わって部屋の隅に放置された玩具《おもちゃ》に似ている。

校舎からまとってきた冷気は、ほんの十歩かそこらで消え去った。今ひと雫《しずく》、背筋を汗が伝い落ちていった。ネクタイは講義が終わった時点ではずしている。下着のシャツはもともと着ていない。もう、これ以上薄着にはなりようもない。

国道十七号から一本入ったこの辺りは、ちょっとした高級住宅街になっている。高い塀に囲まれたお屋敷や、一見ブティックかヘアサロンと見紛《みまが》うような一軒家が建ち並んでいる。よって、暗くなるのも比較的早い。この時間では街灯の方が目に眩《まぶ》しい。

駅の近くまできたが、居酒屋以外はどこも閉まっている。スーパーで買い物をして自炊、という選択肢はすでにない。そもそも、そんな気持ちもないが。

「……いらっしゃいやせぇ」

何度か入ったことのある、老夫婦が二人でやっている店の暖簾をくぐる。酒と肴《さかな》、タバコと焼き物の煙、客の雑多な体臭。そんなものが入り混じってできあがる、居酒屋共通の臭気。決して好きな匂《にお》いではないが、五分もいればたいてい慣れてしまう。

カウンター席に座る。連れもいないのにテーブルに陣取る厚かましさはない。四十一歳。その程度にはまだ若い。

「ビールと、梅きゅう。あと……厚揚げ」

カウンターの中の店主は油揚げのような顔にさらに皺を寄せ、今いった注文を繰り返した。

すぐに冷たいお絞りが運ばれてきた。眼鏡をはずし、額から鼻筋、頰を拭う。本音をいえば襟元から突っ込んで脇の下まで拭きたいところだが、さすがにそれは控えておく。続けて瓶ビールとコップ。お通しはひじきの煮つけ。ここにも油揚げが少し入っている。

客は小上がりのテーブル席に二人だけ。長年連れ添った夫婦のように見える。粗方《あらかた》飲んで食べ終わっているようで、空《から》のビール瓶や魚の骨の載った皿がテーブルに広がっている。男の方は楊枝で奥歯を穿《ほじ》りながら、斜め上を見上げている。

その視線の先、ガラス扉の業務用冷蔵庫の上には、意外なほど新しい薄型液晶テレビが設置されている。

若い男性タレントばかりのバラエティを嫌ったか、客の男が「おばちゃん、チャンネル替えてよ」と声をかける。背中の曲がった老婆は無言のままリモコンを構えた。コマーシャル、トーク番組、コマーシャルと渡り歩き、最後はニュース番組に落ち着く。

《それでは、その他のニュースを続けて》

主なニュースはもう終わってしまったらしい。今日はなんだったのだろう。臨時国会か、食品事故か、東アジア情勢か。

《今日夜八時頃、東京都世田谷区三軒茶屋の路上で、男性が体から血を流して倒れていた事件で、警視庁世田谷警察署は先ほど、被害に遭った男性の身元が判明したとして発表し

ました》

厚揚げが運ばれてきた。上にすり下ろした生姜《しょうが》がこんもりと盛られている。時代劇でしか見たことのない、山盛りのお灸《きゅう》を思い出す。

《被害に遭われたのは、会社役員、ナガツカトシカズさん、七十七歳。調べによりますと……》

突如、斜め上から矢のようなものが、直接脳に刺さってきた。

ナガツカ、トシカズ。もしかして、あの長塚利一のことか。

どうやらそのようだ。顔写真こそ出ていないが、画面下にテロップで「長塚利一」と出ている。後ろには、警察官がいったりきたりしている現場の様子が映っている。

《長塚さんは自宅のあるマンション前の路上で、何者かにナイフのような刃物で、腹や胸など六ヶ所を刺され病院に運ばれましたが、現在も意識不明の重体ということです。現場から逃走した犯人は、現在も捕まっていません》

長塚利一が、刺された――。

そうか。奴が、刺されたか。

自宅に戻り、朝までインターネットでニュースを検索し続けた。サイト宛《あ》てのメールもいくらかきていたが、どちらからも、これといって新しい情報は得られなかった。

夜明け前から郵便受けの前で待機し、一番で朝刊を受け取ってその場で開いた。

小さくだが載っていた。

【東京都世田谷区三軒茶屋の自宅マンション前で会社役員が何者かに刃物で刺された事件で、被害者の長塚利一さん（77）が四日深夜、搬送先の救急病院で亡くなった。世田谷警察署は容疑を殺人未遂から殺人に切り替え警視庁と合同で捜査する方針。】

長塚利一が、死んだ。刺されて、死んだ——。

全身の血が沸き立ち、その蒸気で体が浮き上がりそうになった。

やった、やった、殺った——。

元厚生省薬事局長、長塚利一が刺殺された。非加熱製剤の危険性を認識していながら回収せず放置し、薬害感染症を蔓延《まんえん》させた張本人がついに、その酬《むく》いを受けた。

犯人が我々の同志かどうかは、今の時点では分からない。ひょっとしたら、ただの通り魔による犯行なのかもしれない。だがそうなのだとしても、今はこの大きな成果を喜ぼう。旧厚生省の悪の枢軸《すうじく》であった男の死を、心のままに祝おう。

長かった。戦い始めてから十五年。あの事件から数えたら、実に十七年の歳月が流れた。大きな過ちも犯した。多大なる犠牲も払った。怒りが萎えそうになった時期も、徒労の積み重ねに膝を折りそうになった頃もあった。それでも続けてきた。その結果として、長塚利一を追い詰め、仕留めることができたのだと、今は信じたい。

夜が明け、テレビのニュースを見る。国会で答弁している与党議員の姿が、救い難くちっぽけなものに見えてくる。この役立たずどもが。お前ら政治家が能無しだから、我々国民が要らぬ苦痛を強いられるのだ。新民党が民自党に取って代わろうが、衆参で捩《ね》じれが生じようが、それがまた元に戻ろうが、貴様らには何一つ変えられなかった。「事業仕分け」とてただのパフォーマンスに過ぎず、税金の使い方を正すことも、既得権益に群がる虫けらどもを窒息死させることも、薬脈の末端で死ぬまで甘い蜜《みつ》を吸おうとする害虫どもを縊《くび》り殺すことも、何一つできなかった。

だから我々がやるのだ。自分たちの手で、この国の二重構造に風穴を開けてやるのだ。

ようやく、長塚事件の順番になった。

一夜明けたマンション前の様子。リポーターはおらず、スタジオのアナウンサーが原稿を読む形で進められる。

《被害に遭われた長塚さんはエバーグリーン製薬の役員で……》

何が「エバーグリーン製薬」だ。薬害感染症訴訟で敗訴し、イメージが悪くなったから看板を掛け替えただけの話だろう。はっきりいってやればいい。「旧緑川製薬」と。会社の利益のために多くの感染症患者を生み出し、いまなおその黒幕を理事として囲い込み、さらに毎年、用済みとなった厚労省のクズ役人を「天下り」と称して下請けしている、まさに社会の害毒のような企業だと、そう指を差して、はっきりと名指しで指摘してやればいい。

現場の様子のあとに、ようやく長塚利一の顔写真が出てきた。

そうだ、この男だ——。

沸騰《ふっとう》して泡立っていた血が、ふいに冷め、重力を取り戻すのを感じた。赤く溶け出ていたマグマが地面に伏し、黒く重く固まっていく様にも似ている。

浮き上がるほどの興奮が、奴の顔写真を見た途端、十七年分の疲労となり、全身に伸《の》し掛かってきた。

そう、終わったのだ。

確かに、これで一つの戦いには幕を下ろすことができる。

急に、眠くなってきた。

その後も報道番組はチェックし続けた。新聞にも、インターネットのニュースサイトにも可能な限り目を通した。

事件から二日ほどして、長塚利一の過去に触れたのは民放の、昼のバラエティ番組だった。若干茶化した感のある構成だったが、事前に説明用のパネルを用意していた点は大いに評価できる。

《旧厚生省、労災施設事業団、緑川製薬……現在のエバーグリーン製薬ですが、天下りに次ぐ渡り、渡りでここまできた長塚さんは、実は十五年前、ある事件で息子さんを亡くされています。はい、ボードを反転します》

会議用のホワイトボードほどもあるパネルを縦に回転させる。まず目に入ったのは、爆弾でも破裂したような、赤と黄色のギザギザで縁取られたタイトルだ。

狙われた元厚生官僚、犯人は一体？

なかなかいいタイトルだ。そう、犯人の素性が今、何より重要だ。

《複数の目撃証言から浮かんできた犯人像は、こういった感じです。身長、百七十センチ前後。年齢は四十代から五十代の男性。事件当夜はニット帽をかぶっており、黒か茶色っぽいシャツ、太めのズボンを穿《は》いていた、ということです》

アナウンサーは続けて、十五年前の事件についても触れた。

大友慎治という当時五十七歳の男が長塚利一殺害を企《くわだ》てたが、誤って息子の長塚淳を殺してしまった。その後、大友慎治は警察に自ら出頭。のちに一審で無期懲役の判決を受け、これを控訴せずそのまま服役していたが、今から六年前に獄中で、くも膜下出血で死亡している。

司会をするタレントが眉をひそめてパネルを指差す。

《つまり、十五年前にも長塚さんは殺されそうになって、そのときは間違って息子さんが殺されてしまった、ってこと？》

《そういうことです》

《でも今回、長塚さんを殺そうとしたのは、その十五年前の犯人ではないわけだよね》

《当然、別人ということになりますね。何しろ、十五年前の犯人は獄中で亡くなっているわけですから》

そうだ。その意味をお前らは、もっとよく考えてみるがいい。

2

八月十二日火曜日。勝俣は中野区内での聞き込みを終え、所轄署の相方と最寄り駅に向かっていた。

国道沿いにある商店街のアーケードを歩いている。下半身は西日に浸《つ》かっているが、それでも頭に直射日光が当たらないだけ助かる。薬局の前などを通ると、思いがけず冷気を浴びられることもある。

ふいにスラックスの前ポケットで、携帯が股間《こかん》をくすぐり始めた。夏場はここに入れておくのが一番分かりやすい。尻ポケットや鞄の中では気づかずに過ごしてしまうことも多いが、ここならまず、そういったことはない。

「……電話だ。ちょっと止まれ」

フタの小窓を見ると、東京湾岸署にある特捜の番号が表示されていた。

「もしもし」

『ああ、私だ』

捜査一課殺人班八係長、内田《うちだ》警部。勝俣の、現在の上司だ。

『お前、いま何やってる』

「何って……聴取を終えて、チン毛頭とぶらぶら歩いてますよ」

天然パーマの若い相方が、すぐ隣で短く舌打ちする。

『もう、そのまま帰ってくるのか』

「いや、できればもう一件寄ってから帰ろうと思ってましたが。新宿に会いそびれた関係者がいるんで」

『そうか……じゃあ、その新宿はやめにして、ちょっと早めに上がってきてくれないか』

「なんで」

『まあ、いいから早く上がってきてくれ』

早くといわれても、中野から江東区のはずれにある東京湾岸署まではどんなに急いでも小一時間はかかる。電車を三本も乗り継ぎ、さらに船の科学館駅から、碌に日陰もない殺風景な道を七、八分歩かなければならない。五十も半ばに差しかかると、最後にくるその十分足らずの徒歩がことのほか応える。

勝俣は携帯をもとのポケットにしまい、相方の横顔にいった。

「今すぐ帰ってこいとよ」

相方は何も答えなかった。いまだに、チン毛頭と呼ばれるのが気に喰わないらしい。

署に着き、エレベーターで講堂のある階に上がる。

特捜本部はその講堂に設置されている。

「あれ、勝俣さん、今日は早いですね」

戸口ですれ違いざま、デスク担当の中堅捜査員に声をかけられたが、無視して講堂内を見回す。内田は後ろの方、事務机を六つ寄せて作った本部デスクの一角にいた。

「ただいま戻りました……で、なんだよ」

内田は、さも難しそうに口を捻りながら立ち上がった。

「ああ。すまないが、今から杉並署にいってくれ」

「なんで」

「ホシの調べを担当してもらいたい」

「だからなんで」

するど、眉間をせばめながら顔を寄せてくる。

「二係の指名なんだ。向こうはぜひ、お前にいってもらいたいといっている。仕方ないだろう」

二係、即ち刑事部捜査第一課第一強行犯捜査第二係。捜査本部の設置や初動捜査の運営をする部署だ。

「あんたよ、子供じゃないんだから、もうちっと分かるように喋れよ」

これでよく警部にまでなれたものだ。

「そういわれてもな。俺もよく分からないんだが、どうも殺人未遂で挙げたホシの、調べをやってもらいたいらしい」

「ハァ？　未遂で挙げたんなら、その杉並の誰かが調べりゃいいだろうが。なんでわざわざ俺がいかなきゃならねえんだ」

基本的に捜査一課というのは、所轄署単独では殺人犯を逮捕できそうにないときに呼ばれる応援部隊だ。殺人未遂で、しかも犯人が逮捕されているのなら出る幕はないはず。そもそも、この湾岸署のヤマも解決の目処《めど》が立っているわけではない。それを放り出してまで、なぜ杉並のヤマの手伝いをしにいかなければならないのか。

「それがな」

内田は、近くに人の耳がないか確かめるように辺りを見回した。

「……挙げたのは巡回中の地域（課）の人間なんだが、なんでもホシは、マル害の怪我の程度より、遥かに多くの返り血を浴びていたらしいんだ」

「そんなの、ホシも怪我してるだけの話じゃねえのか」

「分からんが、あくまでも二係から回ってきた話だ。それくらい確認していってるんだろう」

「俺がいって、ホシ自身の怪我による出血だったらどうすんだよ」

「そんときは……俺が、二係に文句いってやる」

確かに、文句をいうだけならこの強気だけが取り柄の能無しにもできるだろう。

まあ、個人指名を受けているとあっては致し方ないか。

「分かったよ……とりあえず様子は見にいってやるよ」

「すまんな。よろしく頼むよ」

どうやらまた、あの西日のきつい通りを駅まで歩かなければならないようだ。


杉並署に着いたのは夕方六時過ぎだった。

三階に上がって刑組課の大部屋を覗くと、スーツの男が数人、係長デスクの周りにたむろしていた。

「お邪魔するよ……たかが殺人未遂で本部に泣きついてきたのは、こちらさんかい」

ざっと全員がこっちを振り返る。目で数えたところ、係長を入れて六人。これが杉並署の、刑組課強行犯捜査係のフルメンバーか。

立ち上がった係長らしき男がこっちに出てくる。年の頃は、勝俣とあまり変わらないように見える。

「別にこっちが頼んだわけじゃない。本部が勝手に触るなっていうから、仕方なくアンコ（留置場）に入れてあるだけだ。別に気が進まないなら、それでもかまわんよ。あとはこっちで勝手にやらせてもらう。どうぞ、お引き取りいただいてけっこうだ」

ほう。そういう態度か。

「あいにく、こっちも指名を受けてきてるんでね。その、血塗れのホシの顔くらい拝んでからでないと、帰るに帰れねえんだよ……ま、仲良くしてくれとはいわねえが、名刺くらいよこせや」

いいながら、先んじて名刺を突きつける。勝俣より少し背の低い係長は、じっと睨《ね》め上げながら一枚、自分のを差し出してきた。

【強行犯捜査係　統括係長　警部補　水島三郎《みずしまさぶろう》】

演歌歌手のような名前だが、見てくれもどうして。民謡好きの田舎オヤジといった風貌《ふうぼう》だ。

勝俣は近くにあった椅子を引いて座った。すでに通常勤務の時間は過ぎている。いまデカ部屋にいるのはこの強行班の連中と、あとほんの数名が離れたところに残っているだけだ。

「あんたも座れ。……で、簡単にでいいから経緯を説明してくれ」

水島は、一つ面白くなさそうに溜め息をついたが、自分の机を指差し、若い者にファイルを持ってくるよう命じた。

受け取ったそれを開きながら、勝俣の正面に腰を下ろす。

「まず、事件が発生したのは今日の十三時二十分頃。本署地域課のサトウ巡査部長が警ら中、松ノ木《まつのき》二丁目十七付近の路上で男性の悲鳴を聞き、周囲を捜索したところ、民家庭先で本件マル被、カノウヒロミチ、二十五歳が、本件マル害、ナカタニコウヘイ、七十歳に、包丁状の刃物で切りつけるのを現認。本署に応援を要請したが、現場到着前にサトウ巡査部長が、マル害の協力を得て犯人を確保」

漢字を確認する。マル被、加納裕道。マル害、中谷公平。

「これが、現場と周辺の写真だ」

二階家ばかりの住宅街。表の道幅はせまい。中谷宅は比較的新しい戸建住宅。犯行現場となった庭は、三坪かそこらの小さなものだ。植木と鉢植えがところせましと並べられている。

「それと、これが加納だ」

小さく尖《とが》った顎、吊り上がった細い目。狐顔《きつねがお》という表現がぴったりくる。ニキビの痕か、肌がやけに汚い。ヒゲも二、三日剃《そ》っていないように見える。髪は、これはどうなのだろう。洒落《しゃれ》っ気で伸ばしているのか、それとも床屋にいきそびれて伸びてしまっただけなのか。

「ここまで、何か質問は」

「マル被の氏名はどうやって分かった。喋ったのか」

「いや、持ち物から判明した。免許証の類はなかったが、西東京市保谷《ほうや》のレンタルビデオ店の会員証があり、確認に向かった捜査員から先ほど報告があった。住居は西東京市保谷町六丁目、△の◎、青雲《せいうん》荘、二〇二号。一人暮らしだそうだ」

「マル害とマル被に面識は」

「中谷は知らない男だといっている」

「……続けてくれ」

水島が頷く。

「中谷は左腕二ヶ所、右腕一ヶ所、脇腹を一ヶ所切りつけられていたが、いずれも傷は浅く、命に別状はなかった。病院で手当てをすませて、今は自宅に戻っている。事情聴取にも問題なく応じている。どうやら、たまたま高枝切りバサミが近くにあって、それをとっさに摑んで盾《たて》にしたのがよかったらしい」

「そのハサミがマル被に当たったということは」

「ない。身体検査の結果、加納にも多少の打撲傷は見られたものの、それ以外はほぼ無傷だった」

いよいよ、本題ということになるか。

勝俣は自分のワイシャツの胸をつまんでみせた。

「……なんでも、マル被の浴びていた返り血が、おびただしい量だったとか」

「犯行時の着衣は、これなんだが」

また新たに写真を渡される。

一見、赤茶色をしたシャツのように見えた。しかしズボンに入れていたのだろうか、裾の辺りは綺麗な水色をしている。そう思って見ると、肩や半袖部分にも水色は残っている。裏返しの写真では、背中はほとんど水色のままなのが分かる。

下はベージュのスラックス。これも下腹から腿《もも》にかけてが同じ赤茶色に汚れている。裏側、尻の辺りには黒っぽいドロ汚れがある。

「確かに、真正面から動脈の二、三本はやらねえと、ここまでの返り血は浴びねえな。普通は」

「そう。中谷の証言によると、加納は最初から血だらけだったそうだ。そんな恰好で包丁を持っているものだから、もう防御本能が自動的に働いたんだろう。地面の土や小石を手当たり次第に摑んでは投げ、そんなこんなしているうちに、高枝切りバサミを構えるに至ったと」

なるほど。

「するってえと、加納裕道は中谷公平を襲う前に、大量の返り血を浴びるような何かをしでかしてきた可能性がある、ってわけだな」

「そう。ちなみに鑑識の話だと、着衣に付着していた血液はかなり乾燥していて、出血から少なくとも一日、長ければ三日以上経っている可能性があるとのことだった」

出血から一日、長ければ三日以上──。

頭の中で、ここ三日の間に読んだ新聞をめくり直す。本部捜査中はテレビを見る時間も、ましてや警察署内で無線を聞く時間もほとんどないので、自分の担当事案以外のことを知る手段は基本的に新聞のみになる。

ある記事に目が留まる。社会面の、左端の方──。

「……そういや、昨日か一昨日《おととい》辺り、碑文谷《ひもんや》の管内で刺殺事件があったな。確かそれも、六十いくつの爺さんと、息子の嫁かなんかが刺されたんじゃなかったか」

水島の目が、少し笑ったように細められる。

「一昨日だ。柿《かき》の木坂《きざか》二丁目で、オカダヨシミという六十七歳の男性と、その息子の嫁タカコ、三十一歳が刺し殺されている」

そういうことか。どうりで二係が仕切りたがるわけだ。

ちっぽけなセクショナリズムの駒に使われていい気はしないが、それでも自分に手柄のチャンスが回ってくるのは悪いことではない。

夜七時半。留置係に確認すると、加納はすでに食事を終えているというので、九時前までという約束で取調べをすることになった。

留置事務室で待っていると、手錠、腰縄という恰好の加納が連れてこられる。そのまま引き取り、取調室に連れていった。水島が先頭、加納の後ろに勝俣、という並び。変な動きをしたらその瞬間に、後頭部に肘《ひじ》打ちを見舞ってやるつもりだったが、加納はのそのそとガニ股《また》で歩くだけで、特におかしな行動に出ることはなかった。

調室に着いたら腰縄を椅子に括《くく》りつけ、代わりに手錠ははずしてやる。その、加納の正面に座るのは勝俣だ。

一応初回なので供述拒否権について説明したが、特に反応はない。

「……ま、そういうことだからよ。とりあえず、名前を教えてもらえるかい」

加納は小さな黒目を机上に据えたまま、なんの反応も示さなかった。人語を解さない爬《は》虫類《ちゅうるい》のようにも見える。石の上の雨蛙《あまがえる》とか。

「こっちで調べた限りじゃ、加納裕道、って名前なんだと思うんだが、違うかい」

すると、意外なことに「うん」と頷く。

「加納裕道、それで合ってるんだな」

もう一度頷く。

「君が包丁で切りつけたご老人。君は、あの人を知ってるのかい」

あばただらけの頬に一度だけ、短い痙攣が走る。

「中谷公平さん、っていうんだけど、知ってる人なのかい」

無精ヒゲに汚れた顎に、微かにだが動きがあった。唾を飲み込んだようだった。ありきたりな話だが、やはり何かを喋る前に唾を飲む被疑者は多い。この男はどうだろう。

「幸い、生死に関わる怪我じゃなかったが、それでも当たり所が悪けりゃな……シュパァーッて、噴水みたいな返り血を浴びることだってある」

まただ。喉仏がぐるりと上下する。加納の中で、何かが動いているのは間違いない。

「中谷公平さん。君は、知っててあの家にいったのか」

すると何の予備動作もなく、色の薄い唇が動いた。

「……知ってたよ。顔も、名前も」

わりと子供っぽい、細くて高い声だ。

「どういう関係で、知ってたんだ」

それは笑み、なのだろうか。あばたの頬が、いびつな形に盛り上がる。

「刑事さんは、知らないの」

「何が」

「あいつが……中谷公平が、何者なのか」

どういう意味だ。

「あいつさ、すげえ、悪い奴なんだぜ」

「悪い奴？」

今度こそ、加納ははっきりと笑った。しかも、ひどく満足そうに。

「あいつ、あのジジイはさ、元郵政省の官僚なんだよ」

細い針のような悪意が、正面から勝俣の脳を貫いていった。

これも、元官僚殺しなのか——。

今月、八月四日月曜日に、世田谷署管内であの長塚利一が殺害された。勝俣はその特捜本部にいる姫川玲子に会いにいき、とんでもない事態になるかもしれないと警告したが、まさか、十日と経たぬうちに自分が、同じ土俵に上がることになるとは思ってもみなかった。そればかりか、この男が長塚事件の犯人である可能性すらある。いや、あの事件で目撃されていた犯人の人着は、もっと年配者風だったか。

加納の歪んだ笑みは、満面に拡《ひろ》がりつつある。

「あいつはさ、東大を卒業して郵政省に入って、近畿郵便局長、大臣官房長、電気通信局長とかを歴任してさ、最後には郵政事務次官まで務めてさ、依願退官したあとはお決まりの天下りに渡り三昧《ざんまい》さ。マルチメディア研究所って財団法人の理事長をやって、日本データ通信センター、これも財団法人で、その理事長を経て五年前、関東電信電話株式会社の代表取締役副社長に納まりやがった……」

最初の萎《しお》れたような様子が嘘のようだ。勝俣の目を正面から見据え、瞬《まばた》きもせず唾を撒き散らして喋り倒す。

「それだけじゃない。郵政民営化前には碌に収益も上がらない宿泊施設を作っちゃ、天下りのポストを増やし続けた。八三年に『公的宿泊施設の新設は原則的に禁止』という閣議決定がなされているにもかかわらず、中谷はこれを無視ッ。批判が高まると、あれは宿泊施設ではなくレクリエーション施設だと愚にもつかない逃げを打った。フザケるなッ」

思いきり両拳を落とし、机上に伏せるような姿勢で勝俣を見上げる。

「奴らはあらゆる手段を講じて国民から金を毟《むし》りとり、予算の札《ふだ》をつけてはばら撒き、あるいは隠し、怪しげな法人を作ってはそこに湯水のように国費を流し込み、最終的には私腹を肥やしてぬくぬくと生きている。いいかッ」

その姿勢のまま、右手の人差し指を勝俣に突き出してくる。

「僕はな、お前みたいなヒラ刑事を相手にしてるんじゃないんだ。もっと大きな敵を殲滅《せんめつ》するために戦っているんだ。警察なら、そうだな。長官や警視総監なら文句はないが、せめて本部長クラスは仕留めたいところだな。裏金とか、シコシコ溜め込んでるって聞くぜ。それにあれだろう、奴らだって退官後は天下りして、終《しま》いには警備業界やパチンコ業界に渡っていくんだろう。アア？」

裏金云々《うんぬん》をいわれたら勝俣も他人事ではないが、今それはさて置くとする。

加納がひと息ついたところで、合いの手を入れる。

「……つまり、中谷公平氏を襲ったのは？」

「決まってるだろ、国民の怒りだよ。僕は怒れる国民の声を代表して、あの腐った官僚どもに正義の鉄槌《てっつい》を喰らわせてやったんだ」

「柿の木坂の、あれも？」

「もちろんそうだ。そうに決まってるだろ」

駄目モトでいってみたのだが、まさかこんなに簡単に乗ってくるとは思わなかった。

「岡田芳巳《おかだよしみ》ッ、一九◎△年六月五日生まれ、六十七歳。東京大学経済学部卒ッ」

ここに入る前にあらかじめ確認しておいたのだが、合っている。確かに碑文谷署管内で刺殺されたのは、岡田芳巳、六十七歳だ。

「農林省に入省し農林水産省に改称後、構造改善局総務課長、大臣官房審議官、食品流通

局長、農林水産事務次官などを経たのち退官ッ。全日本競馬協会副会長、財団法人全国酪農家協会会長などを歴任するッ。岡田も他の者同様、公益法人を増やし続け天下りの温床を増殖させた張本人だが、こいつはさらに農業用水だ土地改良だとデタラメな理由をつけてはクソの役にも立たないダム建設を強引に推し進め、多くの村々を水の底に沈めた挙句《あげく》、できあがってみたら減反《げんたん》政策で水田は激減し、結局農業用水なんて必要なかったってのが笑えないオチだ。どうだ、笑えるだろッ」

加納は中途半端に長い髪を掻き上げ、天井を向いて芝居がかった笑い声をあげた。

「……それで？」

わざと馬鹿にしたように訊いてみると、果たして加納は過剰なまでの反応を示した。

「それでだ？　あんたは一体、今まで何を聞いてたんだッ」

また両拳を机に落とす。

「僕が殺したんだよ、岡田芳巳もッ」

「あの家の、若い嫁さんもか」

「若い嫁？　ああ、あとから出てきたあのブスか。そうさ、あれも僕が刺し殺してやったよ。当然だろう。岡田芳巳は国民の血税を詐欺同然の行為でかすめとっていた大罪人だ。その金で一杯でも飯を食ったら、そいつだって同罪なんだよ。息子だろうがその嫁だろうが、詐欺師の家族はみな詐欺師だッ」

ふと真顔に返る。

「……そういや、岡田の息子ってのは何をやってるんだ。まさか、そいつまで東大卒のエリート官僚とかいうんじゃないだろうな。だったら嫁じゃなくて、改めてそいつをぶち殺してやるからここに連れてこいッ」

犯行に至っていない殺意まで認めるとは、なんと気前のいい被疑者だろう。

3

蟬《せみ》の声も、車道の熱風すらも届かないエントランスホールで、ただ通りを行き交う人の流れを眺めている。

会社への来客は、受付の女性係員が対応する。倉田がすべきことといえば、自動ドアを通ってなおまごまごしている人物に声をかけ、社に用ならまず来客カードに記入してくれるよう導く程度である。あとはずっと、両手を後ろに組んで立っている。警察官時代の、交番勤務の立番と変わらない。いや、環境面をいえばむしろだいぶ恵まれている。

交番の出入り口は原則的に開けっ放しなので、立っているところの気温は屋外と変わらない。夏なら三十五度超、冬は夜なら氷点下もあり得る。ただし、寒さはストーブさえ焚《た》けばある程度は凌《しの》げる。しかし暑さはどうにもならない。扇風機を回したところで熱風を掻き回すだけ。交替する頃にはいつも汗だくだった。

それと比べたら、オフィスビルの警備は楽なものだ。夏場は震えるほど冷房が効いている。かえってその寒さをどう凌ぐかの方が問題だった。男はいい。スボンの下に下着を追加することができる。可哀相なのは受付の女性だ。夏でも膝掛けが必需品になっている。こんな仕事を何年もやっていたら、体調不良が慢性化して当然だと思う。

出入り口前を、細身のスーツ姿の若者が通り過ぎていく。特にどこが似ていたわけでもないのに、年頃が近いというだけで、つい死んだ息子のことを思い出してしまう。

八年前、英樹は一年半ほど交際していた嶋田彩香という女性を殺害した。年は共に十八歳だったが、英樹は大学一年、彼女は一級下の高校三年生だった。

事件が起こってから、英樹が死ぬまでの四年。自分がとった行動はむろん正しくなどなかった。それでも、あれより他に道がなかったと思えるならいい。最悪だったが、でも唯一の方法だったと信じられるならばいい。しかし実際は、後悔の念ばかりが渦を巻いている。どろどろと、血肉を融《と》かしたような自身への恨みが途切れることなく腸を巡《めぐ》り、腐敗と溶解を否応《いやおう》なく進行させる。

「倉田さん。交替ですよ」

ふいに肩を叩かれ、振り返ると、やはり英樹と同じ年頃の同僚が立っていた。彼は、朗《ほが》らかに笑っていた。


英樹は警察での取調べでも法廷でも、動機について詳しく語ろうとはしなかった。数日前に別れ話を切り出され、恨んでいたと述べるに留《とど》まった。犯行事実は認めていた。被害者宅を訪ね、用意していたナイフで無抵抗だった交際相手を殺害。東京地裁は計画的かつ残忍な犯行であるとし、五年以上十年以下の不定期刑を言い渡した。少年犯罪としてはかなり重い量刑だったといえる。

その後、妻が殺された。犯人は被害女性の父親、嶋田勝也《かつや》だった。

人生がごく短いうちに、ぐるりと反対向きになってしまった。濡れた路面でタイヤがスリップし、反転しながらガードレールに激突し、ようやく止まったかのようだった。通り過ぎてきた過去はすべて闇《やみ》に閉ざされ、見えなくなっていた。未来のある方角など、完全に見失っていた。

息子は殺人犯、妻は復讐のために殺され、自身は警察官ですらなくなった。

人生の主題が、いかに生きるかではなく、いかに死ぬかに変わっていた。だがそのことに気づくと、急に視界が開けた気がした。

　黒い希望だ。

　息子を殺して、自分も死ねばいい。もともと人を殺せば原則死刑でいいと思ってきた。自分の息子だけは助けてほしいなどという甘く腐った考えはそもそも念頭にない。誰かを殺せば、自分も死ぬのが当然だ。むしろ進んで、死んで詫びるがいい。幸い被害女性の母親も、獄中ではあるが父親も存命だ。己《おの》が命をもってせめてもの償いとする以外、そんな魂に価値などない。

　そうするための準備もした。過去、自分で手掛けた事件の犯人のうち、犯行内容に見合わない、極端に短い刑期で社会に戻ってきている人間を洗い出した。その中から吾妻照夫《あづまてるお》、大場武志《おおばたけし》の二人を選び、自らの手で処刑した。柔道の裸絞めの要領で意識を奪い、吾妻はそのまま路上に突き出して交通事故に見せかけ、大場は致死量を超える違法薬物を投与して遺棄《いき》した。この二件は事件化せず、事故として処理された。

　これで準備は万端《ばんたん》整ったと思っていた。いつ英樹が戻ってきても、迷うことなく殺せるだろうと思っていた。もはや方法はなんでもいい。これが最後。発覚してもかまわないのだから、刺殺でも扼殺《やくさつ》でも撲殺《ぼくさつ》でも、なんでもやるつもりだった。

　仮釈放当日は、刑務所まで迎えにいった。逮捕後の接見はおろか、裁判も傍聴せず、刑務所に面会にもこなかった父親を、英樹は無感動な目で見ていた。岩場に打ち上げられ、半ば腐った魚の目に似ていた。

閉めきり、埃と蜘蛛《くも》の巣だらけになった自宅に戻って、英樹は初めて口を開いた。

「……父さんは、僕に、死んでほしいんでしょう」

引き返すとしたら、あの瞬間が最後だったのかもしれない。だがやはり、自分はそうはしなかった。無言を貫くことで、その質問を肯定した。

「分かってる……ちゃんと、ケジメは自分でつけるよ」

翌日から三日ほどの間、英樹は日中に何度か出かけ、四日目の朝、自室で首を吊って死んだ。

二十二歳だった。

英樹の死後、五日ほどしてある警察官が自宅を訪ねてきた。姫川玲子という、捜査一課の現役捜査員だ。

焼香を済ませ、振り向いた彼女の目には涙と、憎しみにも似た色が浮かんでいた。

「……どうして、英樹くんを殺したんですか」

姫川とはその前月に会い、吾妻と大場の死に疑問があるとの指摘を受けていた。さらに自分が英樹を殺そうとしていることも、その時点で言い当てられていた。

答えずにいると、姫川は震えながら溜め息をついた。

「どうして、待っていてくれなかったんですか」

「……何をだ」

「私、いいましたよね。私が英樹くんを守りますって。そうすることで、倉田さん自身も助けたいって」

「そうできなかった恨み言を、俺にいうのか」

弁解する気は毛頭なかった。むしろ彼女には、英樹を殺したのは自分であると、そう思っていてほしかった。自分という男を、分かっていてほしかった。

「間に合わなかったのは、私の力不足です」

何が間に合わなかったのか。よくは分からない。

「……でも、あなたは努力をしたんですか。取調べでも法廷でも真実を語らなかった英樹くんの心の内を、あなたは少しでも、理解しようとしたんですか」

英樹の、心の内──。

「毎度毎度、大した証拠もなく絵空事《えそらごと》を並べてと笑われるかもしれませんが、私なりに、英樹くんの事件について調べてきました。それについて聞く覚悟が、あなたにはありますか」

なんだ。この女が一体、英樹の何を知っているというのだ。

「倉田さんは、彩香さんの父親、嶋田勝也の勤め先をご存じですか」

「自動車部品の製造工場だろう。それがどうかしたか」

「その会社の社長さんと面識は」

一体、なんの話だ。

「……あるわけないだろう」

「では、その社長の息子さんのことも、ご存じないわけですね」

むろん、知らない。かぶりを振らざるを得ない。

「おそらく、事件が県警捜査一課と少年捜査課をいったりきたりしたからでしょう。最終的には捜査一課が担当したのだと思いますが、果たして、県警一課にどれほどやる気があったか……英樹くんは未成年でしたし、自供もとれている、物証もそろっている。鑑《かん》をさほど広く当たる必要がなかったというのは、頷けるところです。私が担当しても、そんなに掘り下げては当たらなかったかもしれない」

「何がいいたい」

姫川は覗き込むように、こっちの目を見つめた。

「嶋田彩香さんは、父親が勤める会社の社長の息子、イシザワタクトに、交際を迫られていた可能性があります」

顔の内側で、血が冷たく逆流するのを感じた。

「これが、イシザワタクトです」

姫川は、鞄から写真付きの報告書のようなものを出し、こちらに向けた。石澤琢斗。少し髪を伸ばした、面長の、遊び人ふうの若者だ。下に書かれた生年月日から、英樹より三つ年上であることが分かる。

「石澤琢斗がどうして彩香さんの存在を知ったのか、そのきっかけは分かりません。おそらく会社絡みのイベント、新年会とか、花見とか、そういうことなのだとは思いますが。あるいは、お弁当をわざわざ工場に届けにいったことがあるとか……ここからは、私が聞き込みをしていて出会った、ある女の子の話です。彼女は彩香さんの、中学校のときの同級生で、彩香さんとは事件の数ヶ月前に、偶然近所の商店街で再会したのだそうです」

取調べを受ける被疑者とは、こういう気分なのだろうか。思いもよらぬ証拠を突きつけられ、次第に、精神的に追い詰められていく。確かに喉が渇く。無意識のうちに唾を飲み込んでいる。

「そのとき彩香さんは、カレシがいるのに、もう一人にも告白されて困っている、と話したそうです。カレシというのが、英樹くんです。高校の先輩というのを、その友達は覚えていました。もう一人というのが、石澤琢斗です。彩香さんは、お父さんの会社の社長の息子、という言い方をしたそうです」

この男が、何を——。

「その友達は、ただの惚気《のろけ》話だろう、要するに自分がモテることを自慢したいんだろうと、当時は思っていたらしいんですが、それでも一つ、気になって覚えていることがある、と教えてくれました」

姫川が目を合わせてくる。彼女の視線が、両目から脳内に侵入してくるような錯覚を覚える。

「……怖いんだよね、その息子、付き合わないと、お父さんがクビにされるかもしれない、と、彩香さんはいったそうです。冗談めかしていってはいたけれど、表情は引き攣《つ》っていたと、彼女は付け加えました」

もう、飲み込むほどの唾も湧いてこない。息まで苦しくなってくる。

「差し出がましいとは思いましたが、石澤琢斗に会ってきました」

冷えた血が、砂となって流れ落ちる。

「石澤は、自分はあの事件には関係ない、何もやってないし、アリバイだってあると、聞きもしないのに怒鳴り散らしました。私はすべてを聞いた上で、改めて尋ねました。……じゃあ、あなたが友達に自慢げに喋った、女子高生をやっちゃった、というのは嘘だったの？　と」

全身が、石になってしまったかのように重い。

しかしこの重い体こそが、自分には相応《ふさわ》しい。

「……石澤は、その場で泣き始めました。工場近くの公園のベンチで、逮捕されるんですか、俺は逮捕されるんですかと、それぱかり繰り返していました……そうなるかもね、と言い置いて、私は帰ってきました」

姫川が、改めて顔を覗き込んでくる。

「彩香さんが刺される直前のやり取りは、今となっては知りようもありません。英樹くんと彩香さんの、二人だけの秘密なんだと思います。でも、私には分かります……彩香さんは、死にたくなってしまったんだろうな、って。石澤と、そうなってしまった自分が許せなくて、それでも英樹くんを好きでいることが苦しくて、悲しくて……あの事件は、そういうふうにして起こったのだと、私は思います」

姫川のいうことがすべて真実とは限らない。彼女自身が初めにいったように、証拠のない絵空事の域を一歩も出ない。だが部分的にでも真実が含まれているとしたら、そしてそれを事件直後に、あるいは遅くとも英樹の出所《しゅっしょ》までに知ることができていたなら、何かが変わっていた可能性はないだろうか。自分はあのときの英樹の問いかけに対して、そんなことはない、生きろと、そういうことはできなかったのだろうか。

分からない。

確かに、姫川は間に合わなかった。

帰り際、彼女は玄関を出てから振り返り、こういった。

「……早く楽になろうとなんて、しないでくださいね。あなたには、苦しんで苦しんで、カラカラになるまで苦しみ抜いてから死んでもらわないと、辻褄が合いませんから」

答えずにいると、彼女は深く一礼して踵《きびす》を返した。

分かっている。このまま、簡単になど死なない。

仕事を終え、私服に着替えてから管理事務所に挨拶にいく。

「お疲れさまでした」

夜勤の二人がテレビを見ながら弁当を食べていた。

「あ、倉田さん、待って。これ、ちょっとなんだけど持っていきなよ」

池本《いけもと》という年配警備員が差し出してきたのは、白いレジ袋に入れられたトウモロコシだった。太くて大きいのが二本。

「カアちゃんの実家が北海道でさ。食いきれねえほど毎年送ってくんだ。腐らせてももったいないから」

「ありがとうございます。いただきます」

いいながら、それとなくテレビを見上げた。

入ったときから気になっていた。元官僚を狙った連続殺傷事件のニュースをやっている。

元農林水産事務次官の岡田芳巳、六十七歳。

元郵政事務次官の中谷公平、七十歳。

「倉田さん、急いでないんだったら、お茶でも飲んでいくかい」

「ああ、すみません……いただきます」

パイプ椅子を勧められ、そこで茶を淹《い》れてくれるのを待つ。麦茶ではない。熱い緑茶だ。

もう一人の警備員、佐々木《ささき》がテレビを指差す。

「確かさ、これじゃない事件で、やっぱり元官僚が刺された事件があったよね」

池本が首を傾げたので、仕方なく倉田が答えた。

「元厚生省の、薬事局長の事件ですね」

そうッ、と佐々木が手を打ち鳴らす。

「薬害感染かなんかの、アレなんだよな……それとこれの犯人は、同一人物なのかね」

「いや、その疑いもあるんでしょうが、報道を見てる限りでは、そういう話はありませんね。まだそうと分かっていないのか、別に犯人がいるのか」

はいどうぞ、と池本が湯飲みを差し出してくる。

「ありがとうございます。いただきます」

「そういえば倉田さん、元警官だってね」

「……ええ。一応」

そのお陰で、この仕事にありつけたのも事実だ。

「何やってたの」

「何がですか」

「警察で。刑事とか、機動隊とか、地域とかさ、いろいろあるじゃない」

「お詳しいんですね」

すると、ニヤリとしてみせる。

「いやァ、この業界、元警多いからね。ちょいちょい話聞いてるうちに、覚えちゃったんだよ」

しかし、と佐々木が話を戻す。

「農水省とか郵政省とかよりさ、今やるなら厚労省じゃない？　あいつらクズの集まりでしょう。年金問題。散々何十年も掛金払わしといてさァ、その帳簿をつけてませんでした、つけたけどどっかやっちゃいましただもんなァ。フザケるなっていうんだよ」

そうそう、と池本が人差し指を立てる。

「あれだろ、窓口で受け取って、そのままポッポに入れちゃうってのもあったらしいじゃない。タチ悪いよ」

「そもそもの親玉が、あれだろ、年金支給なんてもっとずーっとずーっと先だから、どんどん使っちゃえってばら撒いたんだろう？　ほんと、そういう奴こそ殺されちまえばいいんだよなァ」

まるで酔っ払いの会話だが、ビールも焼酎《しょうちゅう》もここにはない。あるのは急須と茶筒、食べかけの弁当二つと、湯飲みが三つ、しょう油煎餅《せんべい》を入れた菓子器が一つだ。

「あとさ、あれはどこだっけ。なんとかピアって、ホテルみたいなのをたくさん作ったのは」

「あれも年金のあれだから、もとをたどれば厚労省だろう。なあ倉田さん、そうだよなァ」

ふいに池本が振ってきた。

「ええ、あれは、旧厚生省管轄の特殊法人が始めたことですね」

さすが、とまた佐々木が手を鳴らす。

倉田は話半分、もう半分でテレビを見ていたのだが、やはり元厚生省薬事局長の長塚利一と、続く二件は別件扱いで報道されていた。

仮に同一犯だとすれば、これほど分かりやすい話はない。逮捕された加納裕道なる男は、国民の怒りを代表してやったのだと供述しているらしいが、むろん薬害感染症問題もこの範疇に入るものと思われるので、長塚殺しもやっていて何ら不思議はない。

ただ、別に犯人がいるとなると厄介《やっかい》な話になってくる。元官僚を狙った殺人事件が、極めて同時多発に近い形で起こっていることになるからだ。事実、長塚事件で目撃された犯人像は、加納裕道とはあまり似ていないといわれている。

懸念《けねん》材料はまだある。

倉田は英樹の事件と前後して、外務省職員を狙った殺傷事件の捜査を担当した。官僚ではなかったが、狙われた松井というノンキャリ職員はある意味、官僚よりタチが悪かった。タクシーチケットを利用した横領術を編み出し、その金で元外務省補助職員の女性を愛人に囲い、この事実がマスコミに漏れそうになると、あろうことか担当記者に痴漢の濡れ衣《ぬれぎぬ》を着せて業界から抹殺《まっさつ》した。

退職後、行き場のなくなった倉田は広場のベンチに座っていた。奇跡的にも命を取りとめた、松井の入院している病院の広場だ。

そこで犯人の川上紀之という男と出くわし、少しだけ話をした。

川上は、目的の松井を殺せていなかったことをひどく悔やんでいた。さらに「罰を下す」という言葉を使った。

倉田の中にある何かと、川上の言葉が結びつこうとしていた。彼が持つ殺意の価値を充分理解した上で、倉田は彼に教えた。

松井の入院している、病室の番号を。

川上はその足で病室にいき、松井をメッタ刺しにして殺した。胴体だけを四十三回、集中的に刺し続けたという。

看護師の通報で駆けつけた警察官に、川上は逮捕された。

倉田は覚悟していた。松井の病室を教えたのは自分であり、それが事件の最終的な引《ひ》き鉄《がね》になったことに疑いの余地はなかった。

だが、いつまで待っても倉田に捜査の手は伸びてこなかった。どうやら川上は、倉田についてはは触れぬまま牢獄に入る覚悟のようだった。

思えばあれも、省庁の不正を糾《ただ》そうとした犯罪だった。

いわば、一種のテロだ。

気になるのは、これらが組織的に行われていることなのかどうか、という点だ。あくまでも偶発的に多発しているのか、それともある意思のもとに引き起こされていることなのか。

偶発ならどうしようもない。国民の怒りが収まるまで、あるいは官僚の思い上がりが糺《ただ》されるまで待つしかないのかもしれない。だが何者かの意思によって引き起こされているのだとしたら、それは恐ろしいことだ。

やりようによっては、意のままに殺人犯を作り出すことができる。

そういうことに、なってしまうではないか。

4

殺人事件が発生した際、まず現場を所管する所轄署の強行犯捜査係員と機動捜査隊員が初動捜査に当たり、即犯人が逮捕できない場合は本部の刑事部捜査第一課に協力を要請する。ただし、それで本部から派遣されてくる捜査員はせいぜい一個係、十人前後。特捜本部を設置して本格的にやるならば、最低でも四十人程度はほしいところ。そうなると署内の他部署から、さらには近隣署からも人を集めてこなければならなくなる。

今回の葉山がそうだった。

杉並署管内で殺人未遂事件を起こした男が逮捕された。加納裕道という二十五歳の男だ。単にそれだけの事件であれば、杉並署強行犯捜査係が裏付け捜査をし、起訴までもっていけばいいだけの話である。だがこのケースは違った。加納裕道なる被疑者は、その二日前にも目黒区柿の木坂で二人殺していると供述したのだ。

一転、世田谷区、目黒区、渋谷区といった第三方面に属する警察署はてんやわんやの騒ぎになった。葉山の所属する北沢署もそれに巻き込まれた。当然だろう。北沢署は杉並署と、柿の木坂を所管する碑文谷署のちょうど中間にあるのだから。まもなく特捜への派遣要員として葉山の名前が挙がった。これも当然といえば当然だった。つい去年まで、葉山は殺人犯捜査の専門部署である捜査一課殺人班にいたのだから。

まずは杉並署に送り込まれた。この時点ではまだ碑文谷の特捜と合同でやるかどうかが決まっておらず、とにかく加納の住居の捜索を完了させるというのが杉並署捜査班の最優先事項だった。

葉山も家宅捜索班に組み込まれた。加納の住居は西東京市保谷町六丁目△-◎、青雲荘二〇二号。畳敷きの六畳間、トイレと台所は共用。風呂はなし。いまどき珍しいぐらい、昭和の強く漂《ただよ》う佇まいだった。

まずは鑑識を入れ、内部を撮影し、指紋や毛髪といった細かい捜査資料を徹底採取する。終わり次第捜査員が入り、加納の生活ぶりを示すものすべてを運び出す。書籍やビデオ、CDにDVD、ゴミ箱の中身、ヘアブラシ、歯ブラシ、整髪料、衣服、バッグ、枕カバー、布団カバー、シーツ、ノート、メモ帳、手紙や明細書、通知書、その他の書類、デジタルカメラ、アルバム、そして何より重要なのが、パソコン。それらを杉並署が用意したワンボックスカーに詰め込んで送り出した。

作業が一段落し、捜査員の何人かが表の道に出て一服し始めた。葉山は吸わないが、一人で現場に戻っても仕方がない。なんとなく一緒に、その場に立っていた。

中森《なかもり》という、殺人班六係の主任が声をかけてきた。今回、葉山は彼の相方を務めることになっている。

「君は確か、何年か前まで姫川の班にいたんじゃなかったか」

「ええ、そうです。ご存じでしたか」

「よく覚えてるよ。なんか、当時はやたらと若いのがそろってて、ギャーギャーうるさい班だったけど、俺はそんなに嫌いじゃなかったな。傍《はた》から見てると、なんとなく楽しそうで、羨ましかった。主任が若くて美人っていうだけで、一杯飲みにいくのも盛り上がっただろう」

珍しい。基本的に姫川玲子は、一課内では嫌われているものとばかり思い込んでいた。

隣にいた一課のデカ長が割り込んでくる。

「中森さん、なんの話ですか。若くて美人って」

「いるんだよ、そういう女主任が。捜一にも」

エエーッ、と大袈裟に驚いてみせる。

「そんなの俺、見たことないっすよ」

「そうか？　確か、和田《わだ》さんの異動と一緒に本部を出て、でもこの春頃に戻ってきてるぞ。

えらく背の高い。なあ、葉山」

「ええ。今は殺人班の十一係だと聞いてます」

デカ長が首を傾げる。

「十一係か……いたっけな、そんな美人」

今現在、刑事部捜査一課には殺人犯捜査係が十二個ある。だがそのほとんどは本部にお
らず、今こうしている彼らのように、所轄署に派遣され捜査活動に従事している。同じ課
に所属していようと、顔を知らない人間がいるのはむしろ当然といえた。

特にこのところ都内では殺人事件が多発しており、殺人犯捜査係はすべて出払った状態

が続いているという。今回の杉並署など一個係の派遣もままならず、各地の特捜から一人ないし二人ずつ借り受ける形で捜査班が編成された。

中森が、何か思い出したように「あっ」と漏らす。

「そういや、いま十一係って世田谷の特捜に入ってるんじゃなかったかな。ほら例の、元厚生官僚の刺殺事件」

ああ、とデカ長が応じる。

「あのヤマですか……ってことは、ここのマル被が世田谷の件までゲロしてくれれば、全部ひっくるめて合同捜査、なんてことも」

「あり得ん話じゃないな。そうなったらお前も、姫川の顔くらい拝めるかもな」

しかし、それはそれで恐ろしい事態だと思う。

元官僚を狙った、三連続殺傷事件。

前代未聞だ。

杉並署の講堂に戻ると、朝はまだだった特捜本部の設置がすでに完了していた。川三つに並べられた会議テーブルが十列、六十席。果たして六十人も捜査員をそろえられたのだろうか。それとも碑文谷の特捜を引っぱり込み、こっち主導で捜査を進めようという、単なる意気込みの表われだろうか。確かに被疑者、加納裕道を押さえているという強みはこちら側にあるが。

パチッ、とワイシャツの肩で平手の音がした。

「よう、若いの」

振り返ると、すぐ後ろに勝俣警部補が立っていた。今回、この特捜に一番乗りしたのは彼だと聞いている。加納の取調べも担当している。

葉山は軽く頭を下げた。

「ご無沙汰しております」

この勝俣と姫川が犬猿の仲であるのは有名な話だが、葉山個人はとりたてて勝俣に対し悪感情は持っていない。むろん、正規の謝礼金とは別の形で、情報提供者に金品を供与する捜査手法はいかがなものかと思うが、一捜査員としての行動力、情報収集力、分析力はズバ抜けていると思う。尊敬もしている。

なぜだろう。勝俣は周りを気にしながら身を寄せてきた。

「……お前、いま北沢署の強行班なんだってな」

「ええ。よろしくお願いします」

さらに片眉を下げ、上目遣いで葉山を見る。

「このヤマが一段落したら、どうだ。俺が一課に戻してやろうか」

体内に、何に育つかも分からない細胞を仕込まれるようなひと言だった。癌細胞か、あるいはウイルスに汚染された何かか。

「ありがとうございます」

「なんだ。そりゃ誘いを受けるってことか」

どうしても、今すぐ答えを出させたいのか。

「……辞令が出れば、自分はどこにでも」

「選べるとしたらどっちがいい。俺のところと、姫川のところと」

意外と子供っぽいことをいうのだな、と思ったが、すぐに気づいた。これはウイルスだ。勝俣の推薦で一課に復帰し、だがその行き先は姫川のいる十一係。勝俣は自分を工作員として、現行の姫川班にもぐり込ませようとしているのかもしれない。

葉山は意識して笑みを浮かべた。

「自分には、選べないです。与えられた仕事を、日々こなすだけですから」

勝俣の頬が、すとんと落ちた。それまであったわずかな愛想は消え去り、皮膚と脂肪に覆われた骸骨《がいこつ》という正体を現わした。

「……オメェ、大したタヌキだな」

「なんのことでしょう」

「いや、いいよ……面白《おもしれ》えよ」

もう一度葉山の肩を叩き、勝俣は上座の方に歩いていった。心なしか、その背中は少し寂しげに見えた。


会議中にメールがきたことは分かっていたが、確かめたのは会議が終わり、我慢していたトイレを済ませたあとだった。

姫川からだった。

【お疲れ。話したいことがあるんだけど、今夜は空いてますか。連絡ください。玲子】

相変わらず色気のない文面に苦笑を覚えながら、メモリーの中に姫川の番号を探す。エレベーターとは反対側にある裏階段の方に向かう。

五回ほどコール音を聞いた。

『ああ、もしもしノリ？』

跳ねるような調子の声が懐かしい。

「お久し振りです」

『今どこ』

「今は……杉並署ですけど」

〇・五秒ほど置き、

『元事務次官連続殺傷事件の特捜だ』

クイズに答えるよう嬉々と言い放つ。

「ええ、そうです」

『今あたし新宿なの。すぐ阿佐ケ谷《あさがや》までいくからさ、ちょっと会おうよ。南口ロータリーの富士そばの入ってるビルの上の方に「クラウディア」ってバーがあるからさ、そこでどう』

一気に喋り倒すところも変わらない。

「よく知ってますね、そんなとこ」

『そんなわけないでしょ。さっき調べたのよ、「ぐるなび」で』

むろん、葉山に異存はなかった。

その店でいいと答え、電話を切った。

当然、店には葉山の方が先に着いた。途中、あの勝俣に尾行されていないか心配になったが、いったん関係のないビルに入ってエレベーターで三階まで上り、階段で下りてきたがあとをついてくる者はいなかった。たぶん、大丈夫だと思う。

「クラウディア」はカウンターの他にボックス席が四つほどある、バーとしては中規模の店だった。内装は落ち着いた木目調だが、ＢＧＭの趣味はそれより少しモダンな感じがした。ジャズというよりは、フュージョン。意外なほどパンチの効いたドラムの音が斜め上で鳴り続けている。

十分ほどして入ってきた姫川は息を切らしていた。

「……お待たせ。ごめんね、自分で南口っていっといて、反対側に出ちゃった。もうなんか頼んだ？」

明るいグレーのパンツスーツ。そういえばこの人がスカートを穿いているのは見たことがない。インナーは白のカットソー。急いできたというわりに、化粧崩れはしていない。

「いえ、まだ」

「ビールでいい？」

「はい」

生二つ、とカウンターに大声でオーダーする。

ふと、葉山は小さな違和感を覚えた。

姫川玲子とは、こんなにエネルギッシュな女性だったろうか。

殺人班十係、姫川班の解体から二年半。電話口では感じなかった、一種の明るさというか、以前は見られなかった強さのようなものを、いま目の前にいる姫川からは感じる。だがそれがいいことなのか悪いことなのかは、葉山には分からない。女性を庇護《ひご》の対象と見るタイプの男性には、ひょっとしたら魅力が半減したように感じられるかもしれない。ただ彼女を自立した一人の人間として見れば、その輝きは増したようにも映る。

いくつかフードメニューもオーダーし終え、久し振り、と浮かべた笑みに以前のような曇りはない。こういうのを「ひと皮剝けた」というのだろうか。

葉山も頭を下げる。

「お久し振りです」

「あれ、ノリって吸うんだっけ、吸わないんだっけ」

「吸いません」

そっか、といって灰皿をテーブルの端に追いやる。

まもなく運ばれてきたグラスビールで乾杯し、ひと口飲むと、もう姫川の目は捜査モードになっていた。

「……でさ、そっちが挙げた加納って、どんな男？」

こういう単刀直入なところと、基本的に仕事からオフにならないところは以前のままだが。

「すみません。自分も直接見てないんで、分からないんです」

「あたしに隠すの？」

「そんなんじゃないですよ」

思わず笑ってしまった。

「……本当に、ガサ（家宅捜索）を手伝っただけなんで、まだなんにも分からないんです。配られた資料を読むのが精一杯で」

すると、子供っぽく口を尖らせる。

「まさか、ガンテツに口止めされてんじゃないでしょうね」

「あ、よくご存じですね。勝俣さんがいるの」

「当たり前でしょ。だってあいつ、こっちの特捜が立ってすぐ、あたしんところにきたんだよ。短足のくせに、大股で偉そうに入ってきて、いきなり『捜査資料見せろ』って……しかも、やたらと事情通でさ。絶対なんかやらかすな、と思ってたから、二係にそれとなく様子訊いてたの。そしたら」

もうひと口、ビールをグイッと呷《あお》る。

「……湾岸署の特捜から杉並に転出したって、こっそりコマキさんが教えてくれたの」

一課の強行班二係には「コマキ」という人物がいるらしい。葉山はよく知らないが。

「とにかくさ、ノリ。こっちの目撃証言からすると、どうも加納は三軒茶屋はやってないように思えるんだけど、でも双方の犯人同士が何かしらの繋がりを持ってる可能性は、ないとはいえないよね。だからさ……特捜レベルの調整が入るまではさ、あたしたちだけでも協力していこうよ。これ、絶対なんかあるから。絶対無関係なんかじゃないから。ひょっとしたら、こういうケースはもっと広がっていくのかもしれないし、過去にも似たような事案があった可能性だってある」

凄い、と思った。

姫川に指摘を受けた瞬間、葉山の脳裏にある事件の記憶が蘇り、思わず「あっ」と声をあげていた。自分が被疑者だったら、今この瞬間に落ちたことになるのだろう。

「なに、ノリ」

一瞬考えたが、これを隠したところでどうなるものでもない。

「ええ、実は去年……」

小さな事件ですが、と前置きした上で、厚生事務次官まで務めた六十六歳の男性が将棋仲間に殴られた話をした。

姫川は難しい顔をしたあとで、ピンと人差し指を立てた。

「……ねえノリ。その、殴った方の堀井辰夫ってお爺さんは、どうやって谷川正継が元厚生官僚であることを知ったのかな」

そう。実はそれが、当時も謎《なぞ》だったのだ。

葉山が捜査に参加して二日目には、碑文谷の特捜と合同捜査になることが発表された。正式な本部名は「柿の木坂　松ノ木　連続殺傷事件特別合同捜査本部」。地名の順番は単に事件発生日時を反映しただけで、力関係としては完全に杉並本部の方が強かった。

一つはむろん、加納を確保したのが杉並署だったというのがある。家宅捜索で加納の私物も押さえている。さらにいうと、勝俣が供述調書を握っているというのもあるらしかった。これを読みたければ、統括権をこっちによこせ——簡単にいうと、そういうことのようだった。

その影響なのか、葉山は碑文谷署管内で起こった事件の敷鑑に回ることになった。

担当替え初日の仕事は、遺族となった岡田芳巳の息子、晃一《こういち》への面談だった。彼は父親だけでなく、妻貴子《たかこ》も同時に亡くしている。七歳になる長男はたまたま、夏休みで学校のプールにいっていて難を逃れたらしい。

葉山が一課の中森と共に自宅を訪ねると、晃一が直接応対に出てきて、革張りのソファセットがある応接間に通された。正面の壁には一畳分はありそうな油絵が掛かっている。ギリシャのミコノス島だろうか。白い外壁の家々が並ぶ丘を描いたものだが、どことなく空が暗い。プロの画家の作品だろうか。それとも岡田芳巳か、家族の誰かが描いたものなのだろうか。

家政婦らしき女性がコーヒーを出して下がると、晃一は自分から切り出した。

「それで、捜査の方はどうなっているんですか」

奥歯を嚙み締め、唇を最小限にしか動かさない喋り方。ぐらぐらと煮え立つ腸《はらわた》を、無理矢理上から押さえつけているのが見ていて分かる。このラグビー選手並みの肉体を持つ男が、今ここで暴れ出したらと考える。むろん、こちらも素人ではないので押さえ込むことはできるだろうが、まったくの無傷でというわけにはいかないかもしれない。

中森が恭《うやうや》しく頭を下げる。

「現在は、こちらの事件の二日後に起こった、別の殺人未遂事件の取調べを行っております。その起訴が固まり次第再逮捕、お父さまと奥さまの事件について……」

「フザケるなッ」

唾の飛沫《しぶき》がこっちまで飛んできた。

「そんなのは新聞で読んで知ってるよ。でも未遂なんだろう、その中谷さんの方は。何ヶ所か切り傷を負っただけで、命に別状はなかったんだろう。だったら、そっちを後回しにすりゃいいじゃないか。……あんたらな、よく考えろよ。ここで二人殺されてんだぞ、こっちは。自宅で二人だぞ、二人ッ。……なあ、二人殺してたら死刑にだってなるんだよな？　そういう可能性が高いんだよな？　だったらこっちを優先してやりゃあいいじゃないか。死刑が確定すれば、それ以上罪の問いようもないだろうが、この国の法律じゃ。……民事なんてどうだっていいんだよ。それは、あれだよ、中谷さんの方だってそうなんじゃないか？　電話会社の副社長さんだったんだろ。あんな、ニートだか引き籠もりだか分かんない芋虫《いもむし》野郎に、損害賠償請求なんてしたって意味ないんだから。そんな端金《はしたがね》なんざ、こっちは端《はな》っから欲しかないんだからさ。さっさと刑務所にブチ込んで、さっさと首絞めて殺しちまってくれよ、なあッ」

もっともな言い分だが、殺人未遂で現行犯逮捕した被疑者に、それ以前の殺人事件について訊くことはできない。法廷ではそれが別件逮捕、即《すなわ》ち違法捜査であると判断され、証拠能力が否定されてしまうからだ。

「お気持ちはお察ししますが、法的な手順というものもございますので……しかし、我々にとっても本命は岡田さんの事件です。必ずや法廷に送り込んで」

「当たり前だッ」

今度は座卓に拳を落とす。

「ニュースでもいってるよな、犯人はこっちの事件についても犯行を仄《ほの》めかしてるって。それって要するに、自供したってことだろ？　だったらもう、捜査なんざ終わったも同然じゃないか。さっさと起訴しろよ。裁判やれよッ」

そうはいかないのが刑事捜査の面倒というものだ。

中森がすまなそうに首《こうべ》を垂れる。

「ええ……物証、供述という点では仰る通りですが、それ以外にも状況証拠や、動機といったものもあります。犯人がどういう経緯で岡田さんを襲ったのか、岡田さんと犯人の接点はなんだったのか」

「そんなのは、その加納って芋虫野郎に訊けば分かるだろう」

「むろん、犯人にも問います。ただ、被害者側に立って、初めて見えてくる真実というのもあります。何卒《なにとぞ》、ご遺族の方にもご協力いただきませんと」

「何をだよ。これ以上何が要るってんだよ。持ってっただろう、親父と貴子の私物は、何もかもッ」

何もかも、は言い過ぎだと思うが。

「ええ、ですから、本日は晃一さんがご記憶のところについて、お伺いしたいと思いまして」

「俺の？　俺の記憶の、何を」

「被疑者、加納裕道とお父さま、あるいは奥さまとの」

「そんなもんあるかッ」

晃一が、中森に殴りかからんばかりの勢いで立ち上がる。その際テーブルに膝頭が当たり、コーヒーカップが音をたてて跳ねた。葉山と中森のは無事だったが、晃一のは転げ、白いテーブルクロスに赤黒いシミが広がった。

しかし、晃一がかまう様子はない。

「よく聞け。一刻も早く奴を死刑にしろ。お前ら、下手な仕事をして無期懲役にでもしてみろ、ただじゃおかないからな」

握られた両拳。震える、骨の塊《かたまり》。

「そうなったら、この俺が、加納を殺してやる。二十年、三十年後でも、生きて出てきたら俺が、この手でブチ殺してやる。……分かったな」

おそらく、脅しや冗談ではないのだろう。

5

土曜には六年生の、日曜には五年生と四年生の週例テストがある。だが講師は直接採点を行わない。全解答用紙をスキャンしてパソコンに取り込み、中国の子会社に送って向こうの現地従業員に採点させる。採点済みの解答用紙は現地から直接インターネットにアップされ、生徒はそれを自宅で閲覧し、復習する。

ならば講師は週末暇なのか、というとそうではない。生徒が不正解だったところを自宅で復習できるよう、講師は通常の解説授業とは別に、インターネットで見られるビデオ解説授業の収録をしなければならない。むろんこれには生徒がいないので、基本的には一人芝居である。これがなかなか、慣れないと難しい。

生徒が理解するための「間《ま》」を意識的に設けて、「はい、分かったかな?」などとカメラに問いかけながら進めなければならない。雰囲気的にはNHK教育テレビのコンテンツに近いが、むろんあれよりはだいぶ簡素である。

「……終わりました。お願いします」

収録は本部校舎で行われ、終わったら次の講師にバトンタッチ。

「じゃ、お先に失礼します」

はっきりいって、このビデオ撮影がある日曜の午後が一番疲れる。だが、そんな日の夕方早くから飲むビールは、むしろ一週間の内で一番美味い。何しろ四時前なので限られた店しか開いていないが、さして贅沢をしたいわけではない。塩気のあるツマミが二品もあれば充分だ。

「……いらっしゃいまし」

ラーメン屋の日に焼けた赤暖簾をくぐり、テレビの見える席に座る。他に客はいない。

「おばさん、ビールとネギチャーシュー。それと……エリンギの塩炒め」

「ネギチャーシューは、ラーメン？」

「いや、ツマミで」

確か、前もこの店で同じように聞き返された覚えがある。毎度確認するくらいなら、いっそ「チャーシュー盛り」とか別の名前をつけたらどうだろうか。

《ニュースをお伝えします》

そう、日曜の夕方四時ちょっと前には、五分ほどのニュース番組が流れる。

《今日正午過ぎ、東京都目黒区柿の木坂の住宅で、住人二人が刃物を持った暴漢に襲われ、刺殺される事件がありました》

もしやと、ある種の予感が働いた。

画面を注視すると、案の定だった。

《被害に遭ったのは、岡田芳巳さん、六十七歳と、岡田貴子さん、三十一歳の二人。警察への取材によると……》

覚えのある名前だった。確か、何代か前の農水事務次官を務めた男ではなかったか。

驚いた。長塚の一件からまだ一週間も経っていない。こんな短期間の内に、立て続けに成果が得られるなんて——。

しかし、吉報はそれだけではなかった。

岡田が殺された翌々日には、元郵政事務次官の中谷公平が同じように刃物を持った暴漢に襲われた。こちらは残念ながら軽傷で済んでしまい、また犯人は現行犯逮捕されてしまったが、これも一つの成果には違いなかった。どうやら犯人は岡田芳巳を襲ったのと同じ人物のようだが、加納裕道なるその男が行動を起こしたという事実が、今は何より重要だった。

長塚が殺されたときとは、別種の興奮が体内を駆け巡った。あえて喩《たと》えるなら、ジェットコースターの走り始めに似ている。天空に続くレールの上を、コツコツと引き上げられていく。これに乗ったのは自分の意思だが、以後の展開はもう、自分の意思ではどうにもならない。スピードをコントロールすることも、止めることももちろんできない。

この先に待っているであろう眺めを思い描く。

手を伸ばせば抱き寄せられそうな空。この上なく晴れやかな心地。見下ろせば、地上の一点に突き刺さろうとするレールの尖端《せんたん》。だが直前ですくい上げられ、右に左に振り回され、錐揉《きりも》み回転の渦に巻き込まれるであろうことは分かっている。知っているのではなく、分かっていて乗ったのだ。

そう、すべて覚悟の上だった。

しかし一点、ジェットコースターとはまったく異なる要素がある。

滑走のすべてを終えたとき、たどり着くのはもとの地点ではない。

地獄だ。

ここ数日、夢を見ていない気がする。以前は気が狂いそうになるほど、毎晩毎晩うなされていたのに。

彼女の笑みが穏やかであればあるほど、この胸を掻き毟り、皮膚も筋肉も肋骨《ろっこつ》から引き剝がしてしまいたい衝動に駆られた。親友の声が朗らかであればあるほど、地面に自ら叩きつけて両耳を潰してしまいたくなった。

なぜだ。なぜ今、会いに出てきてくれない。いま出てきてくれたなら、あなたの笑みに笑みで応えられるだろうに。君と肩を組んで、快活に笑い合えるだろうに。ようやく思いを遂げたんだ。一緒に喜んでくれたっていいだろう。すべて、君らのためにやったのに。責めているのかい。そうなんだね。僕を、責めているんだね。

間接的には、そうだ。君らを死に追いやったのは僕自身だ。その償いをしているつもりだったけど、これでは足りないのかい。もっともっと、生贄《いけにえ》が必要なのかい。それとも、根本的に間違っているのかい。この戦いに意味などないと、そう君らはいいたいのかい。

遅いよ。いっただろう。もう走り出してしまったんだ。ガッチリとレールに連結されて、ただ堕《お》ちるためだけに、天空に引き上げられている最中なんだ。

二度と同じ地点には戻ってこられない。しかし、それでいいと思っている。

もう何も、この世に未練などない。

6

八月十五日金曜日。勝俣は、検察で新件調べを終えて戻ってきた加納の取調べを再開した。

「どうだ。眠れたか、昨日は」

別に体調を案じていっているのではない。そういった面は、むしろ逮捕直後より良好に見える。汗でぺったりと束になっていた髪は適度に乾いているし、肌のあばたは相変わらずだが、少なくとも垢《あか》じみてはおらず、見るからに不潔という感じではなくなっている。

ただし、目つきだけはお世辞にも良好とは言い難くなった。なんと表現したらいいのだろう。焦点が合っていないというか、勝俣を見ているようで見ていない。話し相手は、勝俣のもっとずっと後ろにいるような。そんな目つきをしている。

「いえ、眠れないですよ。二人も殺してるんですから」

それでいて、反省している様子は微塵もない。

「二人殺すと、なんで眠れないんだ」

「なんで……んん、思い出しちゃうからね。刺したときの手応えとか」

「どんなふうだった」

「……ぷす、ぐにゅぐにゅ、って感じ」

「それは、岡田芳巳がか。それとも岡田貴子か」

「両方だね。あと、こつっ、てのもあったね。骨に当たるときもあったから……目を閉じるとね、そういうのを思い出しちゃうから。だから、眠れない」

しかし事実は違う。加納は大鼾《おおいびき》を掻いて熟睡していると、留置係は報告書の備考欄に書いている。

「思い出すと、怖いか」

それにはかぶりを振る。

「怖いんじゃない……思い出すと、またやりたくなっちゃうから、だから、困る。そういうの、つらいでしょ」

情状酌量の余地なしだ。

「人を刺すのは楽しかったか」

ほんの少し、首を捻る。

「楽しい、とは違うかもしれない」

「じゃあなんだ」

「達成感、かな」

「ほう。どういう達成感だ」

「刑事さん、なんにも分かってないんだね」

半端に笑みを浮かべ、かぶりを振る。

「いったでしょう。僕はね、大きな大きな敵を相手に戦ったんだよ。大きくて、見えない敵。いい？　僕たちは、税金という実りを生むためだけに利用されてきた、畑だったんだよ。栽培されていたといってもいい。同じ地平に暮らしていながら、同じ町や道、施設や貨幣を利用しながら、その実、奴らはなんの働きも努力もなく税金を搾り取り、適当に理由を並べては自分たちの好き勝手に使い続けてきたんだ。取る側と、取られる側。騙す側と、騙される側。笑う側と、泣かされる側……だから行動を起こしたんだよ、僕が。取られるくらいなら、刺してやろう。騙されるくらいなら、殺してやろう。泣かされる前に、死んでもらおうってね」

まったく分からない、わけではないが。

「しかし、役人がなんの働きも努力もしないと、そう決めつけられるもんでもないだろう」

「ああ、そうだったね。あんたも役人の一人だったね。でもほら、僕が相手にしてるのは、あんたみたいな下《した》っ端《ぱ》じゃないから。もっと予算編成とかに関わる、最初から国民を、税金という名の実をつける農作物程度にしか見ていない奴らだから。端っから奉仕なんてする気のない、『公』の字を『詐欺』と読み違えるような、そういう腐れ外道《げどう》だから。あんたらみたいに、自分たちが搾取されてることに気づきもしない子羊ちゃんじゃ、相手にもならないんだよ」

加納は歯を喰いしばり、肩を震わせ、腹の底から湧き上がってくる笑いを抑え込もうとしていた。

「……そうだよ。奴らが、一体どんな努力をした？　働きをした？　そんなの幻想でしょ。性善説でしょ。奴らは最初から騙すつもりだったんだよ。それが甘い汁であることを知ってて省庁に入ってくるんだ。親がそうだからさ、その旨《うま》みを知ってるからさ、子供を早くから東大にいかせようとして、それも絶対に法学部って決めててさ。官僚になるためだけの人生を効率よく送ってるでしょ。汚いんだよ、奴らのやり口は……あとで気づいたって、もう手遅れなんだよ」

どういう意味だろう。本当は自分も省庁に勤めたかった、官僚になりたかった、だが学力が追いつかなかったとか、そういうことだろうか。

「いまどきは東大法学部ばかりじゃないだろうが、それにしたって、そこに入る努力は必要だろう」

「馬鹿だね。そういう話をしてるんじゃないんだよ。だから駄目なんだよ、あんたみたいな下っ端じゃャッ」

机の端を叩き、背もたれに仰《の》け反《ぞ》る。

「本当はね、年金官僚も一人くらい殺すつもりだったんだ。目をつけてたのは、あれね。タニガワマサツグ。旧厚生省で事務次官までいった奴ね。あいつはぜひ殺しておきたかったよね。あいつをモノにできてたら、僕もかなりカミだったんだけどな」

カミ、とは「神」のことか。

その辺りに絡めて、話を進めてみようか。

「……それにしても、ずいぶん詳しいんだな。元事務次官クラスの官僚を、どうしてそんなに知ってるんだい」

ふいに、加納の視線が勝俣に合った気がした。

「そんなもん、今どき調べる気になりゃ、なんだって分かるよ」

「でも君は、退官してかなり経つ人間の現住所を知ってたよな。しかも、訪ねていっていきなり襲っている。つまり、相手の顔まで知ってたわけだよな。そういうのは、どうやって調べたんだ」

これには、馬鹿にした顔でかぶりを振る。

「そんなに、大したことじゃないでしょう。むしろ、現住所だって顔写真だって、隠しきる方が難しいんだってことを、奴らは知るべきだね。お前たちのやってきた悪事も、お前たちが隠れている場所も、晒さないようにしてきた顔も、今じゃみんな知ってるんだぞと、隠れられないんだぞと、魔女狩りは、もう始まってるんだぞと、知っておくべきだね」

なかなか、いい具合に調子づいてきた。

「たとえば、インターネットとかで調べるわけか」

「そりゃそうだろ。今どきの情報収集に、ネットが介在しないと思う方がどうかしてるよ」

「具体的には、どういうサイトで調べるんだい」

「それ以前にあんた、自分でやってみたの？　元事務次官の住所がネットに出てるかどうか、検索してみたの？」

一つ、頷いておく。

「一応試してはみた……が、一つもヒットしなかったぞ。少なくとも、岡田芳巳や中谷公平の住所はどこにも載ってなかった。ひょっとして、君が逮捕されて、管理者が慌ててデータを消したのかな」

あるいは、加納自身がその管理者である可能性もまだ残されている。

加納はまた肩を震わせながら、ゆるくかぶりを振った。

「……神は、そんなみっともない真似はしないよ。もっと崇高な理念を持って、情報管理だってやってるからね。あんたみたいな素人がちょろっと弄《いじく》ったくらいで分かるようなところには晒さないよ。っていうか、晒してあると思う方がどうかしてるよ。馬鹿としかいいようがないね」

何が「崇高な理念」だ。何が「神」だ。いくら日本が「八百万《やおよろず》の神」の国であろうと、そんな小悪党じみた神がいるものか。

「じゃあ、教えてくれよ。その神が、どういうふうに情報を管理し、どうやったら俺たちみたいな素人でも見られるのか」

すとん、と加納の顔から笑みが落ちる。残ったのは、結局どこを見ているのか分からない目と、乾いたあばたの頬だ。

「……嫌だね。教えないよ、あんたみたいな馬鹿には」

ちくしょう。そうは問屋が卸さない、か。

夜の捜査会議。

勝俣から上げた情報は、やはり加納はインターネットを利用して元官僚たちの個人情報を入手していたようだが、具体的方法まではまだ分からない、ということくらいだった。

話題の中心はむしろ、加納の前足《まえあし》（犯行前の足取り）だった。

報告しているのは高井戸《たかいど》署の強行犯係員。

「加納は十日日曜の昼十二時半頃、岡田芳巳宅を出て、自転車で移動。駒沢《こまざわ》公園に潜伏し、そのまま二日過ごして、十二日十三時過ぎに、中谷邸で犯行に及んだと供述していますが」

その供述を引き出したのは勝俣だ。

「駒沢公園内で聞き込みをしたところ、確かに加納らしき人物が植え込み内にいたとの目撃証言が複数得られました。また、岡田邸から駒沢公園まで乗ってきた自転車の行方は現在分かりませんが……おそらく、再び盗まれてしまったものと思われますが、駒沢公園から中谷邸まで乗っていった自転車は、加納の供述通り駒沢公園内の駐輪場から盗み出されたものでした。玉川《たまがわ》署に盗難届も出ていました」

加納は犯行現場までの足に自転車を利用したが、いずれも自分のものではなく、盗難車だったわけだ。また、加納はその自転車移動の際、返り血を浴びた服では目立ち過ぎると考え、通りがかりの民家の物干し竿からシャツを盗み、それを羽織って移動しているが、中谷邸で犯行に及ぶ直前にそれは脱いでいる。犯行が終わったら、再びそれを着て逃げるつもりだったという。しかし、運悪く巡回中の警官に見つかってしまい、現行犯逮捕されるに至った――。

犯行前後の足取りに続き、生活安全部サイバー犯罪対策課の捜査員が報告に立った。

「……現在、押収した加納のパソコンを調べていますが、犯行前にデータを消去、部分的にはデバイスを破壊してもいるため、なかなか分析が進まないというのが正直なところです。なんとか修復を試みてはいますが、もう少し時間はかかりそうです」

管理官がマイクを握る。

「時間をかければ、分かることなのか」

捜査員が、手元の資料と上座を見比べる。

「それはですね……つまり、システム上の手続きでデータを消去しても、ハードディスクの上書きが進まなければデータは消えず、残ったままになる、それをなんとか読める状態に戻そう、ということなんですが……ちょうど、昔のカセットテープをイメージしてもらうと分かりやすいかと思います。ラベルを剝がして、新たに何か録音して再利用しようというテープでも、消去をしなければもとの音源は残っていますよね。それと同じことが、コンピュータでもあるんです。上書きをするまでは、ファイルという名のラベルを剝がされただけで、データ自体は残っている。むろん加納はそのことを知っていて、ハードディスク自体を破壊してデータを根本的に抹消しようとしたのでしょうが、その破壊が不十分だったので、時間をかければ修復は可能なのではないか、というのが現状です」

彼の説明が下手なのか、こっちの理解力が低いのかは分からないが、とにかくやりようはある、ということだけは分かった。

ここは、大人しく待つしかないだろう。

ちょっと前まで、コンピュータ絡みの違法捜査は辰巳圭一《たつみけいいち》という男にやらせていた。だが三年前、なんのトラブルを起こしたのかは知らないが、辰巳は板橋区高島平《たかしまだいら》の倉庫街でヤクザに刃物で刺されて死んでしまった。

しかしこんなご時世だ。ハッキング技術を持った人間の一人や二人手駒に持っておかないと、いざというとき手詰まりになってしまう。勝俣は急遽、辰巳の代わりを探した。そしてようやく、当たりをつけたのがこの男だった。

安藤斗真《あんどうとうま》。裏社会では、なぜか「新野《しんの》」と呼ばれている。

むろん、自宅玄関に出ている名前は「安藤」の方だ。

『……はい』

「俺だ。開けろ」

古い団地の、分厚い鉄製の扉。わずかに開いた隙間に、青白い、細長い顔が覗く。年は三十八だが、それよりはだいぶ若く見える。

「どうした。早く入れろ」

ドアにはまだチェーンが掛かっている。

「勝俣さん……勘弁してくださいよ」

「なんだ。女か」

下の方を見ると、安藤はパンツ一丁だ。

「ええ。せめて、電話一本くらい入れてからきてくださいよ」

「こっちも急ぎだ。なんだったら、お前が仕事してる間は俺が女の相手をしてやってもいい。とにかく開けろ。こんなところに突っ立ってるの、誰にも見られたかねえんだよ」

安藤はいったんドアを閉め、チェーンを抜いてから再び開けた。

「……どうぞ」

案の定、化粧とタバコ、汗と酸化した体液の臭《にお》いが渾然《こんぜん》一体となって漂っている。

「邪魔するぜ」

間取りはキッチンと、洋室と和室が一つずつ。洋室はコンピュータルーム、和室は万年床を敷いた寝室になっているが、襖《ふすま》が取りはずされているため、女が慌てて下着を着ける姿も丸見えになっている。

勝俣は、必死でブラのカップに乳房を収めている女の背後に立った。

「よう……どうだい。俺に一万で、穴貸さねえか」

ほぼ金髪の髪を舞い上げ、振り返ると同時に勝俣を平手で殴ろうとする。が、そう易々《やすやす》と殴られてやるわけにはいかない。こう見えて痛いのは苦手なのだ。すんでのところで、その細い手首を受け止める。

「フザケンジャナイヨッ」

見た目では分からなかったが、どうやら日本人ではないらしい。韓国というよりは中国、台湾系だろうか。

「イーリン……こっちおいで」

勝俣が手首を離してやると、女は畳から服を拾い、安藤のもとに駆け寄っていった。ふた言み言、安藤が中国語のような言葉で慰めると、女はスカートを穿き、ブラウスを羽織りながら頷いた。

なかなかいい女だった。尻もキュッと上がっているし、背筋もピンと伸びていて気持ちがいい。顔もそそられるタイプだ。猫目で、ちょっと厚めの唇が卑猥《ひわい》でいい。後ろから姦《や》って、ヒーヒーいわせてやりたい。

「ジャアネ……バイバイ」

安藤には可愛く手を振り、勝俣には中指を立ててみせる。それもいい。思いきり引っぱたいて、泣いて謝るまで責めてやりたい。

「勝俣さん……勃《た》ってるよ」

「おう。年のわりには立派だろう」

呆《あき》れ顔をし、安藤は和室の向かいにあるドアに入っていった。そっちはユニットバス。粘つく股間でも洗うつもりか。

勝俣も洋室に移り、パソコンの載ったカウンターをぐるりと見た。モニターは四台、キーボードは二台、タワー型の本体は五台。それとは別に、閉じたノートパソコンが三台ある。その、ノートパソコンの上にタバコのパッケージがあった。キャメルだ。一本いただくことにする。

その一本を吸い終わる頃になって、短パン姿の安藤が出てきた。

「……で、なんですか。こんな遅くに」

「テメエ、そんな恨みがましい口が利ける立場かよ。猪俣《いのまた》組とのトラブルを治めてやったのは、どこのどなた様だ」

「はいはい」

溜め息をつきながら、安藤はカウンター中央の椅子に座った。勝俣には一つ隣の席を勧める。

「では、本日は何を、お調べすればよろしいでしょうか」

「とりあえず、本部のデータベースにもぐってくれ」

安藤が眉を段違いにする。

「……そういうんじゃないんですよ。何を調べたいのかを訊いてるんです。こっちだってね、滅多やたらに警視庁本部になんてもぐりたくないんですよ。どこで足がつくか分からないんですから」

「それをビビってたらオメェ、なんも調べられねえじゃねえか」

「だから、用件をいってくださいっていってるんです。先月末までのデータベースだったら、こっちのサーバにコピーしてありますから、別にもぐり込まなくたって見られるんですよ。でも……勝俣さん、なんでいちいち僕なんかに調べさせるんですか？　警部補なんでしょ？　自分で本部にいって、そこで正規の手続きを踏んで調べればいいじゃないですか」

「そうしたくねえ事情ってのもあるんだよ」

担当でもない事案について自分のＩＤを使って調べたら、それこそ足がついてしまう。そういう素人臭いヘマはやらかしたくない。

「……いいからやってくれ。その、サーバのコピーってのでいいからよ、ここ二十年の間に、各省で事務次官を務めた人間、あるいはそれに近いクラスの人間がどれくらい事件の被害に遭ってるか、洗いざらい拾い出してくれ」

溜め息をつきながら安藤が頷く。マウスを弄《いじ》り、いくつかウィンドウを開いてからキーボードで単語を入力する。ときどき意味不明な、ローマ字と数字を組み合わせた文字列も入れる。パスワードか、あるいは一般人には分からない特殊な命令語なのか。

十秒ほど待つと、最初の一件が出てきた。十八年前、品川駅構内で起きた傷害事件だったが、これは違った。

「テメェ、こりゃ、元事務次官が、起こした事件じゃねえか」

「キーワードだけだと、やった場合とやられた場合の差別化は難しいんですよ」

その次に出てきたのが、大友慎治による長塚淳殺害事件だった。

「うん、それはいい。分かってるから、次いってくれ」

その後もいくつかヒットしたが、いま起こっている一連の事件と関係ありそうなものはなかなかなかった。官僚側が起こした事件だったり、被害に遭ったとしても交通事故だったり。ひどいものだと、現役官僚が電車の中で男性の股間を触り、逮捕されたという事件まで引っかかってきた。

「よっぽど、ストレスが溜まってたんですかね」

「下手な同情してねえで、さっさと次を開け」

そしてようやく、興味の持てる事案に行き当たった。

「それ、そういうのを待ってたんだよ。もうちょっと、詳しく出してみてくれ」

七年前の一月。川上紀之という元朝陽新聞の記者が、官僚とまではいえないが、松井武弘という外務省の職員を刺殺している。それも一度襲って重傷を負わせ、さらにその入院先に忍び込んでとどめを刺すという執拗《しつよう》な犯行内容。犯人の川上は、よほど深く松井を恨んでいたものと察せられる。

「うん、いいな、このヤマは……もっと詳しく見ていこうか。これの捜査に関わった人間ってのは、出せるか」

実際捜査に携わった者に話を聞けば、当時分からなかった何か、いま起こっている事件との共通性が見えてくる可能性もある。

「ええ、出せますよ」

すると、実に面白い名前がリストの上の方にあった。

警部補、倉田修二。

一人息子が殺人事件を起こし、警視庁を辞めた「わけあり」の男だ。しかも勝俣は、最近とある資料で、この倉田の名前を見ている。

ひょっとするとこれは、思わぬ拾い物かもしれない。

7

警備会社の寮に戻る。

「ああ、倉さん。お帰り」

同室の清水《しみず》が床に寝転び、テレビのニュースを見ていた。ここは四人部屋。左右に二段ずつベッドがあり、その隙間というか、通路部分だけ床が空いている。テレビはその奥、窓際に設置された棚板の上に置かれている。

三人のルームメイトは全員、倉田より年下だ。だが他の部屋では五十代、六十代というのも決して珍しくはない。ここにも一つ、社会の縮図があるといっていい。いや、仕事が部屋付きであるだけ大分マシか。

世間を見渡せば、多くの大卒者が満足に就職もできず、派遣で食い繋いできた者が職を失い、定年まで勤められない年配者が路頭に迷っている。そんな状態の日本で、なお天下りだ渡りだ、何千万の退職金だと聞かされたら、それは自棄《やけ》を起こして刺し殺してやろうくらい思う者が出てきても何ら不思議はない。

《振り込め詐欺、なくならないですね。本当に皆さま、よくよくご注意ください。……次ですが、たったいま入ってきたニュースです。今月四日、東京都世田谷区三軒茶屋の路上で、会社役員、長塚利一さんが刺殺された事件で、先ほど警視庁世田谷警察署に、容疑者と見られる男性が出頭してきた模様です》

リモコンを構え、チャンネルを替えようとしていた清水を慌てて制止する。

画面には、夜の警察署前にいるワイシャツ姿の男が映っている。

《大森《おおもり》さん、出頭してきた容疑者は、どういった人物なんでしょうか》

《……はい。今現在、世田谷警察署内で取調べを受けているものと思われます。まだ、現段階で氏名などの発表は、警察からはありません》

《でも、これが本当だとすると、やはり三軒茶屋と、松ノ木、柿の木坂の事件とは違う犯人だったことになりますね》

《そうです。加納容疑者の身柄は現在、警視庁杉並警察署にありますから、世田谷署に出頭してきたということは、まったくの別人ということになります》

《分かりました。新しい情報が入り次第、知らせてください》

なるほど。世田谷の一件は、別人の犯行だったか。

翌日は出勤前、昼の休憩時間と、こまめにテレビニュースを見るようにしていたが、世田谷の事件の続報は流れなかった。だが寮に戻り、昨日と同じ番組を清水と見ていると、番組開始から五分と経たぬうちに取り上げられた。
《昨日、警視庁世田谷署に出頭してきた、三軒茶屋会社役員刺殺事件の容疑者の氏名が、警察への取材で明らかになりました》
スタジオの背景に、男の顔写真と氏名、年齢が浮かび上がる。
《会社員、志田昌之《しだまさゆき》容疑者、五十一歳》
丸顔の、頭頂部の髪が薄い、少し無精ヒゲを生やした男だ。
《志田容疑者は、長塚利一さんの殺害について、容疑を認めているとのことです。警察署前から、大森さんに詳しく伝えてもらいます。大森さん？》
《はい、世田谷署前の大森です》
昨日と同じ報道記者だ。
《志田容疑者は、長塚さん殺害の容疑を認めた他に、何か話しているんでしょうか》
《はい。志田容疑者は、現在も引き続き取調べを受けているものと思われますが、動機としては、二十一年前に非加熱製剤を投与された妻がウイルスに感染し、六年前に肝硬変で死亡、そのことで旧厚生省や、当時薬事局長を務めていた長塚氏に恨みを抱いていた、と供述したということです。また、犯行からちょうど二週間経って、自ら出頭した理由については、松ノ木、柿の木坂の事件で逮捕された加納容疑者に、自分の罪までかぶせては申し訳ないと思ったから、と供述しているとのことです》

つまり、これも復讐ということか。

スタジオの司会者が訊く。

《最近このような事件が連続して起こっていますが、たとえば志田容疑者と、いま名前の挙がった加納容疑者に、何か共通点のようなものはないんでしょうか》

《はい。警察も現在、その点を捜査しているものと思われますが、まだ具体的に二人の容疑者を繋ぐ接点は、浮かんできていない模様です》

《分かりました。大森さん、ありがとうございました》

その後、話題はゲリラ豪雨へと移ってしまった。

長塚事件の被疑者逮捕から、三日ほど経った夕方のことだった。

いつものようにビル入り口の警備に立っていると、あまり背の高くない、ずんぐりとした男が自動ドアを通ってきた。薄いグレーのスーツだが、上着は丸めて左手に持っている。シャツのボタンは二つ目まで開けている。このビルにはドラッグストアの東京本部と小さな出版社、人材派遣会社が入っているが、こういう風体《ふうてい》の客は珍しい。みな暑くても、もう少しきちんとした身なりをしている。

　男は受付には進まず、直接、来客カードの記入台に向かった。初めての訪問ではないのだろうか、挙動に迷いがない。

　しかし、その後ろ姿を見ているうちに、何かが倉田の記憶の襞《ひだ》を引っ掻いた。そう、知っている。自分はこの男を知っている。おそらく警視庁時代の知人だ。すると警察官か。だとすれば得心がいく。折り目正しいだけが刑事の美点ではない。わざと着崩して親しみやすさを演出する場合もある。逆に煙《けむ》たさを漂わせる者もいる。

　書き終わったカードを右手に持ち、男がこっちを振り返った。どこを見ているのか分からない、木か岩に入った亀裂のような目。乾いて色を失《な》くした唇。年の頃は五十代半ばから後半だ。

　分かった。思い出した。

「……よう、倉田。久し振りだな」

　差し出された来客カードには、まさにその名前が記されていた。

　勝俣健作《けんさく》、警視庁警部補。所属、捜査一課。訪問社名、部署は「倉田修二」となっている。

「ご無沙汰しております」

この男と同じ部署になったことはなかったが、確か荏原《えばら》署にいた当時に一度、強姦殺人の特捜本部で一緒になったことがあった。もう十七、八年前になるが、その後も噂はよく耳にした。黒い話と、そうでない話と半々くらいだった。

「今日、仕事上がりは何時だ」

細い亀裂の奥から、濁った黒目が真っ直ぐ見据えてくる。

「だいたい六時半には、ここを出ますが」

「ちょいと付き合え。一杯奢ってやる」

傍から見たら、元同業者というよりは、懲役を終えた前科者と、それを逮捕した刑事の再会といった図式ではなかったか。受付の女性二人が怪訝そうにこっちの様子を窺っている。

「分かりました。どうすればいいですか」

「そこに書いてある携帯番号に連絡してくれ。それまでは、近くで暇潰してるからよ」

踵を返し、肩越しに手を振る。あれでも、多少は恰好をつけているつもりらしい。

勤務を終え、管理事務所にひと言挨拶をし、ビルを出る前に公衆電話で勝俣にかけた。

「……もしもし、倉田です」

『なんだ。携帯も持ってねえのか』

「必要ありませんから。今、終わりました。これから出ますが」

『じゃあよ、そこの筋向かいに「千鳥足」って居酒屋があるだろう。そこにこいや』

「分かりました」

ビル裏手にある関係者用の通用口から出て、表通りに向かって路地を歩く。暮れかけの細長い空。通りを行き交う車はすでにヘッドライトを点けている。

歩道に出て、右手の横断歩道まで進む。「千鳥足」は渡って正面のビルの二階だ。勝俣によく似た男が窓際に座っているが、本人かどうかは定かでない。

ヘッドライトを点けたままの車が交差点に数台溜まり、歩行者用信号が青になる。「通りゃんせ」を聴きながら「千鳥足」に向かって歩き出す。窓際の男はやはり勝俣だった。こっちをずっと見下ろしている。

階段の上にある入り口ドアを開け、

「いらっしゃいませ。お一人さまですか」

「いや、待ち合わせてる」

迷わず窓際の席に進む。勝俣は灰皿にタバコを潰しながら、こっちを斜めに見上げた。

「……とりあえず、ビールでもやるか」

そういう勝俣の手元にはガラス製の徳利《とっくり》と猪口がある。今日は非番なのだろうか。

倉田は頭を下げながら、向かいの席に腰を下ろした。

「ええ、ビールで」

「おーい、ネエちゃん」

店内は空いていた。フロアのちょうど反対側のテーブル席にカップルがいるだけで、その他の卓にはメニューが几帳面《きちょうめん》に並んでいるだけだ。

勝俣が生ビールの中ジョッキと料理をいくつか注文する。何か食いたいものはあるかと訊かれたので、出汁《だし》巻き卵、といっておいた。

中ジョッキはすぐに運ばれてきた。

「ま、とりあえずは乾杯か」

「ええ……お久し振りです」

勝俣がつまんだ猪口と、軽くジョッキを合わせる。

ひと口飲み、息をつく。正直、美味いも不味いもなかった。勝俣の用向きが分からないのが、何より不気味だった。

「いつから、今の仕事やってんだ」

枝豆の房を前歯で嚙みながら、勝俣が訊く。

「警備員は、六年前です」

「じゃあ、サツカン辞めて、まもなくか」

「ええ」

ふぅん、と頷きながら、房を空の小鉢に入れる。

倉田は窓の外を見下ろした。地下鉄の駅方面に向かう、シャツ姿のビジネスマンが目立つ。ネクタイをしている者は少ない。それよりも、扇子《せんす》を広げている方が多い。

「警備員ってのは、月、どんくらい稼げるんだ」

明らかに本題ではない切り口だが、ここで苛立っては負けだ。

「十二、三万がいいところです」

「それじゃ、家賃とメシ代でなくなっちまうだろう」

「いえ、住まいは会社の寮ですから。ただ同然です」

「へえ、そうかい」

しかし、これを鵜《う》呑《の》みにしてはいけない。勝俣は、倉田が寮住まいなのを知っていて、とぼけている可能性もある。

「しかしまあ、倅が殺人犯じゃな。桜田門には、居づれえやな」

黙って頷くと、勝俣は続けた。

「せめて成人ならな、言い逃れもできたんだろうが、犯行当時十八歳じゃな……監督不行き届きといわれても、言い訳できねえ」

「ええ。殺人犯の親が、殺人犯の捜査をするというのは、道理に合いません」

すると、勝俣は片頰を吊り上げ、歪んだ笑いを形作った。

「まあ、そうとも限らねえだろう」

「そうでしょうか。世間は許さないでしょう」

「だからよ、そこんところが考えようなんだよ。泥棒のことを一番知ってるのは誰だ。泥棒だろう。痴漢の気持ちが一番分かるのは、他のどんな人種でもねえ。痴漢仲間だろうよ。人殺しだって同じさ。人殺しの気持ちは、人殺しが一番よく分かる」

話題のボタンは、明らかに掛け違っていた。だがこれで、逆によく分かった。勝俣がなんの話をしにきたのか。ようやく見えた気がした。

「仰る意味が、よく分かりませんが」

「ただの親より、人殺しの親の方が、人殺しの気持ちは分かるだろうって話さ」

「一概にそうとはいえません。少なくとも私には、息子の気持ちはまったく分からなかった。お恥ずかしい限りですが」

勝俣が、テーブルの端に置いていたタバコに手を伸ばす。

「……人殺しにもいろいろいて、分かる場合も、分からない場合もあるってことかい」

「ですから、何が仰りたいんですか」

　セブンスターを一本銜え、火を点ける。濃く白い煙が漂い出たが、すぐ天井に設けられた換気口に吸い上げられていく。

「……倉田。お前、七年前の一月、松井武弘って外務省職員が殺された現場にいたな」

　本題はそっちか。

「なんのことでしょう」

「とぼけるな。七年前の一月十六日火曜日、午後二時半頃。犯人の川上紀之らしき男と、病院の広場のベンチで話していた中年男がいるって証言が、本部の捜査資料に残ってる。のちに立ち上がった合同捜査本部でも、何度か話題になったそうだ。犯行直前に川上と話をしていた中年男ってのは、何者なんだってな。合同本部にはむろん一課の人間だって大勢いた。特徴を聞いているうちに、お前の名前が挙がってきた。だが、結局は誰もお前を調べなかった。当の川上がお前の写真を見て、知らないと明言したからだ」

　もうひと口吸い、勢いよく吐き出す。

「……もう一つ謎だったのは、川上がどうやって松井の入院している病室を知ったのかってことだ。奴が受付を通過し、迷わず松井の病室にいっていることは、病院内の監視カメラ映像から明らかになっている。誰かが、松井の病室を川上に教えた。それがお前だってことも、一課の人間はおおよそ察していた。だがあえて触らなかった。川上による松井殺しは、その一点を無視しても確実に起訴できたし、実際裁判は滞《とどこお》りなく進んだからな。別に、倅が人殺しでサツカン辞めた奴が噛んでるなんて、警視庁だっていいたかねえや……いま川上は、死刑判決喰らって拘置所だ。奴は、お前の名前は一切出さないまま、その首を差し出すつもりなんだろう」

出汁巻き卵が運ばれてきた。絵の具で塗ったかのように、濁りのない黄色をしている。

「とはいえ、いまさら俺も、松井の一件をどうこうしたいわけじゃねえんだ。むしろ、お前の本性が見えた気がして、嬉しいくらいなんだよ」

本性？

「お前と一緒になったのは、十六年前の六月。強姦殺人の特捜本部で、ホシは山辺《やまべ》って変態野郎だったな」

よく覚えている。

山辺研一《けんいち》は強姦の常習犯だったが、殺しは初めてだった。だが刃物を使う手口は残忍で、被害女性の中には事件後に自殺する者までいた。山辺が、茨城県の実家の納屋にひそんでいることを突き止めた特捜本部は現場を包囲、説得を試みたが山辺は応じず、結局、強行突入をして確保するに至った。

「あの納屋、案外広かったよな。二階とか中二階があって、どっから山辺が襲いかかってくるか、俺はずっとヒヤヒヤしてた……そんな中、地下の酒蔵だか味噌蔵だかに隠れてた山辺を見つけ出したのが、お前だった」

いわれるまでもなく、今あのときの光景を脳裏に見ている。

「俺たちが駆けつけたとき、お前はもう拳銃を山辺に突きつけてた。しかも撃鉄を起こして、銃口を口の中に押し込んでな……ありゃお前、はっきりいって、サツカンのやることっちゃねえぜ。あれじゃあ、まるでヤクザだ。まかり間違って引《ひ》き鉄《がね》を引いちまったり、暴発でもしたら取り返しがつかねえ。山辺は確実にお陀仏《だぶつ》だった」

違う。自分はあのとき、本気で山辺を殺してもいいと思っていた。

「そういった意味じゃ、お前は実に印象深いデカだった……覚えてるか。お前は俺たちに取り押さえられたあとで、こういったんだぜ。一人殺したら、原則死刑でいいんじゃないですかね、って」

確かに、当時だったらそれくらい口走ったかもしれない。

「俺も、この稼業長いんでな。殺したか殺してねえかは、そいつの目を見りゃおおむね見当がつく。そりゃ、中にはいるよ。二人も三人も殺しといて、まるでそんなこたぁ忘れちまったみたいに、普段通りの生活を続けてる奴も。だがそんなのは例外中の例外だ。殺しってのは、たいてい人の心を狂わせる。快楽を覚える者、恐怖を覚える者、後悔で気が狂いそうになる者、いろいろいるが、何かしらの変化を遂げるのがむしろ普通だ。それが、人間ってもんだ」

いいながら、ガラスの徳利を手酌で傾ける。並々と注《っ》いで、ひと口、口の中に放り込む。倉田もビールを飲んだ。まだ冷たい。炭酸も効いている。

勝俣が、絞るように唇を尖らせる。

「……不思議なもんでな。警官の中にも、そういう目をした奴が何人かいるんだよ。だからまあ、それは殺したってことじゃなく、殺しそうな奴、あるいは、殺すことを厭わない目を持った奴、ってことになるのかもしれねえが」

もうひと口。まったく同じ動作で猪口を口に運ぶ。

「……姫川玲子って、知ってるか。お前が辞めたちょっとあとで本部に上がってきた、殺人班の女主任なんだが」

驚かなかった、といったら嘘になる。正直あの姫川の名前が、こんなタイミングで出てくるとは思ってもみなかった。だが、まだ大丈夫だと思う。顔にまでは出ていなかったはずだ。

ここは曖昧に、首を傾げてやり過ごす。

「その女主任がな、まさに今にも、誰かを殺しちまいそうな目をしてるんだよ。ちょうど昔の、お前みてえな」

それだけか。それだけのことで、姫川の名前を出したのか。

もう一杯注ぐと、ちょうど徳利が空になった。だが追加を注文しようとはしない。

「……なあ、倉田。最近起こってる官僚殺し、あれ、どう思う」

また、話の筋が見えなくなった。

「三軒茶屋とか、柿の木坂の件ですか」

「ああ。三茶のホシは志田昌之、柿の木坂は加納裕道。志田は五十一歳の元会社員、加納は二十五歳の、いわゆるニートだ。動機もまったく違う。志田はあくまでも薬害感染で死んだ女房の恨みで、加納の方は、官僚を殺すことが世直しに繋がると思い込んでやがる。……どうだ。関係あると思うか、この二つのヤマは」

なぜそんなことを自分に訊く。

「さあ。分かりません」

「じゃあ、もう一つ。松井の一件も抱き合わせて考えてみたら、どうなる。犯人の川上は松井に対し、痴漢の濡れ衣を着せられたという個人的恨みも抱いていたが、外務省そのものにも、ある種、憎しみに近いものを抱いていた。……この三件、松ノ木の未遂まで入れたら四件、これらは、殺された奴だけが恨まれてたわけじゃない。その背後にある省庁、官僚制度、そういったものまで、殺意の対象になったと考えられる」

分かる。そこまでは倉田も思っていた。実際テレビで見たときに、これらの事件はテロに近い性格のものなのではないかと疑った。

「どう思う。七年という時間が間にはさまっちゃいるが、官僚システムに牙《きば》を剝いた、三つの殺人事件、一つの殺人未遂事件。調べようによっちゃ、まだ過去にも似たような事件が見つかるかもしれない」

倉田は、意識して正面から目を合わせた。

「だとしたら、なんだというんです」

勝俣はそれを、薄ら笑いで受け止めた。

「……別に、どうもしねえよ。ただ、お前さんなら興味を示すんじゃないかって、そう思っただけさ」

嘘だ。この男に限って、それだけということは絶対にない。

8

葉山は引き続き、岡田芳巳の敷鑑を担当していた。

岡田は農水省を退官したのち、全日本競馬協会副会長を経て、財団法人全国酪農家協会会長の職に就いていた。今日は最近の岡田の様子について聞くため、協会本部のある大手《おおて》町《まち》まできていた。

一課の中森が、右手で庇を作りながら目当てのビルを見上げる。

「ずいぶんまた、立派な建物だな」

「ですね」

濃い小豆《あずき》色の外壁は大理石だろうか。周辺のビルの影を黒々と映している。いわゆる営利企業のビルとは違う、妙な威圧感があるように思う。迫力、と言い替えてもいい。公益法人というのは、そこまで力のある組織形態なのだろうか。

正面入り口にはゴールドの案内板があり、十七のフロアに入っている団体名がずらりと表示されている。やはり公益財団法人、公益社団法人が多い。受付にアポイントがあることを告げると、エレベーターで七階にいくようにいわれた。

指示通り七階で降りると、すでに係の女性が待機しており、応接室に案内された。そこで十分ほど待つと、総務経理課の増谷《ますたに》と名乗る男が現われた。

型通りの名刺交換と悔やみを述べ、それぞれがソファに収まる。

一見したところ、増谷の顔に悲痛や追悼の色はない。

「当協会は、全国の酪農家団体、並びに、指定生乳生産者団体で構成された、酪農に関する指導を行う団体でございます」

それくらいはこっちも事前に調べて分かっている。

中森が訊く。

「最近の、岡田会長の様子はいかがだったでしょう」

増谷は特に表情も変えずに答えた。

「はい。大変精力的に、業務をこなしておりました」

「具体的には、どういった」

「全国の加盟団体代表との会合ですとか、会議などが主だったところでした」

「毎日、ですか」

「いえ、毎日、というわけではございません」

「では、どれくらいの頻度で」

「それは、その月々で違いますので、一概には」

「たとえば先月、七月はどうでしたか」

「七月は、特にございませんでした」

「は？」

思わず葉山も、中森と一緒に口を開けて訊き返してしまった。

「……一ヶ月、何もなかったのですか」

「そういう月も、稀《まれ》ではありますがございます」

「そういう月は一ヶ月、何もしないんですか」

「いえ、精力的に業務をこなしておりました」

「だから、その会合とか会議とかの業務が、一ヶ月なかったんじゃないんですか」

「そうは申しましても、他にも細かい業務がございますから」

「たとえば、どういうことですか」

「今すぐには……具体的には申し上げかねます」

この増谷とは二十分ほど喋ったが、会話は終始こんな調子だった。

最近、何か岡田会長に変わった様子はなかったか。脅迫めいた電話やファックス、メールなどはこなかったか。誰かにつけられているとか、そういうことはいっていなかったか。

あるいは個人情報が盗み出されたり、漏れるようなことはなかったか。そういった質問のすべてを、増谷は「私には分かりかねます」で済ませようとする。苛立った中森が、とう とう声を荒《あら》らげ、

「だったらあんた、なんなら分かるんだ」

そう言い放つと、ようやく本音の答えが返ってきた。

「実は……会長には、ここ三ヶ月ほど、お会いしていないのです」

何より、この説明が一番分かりやすかった。

岡田の敷鑑は協会関係者に限らず、たいていが似たような反応だった。銀座のクラブ、趣味の釣具店、競馬愛好会を訪ねても「特に変わった様子はなかった」「普段通りだったと思う」という以上の答えは返ってこない。これでは、葉山たちも会議で発表するネタに詰まる。

「……以上、五組の関係者に面談しましたが、特に、有力な情報は得られませんでした」

言い終え、座ろうとした中森に野次が飛ぶ。

「お前よォ、はずれクジ引いたと思って、毎日手ぇ抜き過ぎじゃねえのか」

中森が声の方を睨む。相手は別の殺人班のデカ長だ。

「ないもんはない。それを確認する以外、何をしろっていうんだ」

「確認しなくても、ねえもんはねえからな」

「ありもしないネタをあげろっていうのか。キサマと一緒にするな」

「なんだとコラッ」

よせ、とマイクを握った管理官が割って入る。

「くだらん言い合いは会議が終わってからにしろ。殴り合いでもなんでも、好きなだけやらしてやる……次にいくぞ。水内《みずうち》さん、お願いします」

後ろの方で椅子から立つ音がする。水内というのは例の、サイバー犯罪対策課の捜査員だ。会議が始まるときはいなかったが、一時間くらいしてから入ってきて、デスクと何やらやり取りしているのは横目で見て知っていた。

「はい。つい先ほど、ようやく加納のパソコンの解析が終わりまして、インターネットの閲覧履歴が明らかになりました。すみません、先ほどお渡しした資料、コピーできましたか」

「はい、できてます」

デスク担当の警部補がコピー紙の束を列の先頭に配り始める。

まもなく葉山のところにも回ってきた。インターネットサイトを、そのままプリントアウトしたもののようだ。

「何しろ、履歴のファイルを開けられたのが今日の午後だったもので、すべてを確認したわけではないんですが、おそらく、加納が参考にしたのはこのサイトではないかという見当はつきました」

冒頭に「Unmask your laughing neighbors」と書かれているが、これがタイトルなのだろうか。直訳すると「笑う隣人の仮面を剝げ」となるが。

「ご覧のトップページから、各省庁のページに枝分かれする構造になっていまして、この総務省とか、法務省、外務省、財務省、文部科学省などの文字をクリックすると、各々の専門ページにジャンプします。一枚めくっていただきまして……例として、農水省のページを添付しました」

小波のように、紙をめくる音が講堂に広がる。

「どの省も基本スタイルは同じで、歴代の事務次官から、局長、課長クラスまで名前が並んでいます。さらにこの名前をクリックしますと、その個人の経歴のページに飛びます。むろん岡田芳巳もありますし、ちょっと、トップページに戻ってください……すでになくなった省庁まで網羅されてましして、その中の旧郵政省を見ていくと、ちゃんと中谷公平も出てきます」

むろん、社会保険庁も載っている。

「生年月日から学歴、省内で就いたポストはむろんのこと、居住地の遍歴まで載っています。ただし網羅はされていません。分かっている人物と、分からない人物にはかなりバラツキがある。しかし、昨今の一連の事件で被害に遭った人物の現住所は、すべて割れています。顔写真も大きく載っています」

三枚目からがそれに当たるようだ。

岡田芳巳、中谷公平、長塚利一。なるほど、全員現住所が明記されている。顔写真も数カットずつ載せられている。

「一応、キーワード検索などには引っかからないように工夫されているようです。……で、その他の内容ですが。このサイト自体は、官僚制を糾弾するわけでも、官僚を殺せといっているわけでもありません。ただ、何年にどういうポストで、どういう仕事をしたのか。その結果、社会にどういう影響を与えたのか。そういったことが事細かく書かれています」

自前のスマートフォンを出して、早速サイトにアクセスしている捜査員もいる。

「このサイトが示している方向性は、タイトルの一文のみ……笑う隣人の仮面を剥げ。これが唯一にして、最大のメッセージになっているものと思われます」

あちこちで手が挙がりかけるが、水内が「もう少し続けさせてください」とそれを制する。

「ちなみに、このサイト管理者が、現役及び元官僚の個人情報をどのように入手しているのかというと、トップページの一番下をご覧ください」

また全員が一枚目に戻る。

「分かりますでしょうか。リクエストと情報提供はこちら、となっている郵便ポストのイラスト。これをクリックすると、このサイト管理者にメールを送れるシステムになっています。どうやら、この管理者が独自に調べたものをサイトで公開しているわけではなくて、多くのユーザーが自主的に、この管理人に官僚の個人情報を提供しているのではないかと推測されます」

管理官がマイクを口に持っていく。

「このサイトを見てる奴が、勝手に教えてくれるっていうのか」

「ではないか、と思われます」

「なんの目的で」

「たぶん……大半は面白半分でしょう」

寒気《さむけ》のようなざわめきが、講堂を侵していく。

水内が続ける。

「このページとは直接関係ないんですが、このページのユーザーであろう人物が自分のブログに、こんなふうに書いています。アンマスク……ユーザーはこのページを、略してこう呼んでいるようなんですが、アンマスクのメーリングリストには、情報提供重点人物と称して、常に数名の官僚の名前が挙がっている。この重点人物に挙げられると、ものの数日で情報が寄せられるらしく、まもなくその人物の個人情報がサイトにアップされる。現住所や電話番号、場合によっては家族構成なども載る。おそらく重点人物というのは、サイトユーザーのリクエストによって決められるのだろう……以上、原文のままです」

再び管理官が訊く。

「つまり、岡田芳巳の住所を知りたい、というリクエストが管理者のもとに寄せられたら、それを受けて岡田芳巳が重点人物に挙げられ、それに応えられる誰かが岡田芳巳の個人情報を管理者に送ると、まもなくそれがサイトに掲載される、そういう仕組みか」

「その通りです」

馬鹿な。そんなことが、まかり通るものなのか。

さらに、と水内が続ける。

「先のブロガーは、こうも書いています……今まで、どんな悪事を働いても、官僚の顔や個人情報が表に出ることはなかった。省庁絡みの不祥事が起こっても、矢面《やおもて》に立たされるのはいつだって政治家で、大臣の首がすげ替わってしまえば、また同じ悪事が繰り返されてきた。でも、もうそういう時代じゃない。選挙もそうだが、国民一人ひとりが、行政機関の動向をすべて監視しなければならない時代がきたのだ。官僚だろうとなんだろうと、同じ地面に立ち、同じ道を歩き、同じ地続きの街で暮らしている以上、生活のすべてを隠すことは絶対に不可能だ。どこかで誰かが見ている。いや、街中《まちじゅう》の人間が見張っている。だから、奴らの仮面を剥ぐチャンスは必ずある。誰にだってある。アンマスクのリストに載っている奴らの顔を、よく覚えておこう。そして見つけたら、通報しよう。これは指手配なのだ。奴らは、その罪に見合った罰を受けるべきなのだ……これも、原文のままです」

一課の誰かが「威力業務妨害で引っ張れないのか」といったが、おそらく無理だろう。このサイト管理者は、住所等の情報を掲載しているに過ぎない。その威力をもって省庁の業務を妨害したわけではない。しかも、現段階で被害に遭っているのは、すべてOBだ。

管理官が訊く。

「その、サイト管理者の身元は」

「いえ、まだ当たっていません。何しろ、履歴が読めたのが今日の午後なので。ですが、そっちの方は個人情報保護法がありますんで、プロバイダに令状を持っていって出させるだけですから、大した手間ではないと思われます」

「その、プロ……ってのは、割れてるんだな」

「プロバイダですね。はい、それは分かってます。大丈夫です」

以上です、と水内が腰を下ろす。

しかし――。

官僚を糾弾するサイトの管理者とは、一体どんな人物なのだろう。

翌日には特命班が品川区にあるプロバイダの本社を訪ね、予定通りサイト管理者の情報を引き出してきた。

管理官が報告する。

「辻内眞人《つじうちまさひと》、四十一歳。文京区本駒込《ほんこまごめ》六丁目三の◎、エンゼルハイツ千石《せんごく》、五〇三号。独身。件のプロバイダとの契約は十七年目。パソコン通信の時代からだそうだ。職業は『会社員』となっているが、詳細は不明」

すぐにでも任意で事情聴取をするものと思われたが、ここにきて特捜幹部は慎重な姿勢を示した。

「まず、二十四時間態勢の行動確認を行い、政治的背景の有無を確認する。同時に周辺人物も内偵し、マル対（対象者）が何か特殊な思想を持つ人物か否かを見定める」

確かに、これが特定の政党の意思による、官僚潰しを目的とした新手《あらて》のゲリラ戦法なのだとしたら、迂闊《うかつ》な手出しはできない。捜査二課との連携も必要になるだろうし、警察庁や公安部も口をはさんでくるかもしれない。しかし、あまり大所帯になると逆に捜査はしづらくなる。統制がとれなくなり、横槍が入る可能性も、圧力がかかる可能性も出てくる。

「……班分けを発表する。行確《こうかく》班、佐藤、奥居《おくい》、中森。特命班の西島《にしじま》、竹内《たけうち》、武田《たけだ》はそのまま、辻内の周辺人物の内偵に回れ」

つまり、敷鑑組がそのまま行確に回されるわけだ。

葉山ら六人が本駒込のマンション前に集合したのは、午後二時を数分過ぎた頃だった。エンゼルハイツ千石。決して真新しい感じではないが、煉瓦調《れんがちょう》の外観は落ち着いていて好感が持てた。

辻内の部屋は五階。各戸の玄関は裏手の外廊下に面しているため、出入りを見逃すことはまずないと思われた。ちょうどコインパーキングをはさんだ向かいに似た大きさのマンションがあり、そこの管理人に許可を得て、非常階段を使わせてもらえることになった。

その階段での張り込みにひと組、最初は葉山と中森がこれに当たる。

　ふた組目は、国道十七号を渡って正面の雑居ビルからマンションのエントランスを見張る。こちらもオーナーに許可を得て、空き部屋を借りられることになった。

　最後のひと組は、杉並署から乗ってきた捜査用ＰＣ（覆面パトカー）を隣のコインパーキングに入れて待機。さすがにこの季節、車内に長居するのは難しいので、近くの涼しいところと出たり入ったり、ということになる。ちなみに葉山と中森はここまで電車できた。

　最初の数時間はまったく動きがなかった。各組との交替も一巡し、再び葉山たちが非常階段担当になっても、まだ辻内の部屋に出入りはなかった。留守なのかどうかも分からない。せめて管理人に普段の様子でも訊ければ楽なのだが、特捜の方針が「内偵」である以上、それもできない。新聞の勧誘や宅配便業者に化けて、というのももう少しあとの手段だ。

　動きがあったのは、もう夜も午前零時に近い頃。中森の携帯に連絡が入った。

「もしもし……ワイシャツに、グレーのスラックス……書類鞄だな。分かった」

　それだけ話して電話を切る。おそらく雑居ビルからエントランスを見ている奥居組からの報告だろう。

「いま一人、男が玄関に入ったそうだ」

「はい」

こっちも双眼鏡を構え、向かいの五階を注視する。

一分ほどして、廊下の左端にあるエレベーターのドアが開いた。これまで、あのドアが開くたびに期待し、だが落胆してきた。今回はどうだろう。

男は真っ直ぐ廊下を進んでくる。五〇九号、五〇八号の前を通る。玄関ドアとの対比で、身長は百八十センチくらいかと見当をつける。すらりとした、なかなか均整のとれた体格をしている。顔は遠くてよく分からない。壁が邪魔で下半身も確認できない。

五〇四号の前も通過。しかし、五〇三号の前で立ち止まった。

「決まりかな」

「ええ」

すでに手に用意していたのか、慣れた動きで鍵をドアに挿し込む。開いたドアの隙間は暗く、一人暮らしなのであろうことを思わせた。むろん、国道側の窓が暗いことはこれまでも繰り返し確認してはいたが。

今度は葉山が奥居に、中森が佐藤に連絡を入れた。

「今のが辻内でした。身長百八十センチほど。同居人はいないようです」

その後も何度か交替しながら見張ったが、翌朝まで辻内は部屋を出なかった。

次に動きがあったのは朝八時前、葉山たちがコーヒースタンドで朝食をとっているときだった。

中森の携帯が震えた。

「もしもし……水色のシャツに茶系のネクタイ、下の色は不明。了解」

携帯を閉じた中森が店の外に目を向ける。

「駅方面に向かって歩き始めたそうだ」

ということは、ここで待っていれば必ず前を通るということだ。

案の定、トレイやゴミを片づけているうちに、それらしい恰好の男が窓の向こうを往《ゆ》き過ぎていった。初めて辻内の顔を間近で見たわけだが、嫌味のない、穏《おだ》やかそうな人相に見えた。スラックスは紺だった。

二人で店を出、少し距離をとりながら尾行する。仮に振り返られたり、立ち止まられたりしても慌てる必要はない。こちらはペースを変えず、そのまま歩き続ければいい。なんだったら追い抜かしてしまってもかまわない。そういうときは、後ろからきているはずの佐藤組が尾行を引き継いでくれるだろう。

辻内は、早くも炎天下となった国道沿いの歩道を早足で歩いていく。足が長いので、普通に歩けばそうなるのだろう。それでも葉山はかまわないが、百七十センチに満たない中森の歩はかなり忙《せわ》しなくなっている。額の汗が眉毛に溜まり、今にも目に入りそうだ。

正面に巣鴨《すがも》駅が見えてきた。乗るのはＪＲ山手線か、それとも地下鉄の三田《みた》線か。いや、辻内は駅まではいかず、その手前にあるロータリーに沿って右に曲がった。バスか、タクシーか。違う、どちらでもない。辻内はロータリーの奥にある一車線のせまい道に入っていった。辺りには飲食店やスーパーマーケット、パチンコ店などがある。しかし、辻内が入ったのはそのどれでもなかった。

緑色の看板がかかった、シックな外観のビル。

「……日英ゼミナール？」

辻内眞人は、学習塾に勤めているのか？

9

加納裕道、志田昌之の両名が逮捕されて以降、サイトには様々なメールが届くようになった。掲示板への書き込みも増えた。

一方にあるのは賞賛の声だ。

【あの二人が「アンマスク」のユーザーだったのだとしたら、こんなに素晴らしいことは

ない。我々の活動がついに確固たる結果に結びついたのだから。】

【厚労省、農水省、旧郵政省。実にバランスのいい仕事ぶりだ。次は国交省か財務省辺りがいいと思う。】

マスコミに報道されるほどではない、小さな成果報告も着実に届いている。

【うちの近所に元厚生省の官僚だったジイさんがいる。それまでは、なんか知らないけどやたら威張っててイヤなジジイだった。ちょっと友達と立ち話してただけなのに家から出てきて、ウルサイとか怒鳴って。お前らそんなんじゃロクな大人になれないとかワメくし。死ねジジイ、っていったら家まで尾行してくるし。でもテレビで年金問題やり始めた頃から大人しくなって、近所ですれ違っても目も合わせなくなった。この事件が起こってからは、町内のみんなが噂するようになった。次に殺されるのはあのジイさんじゃないかって。昨日なんて、道に面した窓に生卵投げつけられてた。ザマーミロだ。もちろん彼は、アンマスクのリストにも載っているチョー有名人です。あたしはあえて、誰とはいわないけど(笑)。殺されて、真っ先に疑われたらウザいんで。】

むろん、正反対の意見も送られてくる。

【他人の個人情報をこんなふうに公表していいのか。少なくとも、ここに載っている三人の人の命が奪われたんだぞ。そのことをどう考えるんだ。どう責任をとるんだ。】

彼らはもっとたくさんの人を死に追いやってきたのだが、あえて反論はしない。こちらの主張は行動によってのみ示していく。

【狂ってる。何人も人が殺されてるっていうのに、それを成果だとか、もっとやってくれだなんて。絶対に狂ってる。】

これがまともな行為だなんて誰も思っちゃいない。しかし、まともな手段では到底対抗できなかったから、自らの価値観を狂わせてでも行動を起こす必要があったから、そうしているまでだ。むしろ、狂うまで追い詰めたのは誰かと問いたい。そこを考えてみようとは思わないのだろうか。

長塚利一が殺されてから二十五日、加納裕道が逮捕されてから二週間と三日、志田昌之が警察に出頭してから一週間と四日が経った。新聞やテレビの報道は少しずつ沈静化しつつある。昨日も今日も特に進展はなかったのか、どこの局もこれといった続報を流さなかった。ということは、二人はいまだ勾留中と察することができる。

そう。不思議なくらい、自分には何もない。

休みは水曜だけ、あとの六日は毎日仕事に出ている。テスト問題を作成し、講義をし、質問に答え、採点をし、定例会議に出席し、二十五日には給料をもらった。たまに同僚と飲みにいくこともあるが、たいていは一人だ。居酒屋、ラーメン屋、どこも開いていなければファミリーレストランだっていい。ビールと、ちょっと味が濃い目の料理があればいい。だが、困るのはテレビだ。ファミレスにテレビはない。こういうときは、テレビ機能付きの携帯電話もいいなと思う。そろそろ本気で買い替えを検討しなければならないか。

駅で買ってきた夕刊を眺めながら、先に運ばれてきたビールを飲む。こういう、どこで頼んでも大差ない飲み物はいい。世の中には、明らかに別格というくらい美味い生ビールを注ぐ職人もいるらしいが、あいにくこっちがそれを望んでいない。それよりも、胃が縮み上がるくらい冷えていることの方がよほどありがたい。

まもなくサラダとハンバーグも運ばれてきた。

「鉄板の方、お熱くなっておりますのでご注意くださいませ」

黒い鉄板が黒く泡立っている。ドミグラスソースの主な原料は牛の肉と骨だ。つまりこの色は、煮詰めた血の黒というわけだ。

確かに、ひどく傲慢《ごうまん》な味がする。掻き集めてきた命を濃縮して、濃縮して、笑いながら一気に平らげる。罪が大き過ぎて、個々の犠牲にまでは思いが及ばない。そんなことまで考えていたら、とても食べられたものではない。

だが、食べるのだ。邪悪を食し、同化するのだ。目には目を、歯には歯を。

覚悟はできている。己が堕つべき地獄くらい、自分で用意している。

会計を済ませ、店を出る。階段を下りると、すぐそこは巣鴨駅のロータリーだ。終電前なので、まだかなりの数のタクシーが客待ちをしている。

この分だと、今夜も熱帯夜になるだろう。汗をかくより早く濃密な湿気がシャツを重くする。夜気が肌を縛りつける。

そう。ずっとこんなふうに縛りつけられてきた。怒り、恨み、絶望、悔やみ、恐れ、虚無。

この緊縛を解く方法は二つ。乾かして剝がすか、さらに濡れて塗《まみ》れるか。つまり忘れるのか、実力を行使して恨みを晴らすのか。そういう選択だ。

人はときとして、あえて苦痛を選びとることがある。忘れてしまえば、そうすれば新しい一日を迎えることができる。何をどうしたところで戻らないものは戻らない。ならば拘《こだわ》っても意味などない。さっぱりと拭い去る方が正しい。そうと分かっているのに、それでも選んでしまうのだ。拘って拘って、恨みの沼に口元まで身を沈め、煮詰めた血の臭いで脳味噌を満たして、その上でもぐるのだ。思いきり頭を沈め、闇の底に手を伸べ、息を殺して探すのだ。明日を生きることより、憎悪《ぞうお》と共に亡《ほろ》ぶ快楽を思いながら――。

「……辻内さん」

ふいに呼ばれ、思わず足を止めた。

前方、声の届く範囲に人影はない。向かってくる自転車、自分と似たワイシャツの背中、揺れる白いワンピースの裾。どれも遠過ぎる。

ゆっくり振り返ると、少し離れたところに男が立っていた。ずんぐりとした体格で、黒っぽい、くたびれたスーツを着ている。ネクタイはない。

「辻内、眞人さんですね」

誰だ。

10

勝俣は普段、必要以上のことは捜査会議で発言しないようにしている。周りにいるすべての捜査員は自分の手柄を横取りしようとする泥棒であり、思い通り動かない部下は泥棒以下であり、正面切って歯向かってくる愚か者はもはや人ですらない、狂犬に等しい。そんな連中に、わざわざ汗水垂らして得た情報をタダでくれてやるいわれはない。

では、部下の行動を無意味に制限しようとする無能な上司は。

まさに、存在するだけで万死に値《あたい》する。

「……で、いつまで辻内の遠張《とおば》りを続けるんだよ」

ひと通り捜査員の報告が終わったところで、勝俣から切り出した。

管理官が目の前でマイクを構える。

「まだ、辻内の背後は洗いきれていない。接触は時期尚早だ」

勝俣の担当は加納裕道の取調べだが、それはもう完全にやり尽くしたといっていい。犯行現場や潜伏場所を回っての引き当たり捜査も完了し、すでに加納の犯行は完璧に説明可能な状態にある。担当検察官に文句をいわせないだけの調書も作った。物証を始めとする捜査資料もそろえた。

今日で延長勾留は四日目。確かに、残り六日も徹底的に加納を絞り上げるべきという意見もあるだろう。しかし加納は、頼みもしないのにペラペラと動機を喋るようなホシだ。これ以上絞ったところで下らない思い出話を聞かされるのがオチだ。

それも勝俣はすでに聞き飽きている。

中学受験、高校受験、大学受験のすべてに失敗。コンピュータ系の専門学校は半年でいかなくなり、以後はずっと引き籠もり。本人は「厳し過ぎる母親に人生を台無しにされた」とベソをかくが、それが官僚を恨んで殺す理由になるかというと、到底なり得ない。

だから、加納はもういい。公判を維持するだけの道具はそろえた。動機に納得なんてできなくたっていい。むしろ今は辻内だ。早く奴を押さえてサイトを閉鎖させ、この殺人賛美の風潮に終止符を打つ方が先だ。

「何が、時期尚早だ」

勝俣は仰《の》け反《ぞ》り、自分の机に足を掛けた。

最前列にいるのだから、

「おい、よせ」

そのまま蹴《け》飛《と》ばせば当然、机は管理官や杉並署長らが陣取っている上座に向かって飛んでいくことになる。

「危ないッ」

鼓膜がへこむような衝突音、天板が真っ二つに割れる音、金属製の脚同士が絡まり合って転げる音。それらが収まると、耳鳴りがするほど講堂は静まり返った。誰一人声をあげない。勝俣の後ろにいる数十人の捜査員は冷たく沈黙を守っている。

いち早く飛び退《の》いた署長。座ったまま転げた刑組課長。

中腰に立ち上がり、握っていたマイクを投げ捨てる管理官。

「勝俣、キサマッ」

「うるせえ淋病《りんびょう》ッ」

去年、この管理官が風俗通いから淋病に感染し、二週間ほど性病科にかかっていた事実を勝俣は把握している。五十を過ぎた独り者の悲しい秘密だ。

「よく聞けクラミジア。世田谷のホシがもし自分もアンマスクに掲載されていた情報を参考にして犯行に及んだと供述したら、今度こそ本当に世田谷とネタの取り合いになるんだぞ。悪いことはいわねえ。向こうが動き出す前にさっさと辻内を確保しろ」

管理官は腿の辺りをさすりながら勝俣を睨みつけている。

「馬鹿をいうな……条件は世田谷だって同じだ。辻内に触るなというのは刑事部長命令だ。背後が分からんうちは、向こうだって迂闊な手出しはできない」

馬鹿はお前だ。

「こんな塾講師ごときに背後なんざあるわけねえだろうッ」

こっちも何か投げつけてやりたかったが、あいにく机と一緒に全部蹴飛ばしてしまった。

「確かに政治家なんてのは糞《くそ》野郎ぞろいだが、たかだか官僚潰しのためにこんなテロ紛いの民衆扇動を仕掛けるほど無鉄砲じゃねえ。なんせ死人が出てる。そんなことが発覚してみろ、証人喚問くらいじゃ国民感情は収まりつかねえぞ。だが安心しろ。俺が見たところ辻内はフリーだ」

見た、といっても具体的に何か調べたわけではない。単なる印象だ。

「聴取くらいじゃ誰も騒ぎゃしねえよ」

しかし、管理官は頷かない。

「……もう少し待て、勝俣」

これ以上何を待つ必要がある。

「オメェなぁ、かれこれ一週間だぞ。七日も辻内の行確やって、来歴洗って、いったいどんだけの情報が得られたんだよ。いまだに出身大学も分かってねえじゃねえか。何やってんだよ。ただ高いとっからボーッと眺めてるだけなら、そんなのは鳩《はと》にだって烏《からす》にだってできんだよ」

周辺人物への聴取が禁じられている上、辻内は現住所での住民登録をしていない。実は出身大学はおろか、戸籍すら当たれていないというのが実情だった。

「うかうかしてっと世田谷に抜かれるぞ。あっちにゃ姫川がいる。あれは、一課長の首が飛ぶと分かってるネタでも平気で挙げようとする恩知らずの危険分子だ。実害があるかどうかも分からねえネタの予防線で、大人しく足踏みしてるようなタマじゃねえんだッ」

立ち上がり、席を離れたが、管理官は何もいってこなかった。隣にいた水島はこっちになど見向きもしない。

まあ、それならそれでいい。

あとはこっちの好きにやらせてもらうまでだ。

勝俣が巣鴨駅に着いたのは零時を少し回った頃だった。

実に微妙なタイミングだ。この一週間、辻内は夕方帰宅する日もあれば、零時を回ってもまだ塾から出てこない日もあった。今日は木曜。どういう状況になっているのか皆目見当がつかない。

一本電話を入れてみる。

『……はい、もしもし』

「ああ、俺だ。勝俣だ」

『お疲れさまです』

北沢署の葉山。ずっと行確についているこいつは、さっきの会議のやり取りを知らない。

「今、辻内はどうしてる」

『駅近くにあるファミレスで、一人で食事をしてます』

「近くってどこだ。線路より北か、南か」

『北側ロータリーにある、ロイヤルダイナーです』

「そうか……分かった」

携帯を閉じ、いわれた通りの場所に向かう。店の外で五分待って、まだ出てこないようなら中に入ろうかと思ったが、なんとタイミングよく辻内の方から出てきてくれた。店の階段を下りると、そのままロータリーに沿って歩き出す。身長が百八十センチ近くあるので、歩幅もそれなりに大きい。意識して早足にしないと、勝俣では置いていかれそうだ。

それにしても、背筋の伸びたいい歩き方をしている。行確班の報告では、夕食は常に一人で外食。料理を一つ二つ頼んで、それをツマミにビールを飲むのが日課らしい。ということは、今夜もすでに一杯飲んでいるのだろうが、そんなことは微塵も感じさせない颯爽《さっそう》とした歩きっぷりだ。

よほど生真面目《きまじめ》な性格なのだろう。そんなことを、勝俣は思った。

駅を過ぎ、商店も少なくなってきた。あまり行き過ぎるとマンションに入られてしまう。その前に声をかけなければ、と思ったところに電話がかかってきた。着信音は消しているが、バイブレーターだけでもけっこう大きな音がする。

ポケットから出してみると、小窓には「葉山」と出ていた。

右耳に当て、口元を囲う。

「……なんだ」

『葉山です。勝俣主任、何をしているんですか』

「見りゃ分かるだろ。触るんだよ、これから。お前のマル対に」

『そういう命令が出たんですか』

「そんなことを俺がかまうとでも思ってるのか」

しばし、沈黙がはさまる。

「……用がねえなら切るぞ」

『待ってください』

「だからなんだ」

『自分もいきます』

ほう。それも面白いが、今はタイミングが悪い。この若造を待ってやる時間はない。

「悪いが、そらまた今度だ」

携帯をしまい、少し走って追いかける。

マンションの、ほんの十メートルほど手前で追いついた。

「……辻内さん」

ひと声かけると、辻内は一、二歩進んで足を止めた。

それからゆっくりと振り返る。よほど肝《きも》が据わっているのか、それとも少し鈍いのか。いや、あの歩き方で頭が鈍いというのはあり得ない。だとしたら慎重、緊張、さてどっちだ。

「辻内、眞人さんですね」

重ねて訊くと、しばし訝《いぶか》るように勝俣を見る。

「……失礼ですが、どちら様ですか」

「警視庁の、勝俣といいます」

手帳の身分証を提示しながら距離を詰める。おそらく、内容など読めはしないだろうが。

「二、三、お訊きしたいことがあるんですがよろしいですか」

反応は待たずに歩き出す。マンションの玄関には向かわず、手前の暗い、一方通行の道をいく。確か、このマンションの裏はコインパーキングになっているはずだ。

辻内は、勝俣のあとをちゃんとついてきた。ある程度覚悟はできていたということか。

コインパーキングに入り、中ほどで足を止める。

辻内も、二メートルほど距離をとって立ち止まった。

街灯の明かりに浮かんだ顔はほどよく整っていたが、目が少し眠そうに見えた。それは、この時間だからか。それとも他に何か理由があるのか。

「……どういった、ご用件でしょう」

声は落ち着いている。かすれや揺れはない。

「さて。何からお訊きしていいものやら」

ポケットからタバコを出し、間をとる。勝俣が一本銜え、火を点けるまでの間、辻内は身じろぎ一つ見せなかった。無理に無表情を作り、動揺を押し隠しているのとは違う。むしろ、この状況自体に関心がないかのように映る。

ひと口、吐き出しながら始める。

「まあ、まず確かめておきたいのは、あれですな……『Unmask your laughing neighbors』という、インターネットサイトを運営しているのは、辻内さん。あなたということで、間違いないですか」

「……ええ」

短く、口先だけで答える。

風はない。吐き出した煙も辻内の方には流れず、湿気に巻かれながら、ただゆるゆると濁った夜空に昇っていく。

「あれは、どういった趣旨で作っておられるんですか」

想定していた答えは三つあった。一つは正義。官僚の傲慢を糾すという、加納のそれと同じ類の主張だ。もう一つは自己満足。求める人に要求通りの情報を与える、つまり一定の需要に対して供給を司《つかさど》る快楽だ。ネットで「神になる」とはそういうことだ。最後の一つは、実験。罪を告発し、その者の個人情報を晒すことで一体何が起こるのかという、邪悪な社会実験だ。

しかし、辻内の口から出てきたのはそのどれでもなかった。

「趣旨というほどのことは、何もありません。強《し》いていうとすれば……好きだから、ということでしょうか。それ以外に、大した意味はないです」

好き、とはどういう意味だ。

「しかし、タイトルの意味するところは『笑う隣人の仮面を剝げ』だろう。あんまり穏やかじゃねえよな」

「そうでしょうか。それをいったら、『渡る世間は鬼ばかり』というのも、あまり穏やかではないように思いますが」

嫌な予感がしてきた。こいつは、警察なんざ微塵も恐れてはいないのかもしれない。

「あれは作り物のテレビドラマだ。でもあんたのやってるのは、実在の人物の個人情報を許可なくネットに晒す行為だ。晒された当人にとっちゃ、迷惑この上ない悪戯《いたずら》だぜ」

「官僚の方がどんな仕事をしてきたか、それが社会にどのような影響を与えてきたか……

それらをまとめて発表することが迷惑だというのは、私なんかにはよく分かりませんね。逆に、もっと胸を張ったらいかがですかと申し上げたい。とても、立派なお仕事をされているのだから」

なるほど。そういうスタンスか。

「だからって、現住所まで載せる必要はねえだろう」

「芸能事務所はファンレターの送り先を明記していますよ。それと同じことだとご理解いただきたい」

「ファンレターなら所属官庁に送れば済むこったろう」

「ああ……それも、一理ありますね」

ここまで辻内は、表情はおろか、姿勢すらもほとんど変えていない。そういう不自然さを取り繕《つくろ》おうという考えはあまりないらしい。

「その個人情報が今、犯罪に利用されているのを知っているか」

「『模倣犯《もほうはん》』という言葉をご存じですか」

質問返しの上に、現役警察官相手に犯罪の講釈を垂れるつもりか。

「なんだいきなり」

「あなた方警察はマスコミに犯罪の内容を発表し、被害者と加害者の関係を説明し、それをテレビや新聞で知った人間がその事件を手本に同種の犯行に及んだとしても、決して責任はとりませんよね」

論旨は分かった。

「ああ。それだけじゃ犯罪を教唆《きょうさ》したとはいえないからな」

「では『後追い自殺』という現象はご存じですか」

改めて聞くのも馬鹿らしいが、一応頷いておく。

「もう二十数年も前の話になりますが、あるアイドル歌手がビルから飛び下りて自殺し、ファンがそのあとを追って同じように自殺するという事件がありました。自殺報道によって、特に若年層に影響が広まって自殺が相次ぐ……ゲーテの『若きウェルテルの悩み』からとって、『ウェルテル効果』とも呼ばれる現象です。しかしあれ以後、マスコミは何か報道を自粛したことがありましたか。自殺に限らず、芸能人の薬物汚染を報道するときに、若者が模倣することを少しでも懸念しましたか」

俺はマスコミじゃない、といいたいのをぐっと堪える。

「じゃあ、あんたは官僚の個人情報を晒す際に、これが原因で何か起こるかもしれないと、そういう懸念はしたのかい」

「ええ、しました。した結果、発表しました。何が起ころうと、私に責任は生じないと判断したからです」

この程度の問答はすべて想定の範囲内ということか。

勝俣は続けた。

「……薬害感染を引き起こしたとされる長塚利一、タクシーチケットを利用して裏金作りを行った松井武弘、ダム建設の利権に溺れた岡田芳巳、全国に無駄な保養施設を作り続けた中谷公平。中谷以外は全員殺された。岡田に関していえば息子の嫁まで殺された。それでもあんたは、まったく責任を感じないのか」

「感じるべきは責任ではなく、良心の呵責《かしやく》でしょう。むろん、良心の呵責ならばある程度は感じます。しかし、責任は生じません。少なくとも私には」

何かないのか。この余裕の能面を引っ剝《ひぱ》がしてやる方法は。

「……あんた、親はいないのか」

ちょっとひねくれた奴なら、鼻で笑うくらいはしそうな場面だ。だが辻内は、しない。

「いますよ。私だって木の股から生まれてきたわけじゃない。ただ、一緒に暮らしていないというだけで」

「今どこにいる」

「お教えできません。個人情報ですので」

「兄弟や恋人は」

「それも個人情報ですが、いいでしょう。一つだけお答えしておきます……恋人は、いません」

それで仕事は小学生相手の塾講師、趣味はネットで官僚の個人情報晒しか。

「……お前の目的はなんだ。なんのために、あんなサイトを運営している」

「いったでしょう。好きだからです。日本の優秀な官僚の仕事ぶりを広く世間にご紹介したい」

「それで死人が出てるっていってんだよ」

「でも、実際に殺したのは私ではない。仮に私に責任を問うにしても、その場所は刑事裁判の法廷ではないはずです。せいぜい民事……亡くなられた方のご遺族が、アンマスクの主宰者を訴えたいというのなら、どうぞ、そうしてくださってけっこうです。私は逃げも隠れもしない。裁判所から削除命令が出されれば従いますし、損害賠償請求が認められれば、それにも従います。すべての判断は法廷で公正に行う……それが、法治国家のあるべき姿ではないですか」

元来、勝俣は「悪」というものを頭ごなしに押さえつけようとは思わない。そこまで日本の現行法が完璧だとは思わないし、日本人の倫理観が成熟しているとも思わないからだ。

社会悪が本質的な悪とは限らない。だから勝俣は、あえて犯罪を見逃したり、ときには犯罪者を飼い慣らすという方法をとる。

社会的な善が本質的な善とも限らない。そんなとき勝俣は、違法性の高い捜査手法を躊躇《ちゅうちょ》なく用いる。綺麗事を並べたところで、実害を減らせなかったらなんの意味もないからだ。

そういった意味でいえば、勝俣は少し期待していた部分があった。この、辻内眞人という男に。

政治家の陰に隠れて国民の血税を貪《むさぼ》り喰う官僚どもに、正義の鉄槌を喰らわせてやりたい。その欲求自体はごくまともなものだと思う。気持ちだけをいえば、やれやれと手を叩いて囃《はや》し立ててやりたいところだ。

だが、何かが違う。

この、一連の事件の始まりを予感したときに感じた恐怖は、裏を返せば期待と同義であり、興奮と呼んでもいい何かを孕《はら》んでいた。

しかしそれが、この辻内からは感じられない。

なぜだ。

勝俣が筋を読み違えていたのか。それとも——。

「おい、辻内」

吸い差しを携帯灰皿に入れ、ポケットにしまう。

「……あんまり、俺をがっかりさせるなよ」

すれ違いざま、ぽんと肩を叩いてみる。

太くはないが、よく引き締まった筋肉を生地の下に感じた。

それと、微かな震え。

11

あの日、やはり勝俣はなんの目論見もなく倉田を訪ねてきたわけではなかった。

最近起こっている元官僚殺しを話題にし、あからさまにこちらの様子を窺ったあとで、おもむろに切り出してきた。

「……実は、例の姫川に聞いたんだけどよ」

最悪の事態は常に覚悟している。その予感は、勝俣の訪問を受けた時点ですでにあった。

「吾妻照夫と、大場武志……あの二人って、本当にお前なのか」

知られていたこと自体は、さほど意外ではなかった。むしろそれについて、あの姫川が他言したことに驚いた。二度会っただけの女刑事。しかも、初対面のときに二件の殺人について指摘され、二度目には息子殺しを疑われた。そんな女の何を信用していたのかは自分でもよく分からないのだが、でもやはり、立件だ起訴だ公判だなどという表層的な枠組みに囚《とら》われない、人が人を殺す条件について真摯《しんし》に見解を交わした唯一の相手という認識はあった。

そう、驚きだった。自分の中に、まだ裏切りに傷つく部分が残っていたなんて。

姫川の顔が、急速に色褪《いろあ》せていった。

「……あの二人が、どうかしましたか」

「とぼけんなよ。お前が消したんだって聞いてるぜ」

「仰る意味が分かりかねますが」

勝俣は、頬の脂肪に幾重もの襞を刻み、笑いを形作った。

「一人殺せば原則死刑、二人殺せば、あとは野となれ山となれ……息子の首吊りってのはどうなんだい。ありゃ、どうやってやったんだ」

早く楽になろうとなんて、しないでくださいね──。

そういって去っていった姫川の背中が、記憶の中でも遠くなっていく。

「息子は、自殺でした」

「ああ、上手いもんだな。感心するよ」

「何をですか」

あとから思えば、やはり動揺していたのだと思う。この話題を持ち出した勝俣の意図を先読みしようというところまで考えが至らなかった。

「……そこまで手ぇ汚したんだ。もうちょいと、社会正義のために働いてみる気はねえか」

そう。噂には聞いていたが、こういう刑事なのだ。勝俣健作という男は。

「何もタダでとはいわねえよ。ちゃんとギャラは払うさ」

あの夜は返事をしなかった。勝俣も無理に聞こうとはしなかった。

勝俣は店を出たところでタクシーを拾い、さっさと帰っていった。


十日ほどして、寮に宅配便で荷物が届いた。さして大きなものではない。十センチの二十センチ、厚みは六センチか七センチといったところだ。

差出人の欄には「勝俣健作」とある。住所は秋田県大仙《だいせん》市になっているが、その理由は知りようもない。おそらく意味などない、ただのデタラメだろう。

部屋に戻って開けてみると、丸めた新聞紙の中に携帯電話が一台、剝き出しで入っていた。銀色で二つ折りの、これといって特徴のない機種だ。別個に封筒が添えられており、中には鍵が一本入っていた。ごく普通の、住居の出入りに使うような鍵だ。一枚一枚丁寧に新聞紙を広げて確かめたが、携帯と鍵の他には、携帯の充電用コードが入っているだけだった。

少し携帯を弄ってみる。すると一件だけメモリーに登録されている電話番号を見つけた。名前はなく、あの夜、勝俣に渡されたのとも違う携帯番号だ。ここに電話しろという意味だろうか。

通話ボタンを押し、しばらくコール音を聞いたが、誰も出なかった。

折り返しの連絡があったのは三十分ほどしてからだった。

『……すまねえな。年取ると便所が長くていけねえ』

用を足しながらの電話はしないというデリカシーがこの男にあることの方が驚きだ。

「なんのご用ですか」

『どんな用かは、この前話しただろう』

「お引き受けするという返事はしませんでしたが」

『そんな選択の余地は端《はな》っからねえんだよ、オメェには』

ペッ、と唾を吐くような音が耳にかかる。

『……で、メールは見たか』

「いえ、まだ」

『見てみろ。それくらい分かるだろう。受信メールってところだ』

いわれた通り開いてみると、確かに一通きていた。

【辻内眞人　四十一歳　文京区本駒込六丁目三-◎エンゼルハイツ千石五〇三号　独身
Unmask your laughing neighbors】

さらにホームページアドレスらしき文字列が続いている。

「これが、なんですか」

苛立たしげな溜め息が耳元で膨らむ。

『それが例の、官僚殺しの黒幕だ。そのサイトを見てよく予習してから、一緒に入れといた鍵使って、ヤサを当たってくれ。来歴、対人関係、なんでもいい。そいつの個人情報がほしい。水曜以外の日中に入ればまず問題ない』

それをいくらで引き受けろというのか、まるで気にならないわけではなかったが、それよりもむしろ、今の自分が成果のある調べを期待されていることに興奮を覚えた。

警視庁を退職して暇を持て余していた頃、自分がしたのは過去の事件のその後を追うことだった。

まるで犬だ。暇さえあれば鼻を地面にこすりつけ、事件の臭いがしないかどうか嗅《か》ぎ回っている。それがきっかけで自身が殺人に手を染める結果になったというのに、いまだ肚《はら》の底では自らの正義を微塵も疑っていない。

確かに。選択の余地など、最初から自分にはなかったのかもしれない。

「……もう少し、状況を説明してもらえませんか。でないと、何が必要な情報で何がそうでないのか、現場で判断できません」

勝俣は「面白えな、オメェ」と前置きし、捜査の進捗状況を説明し始めた。

倉田のいる寮にパソコンなどというハイテク家電は設置されておらず、また個人所有をしている者もいなかった。

仕方なく、最寄り駅近くでインターネットカフェを探して入った。

カウンターで初めてだというと、ブースを使うかどうかを訊かれた。どうやら仕切りのある個室と、そうでないところが選べるらしい。調べがどういう状況になるのか想像もつかなかったので、とりあえず個室を希望した。

指定されたブースはBの十三番。一畳ほどもないスペースにパソコンの載ったカウンターと一人がけの椅子が押し込められている。多少椅子の背もたれを融通しないと、内開きの扉も満足に開けられないような状況だ。

それでもなんとか入り込み、椅子に腰掛ける。

警視庁時代に少しだけパソコンを弄ったことはあったが、さて、何をどうするものだったか。マウスとやらを適当に弄って、「ご利用案内」と書かれたマークを打ってみたが、何も起こらない。他にもいろいろやってみたが、意味不明な枠やゲーム画面が出現するばかりで、一向に調べものを開始できない。

三十分ほど粘ってみたが、これ以上は無理そうだった。恥を忍んでカウンターまでいき、店員に「インターネットで調べものがしたいのだが」と相談すると、

「こちらをお持ちください」

クリアファイルに入った手引書を渡された。

「ああ……ありがとう」

ブースに戻り、それに沿ってやってみると、どうということはなかった。「インターネット」と書かれたマークを二度、素早く打てばよいようだった。専門用語では「ダブルクリック」というらしい。勉強になった。

ほどなくして目的のホームページを見ることができた。

いつ、なんという名前の官僚がどういう仕事をし、どんな影響を社会に与えたかが逐一

挙げられているページだった。その筆致は冷静そのものだが、趣旨はまったく別のところにあるのだろうことは容易に察しがついた。発想は右翼の「ほめ殺し」と大差ない。

しばらく弄っていると、関連するページにどんどん切り替わっていくのが面白くなってきた。利用者の多くが例のページを「アンマスク」と呼んで親しんでいることも、管理者がすでにカリスマ的存在として崇《あが》められていることも知った。

そんなふうにしてたどり着いた掲示板に、「速報」と題された書き込みがあった。

【元厚生事務次官の谷川正継が自宅で自殺した模様。ソースはここ。】

色の変わっている「ここ」の文字をクリックすると、手引書に書いてあった「検索エンジン」のページに勝手に戻り、内容はそのニュース欄に詳しく書かれていた。

【三十日朝、東京都世田谷区松原の自宅で、元厚生事務次官の谷川正継さんが亡くなっているのが見つかった。六十七歳。首を吊った状態で、家族が発見した。谷川さんは最近、外に出るのを怖がるようになっており、家族も精神科への通院を勧めていた。警視庁は自殺と見ている。】

昨日の朝、ということか。

【警視庁北沢署によると、三十日早朝、谷川さんが布団にいないことに夫人が気づき、家の中を探したところ、縁側と和室の間の鴨居《かもい》にひも状のもので首を吊った状態でいるのを発見。三十日午前四時三十二分頃、一一九番通報した。谷川さんは救急車が駆けつけた時点ですでに心肺停止状態で、三十日午前五時四十七分頃、搬送先の病院で死亡が確認された。和室のテーブルには「これで許してください」と書かれたメモが残されていた。】

アンマスクに戻ってみると、旧厚生省の歴代事務次官リストに谷川正継の名前がちゃんとあり、年金改革や退官後の職歴についても事細かく記されていた。

これを読む限り、現在の年金行政が混迷している原因はすべて谷川正継が作ったかのような印象を受ける。そんな馬鹿なことはないだろうと思うし、よく読めば決してそうと断言してはいないのだが、一読した段階での印象はそうなる。これは告発というより、巧みなイメージ戦略、一種の洗脳であるのかもしれない。

なんだろう。

官僚主導の政治を変革したいというのは多くの国民が望むところだろうし、倉田自身もそれに対する異論はない。また、法で裁けないのなら別の手段を用いる——それも一つの方法だと思うし、実際に倉田はそうしてきた。

だが、これは違う。決定的に何かが違う。

翌月曜日の午前中、勝俣に連絡を入れた。

「準備はしました。昼頃にならいれます」

『ちょっと待っとけ。確認して折り返す』

辻内には二十四時間態勢の行確がついており、それらがどうなっているかを確かめる、ということのようだった。

連絡は十五分ほどできた。

『大丈夫だ。行確班は六人から四人に減って、今いる全員は辻内に張りついて塾にいってる。ヤサ周りはガラ空きだ』

「……終わったら連絡します」

早速現地に向かい、目的のマンションを探した。

エンゼルハイツ千石。少々古い物件なのかオートロックはなく、建物に入るのに労力はまったくいらなかった。

ゴム手袋をしてエレベーターに乗る。蒸し暑く、手袋の中は汗ですぐ水浸しになったが、もうはずすわけにもいかない。このままやり遂げるしかないだろう。

辻内の部屋は五階。エレベーターを降りると真っ直ぐ前に外廊下が延びている。幸い人の姿はない。右手、胸高の壁の向こう、視線の先には高級住宅が建ち並ぶ街並みが広く見渡せた。

五〇三号室。勝俣の送ってきた鍵も問題なく使用できた。ごく当たり前のように侵入は完了した。ただし、外気を遮断した瞬間から汗が噴き出してくる。エアコンを点けるわけにはいかないが、せめて団扇《うちわ》か何かで扇《あお》ぐくらいはしないと本当にバテてしまうかもしれない。

スニーカーを脱ぎ、横長の廊下に上がる。左手に一つ、右手には三つドアがあり、正面は和室なのだろうか引き戸になっている。

一つひとつ確かめていく。左手の一つは浴室に続く脱衣場、右手前にある幅のせまいドアはトイレだった。右手奥にあるのはダイニングの出入り口。入って正面には食器棚、中央には小さなテーブルセットが置かれている。自炊はあまりしないのか、キッチンに食器の類は出ていなかった。

ダイニングは同じくらいの広さのリビングに続いている。右手にクローゼットがあり、正面には掃き出しの窓がある。向きから考えるとベランダということになるだろうか。今はカーテンが引かれているので外は見えない。クローゼットと窓にはさまれたコーナーには液晶テレビ。その手前にはソファが置かれている。窓に近いせいか、この部屋が一番暑い。

ハンカチで汗を押さえながらクローゼットの中を確かめたが、あいにく大した物は入っていなかった。スーツ、シャツ、コートなどが掛かっており、内蔵式の整理箪笥には下着類や部屋着のようなものしか入っていない。辻内は、カジュアルな恰好はしない主義なのだろうか。

ソファの後ろにはシンプルなデザインの黒い机があり、パソコンはそこに設置されていた。だが、中身を見る気には到底なれなかった。自分がいかに現在のテクノロジーについていけてないかは先日のネットカフェで思い知らされた。ここは無理をせず、アナログな作業に徹した方がいいだろう。

机の引き出しを開けてみる。三段あり、一番上は鍵が掛けられるようになっているが、引いたら難なく開けることができた。ただし中身は筆記具であったり、どうということはない小物ばかりだった。

二段目はパソコン関係の説明書やCD。二冊ほどめくると、その下に銀行通帳と印鑑が隠してあった。一番下の深い引き出しは、今は使っていない周辺機器の収納庫と化していた。

ふと気づき、辺りを見回す。本棚がない。書籍はどこにしまっているのだろう。

いったん廊下に戻り、引き戸を開けて和室に入った。六畳ほどのそこにはシングルベッド、その脇にはサイドテーブル代わりだろうか、背の低い本棚が置かれていた。本棚の上で首を垂れているのは、花の蕾《つぼみ》のような笠をかぶったアンティーク調の電気スタンド。真下にはやはりアンティーク調の三面フォトフレームがある。

直接手は触れず、しゃがみ込んで写真を見る。左の一枚には、テニスラケットを胸に抱えた女性が一人で写っている。真ん中の一枚では、三人の若者が笑っている。左から女、男、男。女は左の一枚と同一人物だ。辻内の恋人だろうか。三人ともTシャツにジーパンといったカジュアルな恰好をしている。年の頃は二十代前半だろうか。最後、右側の一枚は宴会か何かのスナップ写真だ。五人ほど写り込んでいるが、ポーズをとっているのは中心の二人だけだ。見比べるとその二人は、隣の写真に写っている男二人と同じ顔をしていた。

むろん、二人のうちどちらかが辻内なのだろう。では、もう一方の男は何者なのか。宴会の様子は明らかに会社絡みのそれだ。二人を含む男性はみなスーツを着ているし、隅に写っている女性の下半身もフォーマルなデザインのスカートだ。礼服ではない。スーツはグレーや濃紺が多く、ネクタイの色や柄も様々。よく見れば、離れた席には髪の薄い赤ら顔の年配者もいる。

この写真に写っている二人も若い。辻内はすでに四十一歳。そんな中年男が二十代前半の、ある特別な時期の写真を枕元に飾り続けている。

何かある。そう考えて差し支えないだろう。

一応、この三枚は撮影しておくことにする。携帯電話のカメラしかないが、それでも最近のはかなりの性能だとコマーシャルでもいっていた。

窓辺まで持っていき、なるべく明るめに撮っておく。フレームに入れたままのため、ガラスの反射を避けるのに苦労したが、なんとか三人の顔があとから確認できる程度には撮影できた。

その、フォトフレームをもとの位置に戻したときだった。

外廊下で足音がし、しかもあろうことか、この部屋の前で鳴り止んだ。

あっ、と思ったときには遅かった。ズルルッ、と鍵が挿し込まれ、閂《かんぬき》が上がる音がし、パッと玄関が明るくなった。

まずい、靴を脱ぎっ放しにしてきてしまった。

しかし、入ってきた何者かはそれどころではない様子だった。和室の斜向《はすむ》かいにあるトイレに直行し、フタを撥《は》ね上げるなり激しく嘔吐《おうと》し始める。波打つワイシャツの背中。濃紺のスラックスに包まれた腰は、四十男のそれにしては細い。黒い靴下の足が苦しげに床を掻く。

どうすべきか、判断を迷った。

こいつが苦しんでいるうちに逃げてしまおうか。しかし、顔を見られることなく建物から抜け出ることができるだろうか。しかも、この男が辻内であるならば行確班もこっちに戻ってきている可能性が高い。悶着《もんちやく》を起こせば確実にマークされる。囲まれでもしたら逃《に》げ果《おお》せることは難しい。慌てて出ていってもいいことはない。

では、どうしたらいい。

考えているうちに、男の吐き気は治まってしまった。トイレットペーパーを乱暴に引き出して口元を拭い、水栓レバーを捻る。便器に手をつき、ドア枠を掴みながらなんとか立ち上がり、後ろ向きで出てくる。そうしてみてようやく、玄関に見慣れぬスニーカーがあることに気づいたようだった。

一瞬、その肩が硬直するのが分かった。

今しかない。そう思った。

背後から男の首に右腕を回し、

「……ムグッ」

もう一方の手で男の左手首を掴んだ。そのまま後ろ向きに引きずっていく。この男がよほど護身術か何かに長《た》けていれば話は別だが、素人ならばまずこの体勢から逃れることはできない。抵抗するにしても、できるのはせいぜい空《あ》いている右腕での肘打《ひじう》ちくらい。その程度の反撃も喰らわないよう、こっちは立ち位置をやや左にずらしている。負ける気はしなかった。

壁とベッドの隙間に引きずり込み、うつ伏せに押さえ込み、両腕を後ろに捻り上げる。脇腹に軽く拳を入れると、反射的に体が「く」の字に曲がる。そこで腹の下に手を入れ、シャツのボタンを一気に引き千切る。男はハッと息を呑んだが、変な勘違いはしなくていい。別に犯すつもりはない。

襟を摑み、二の腕辺りまでシャツを脱がせる。裾もスラックスから引き出し、肘から先を包むようにして上下を縛る。これで両腕の自由は利かなくなった。

続けてベルトを引き抜き、それで足首を縛った。もう完全に、男は身動きができなくなった。

ただし、口はまだ利ける。

「……誰だ、あんた」

待てといわれて待つ泥棒はいない。誰だと訊かれて名乗る侵入者もいない。人殺しの気持ちは人殺しが一番よく分かる。そういった勝俣の言葉が脳裏《のうり》をかすめる。

「こっちを見るな……安心しろ。殺しゃしない」

右肩を踏みつけ、仰向けに返ろうとするのを禁じる。もう少しすれば汗でシャツが湿り、締めつけもゆるむだろう。倉田がこのまま立ち去ったとしても、いずれは自力で自由になれるはずだ。

「あんたが、辻内眞人か」

小さくだが男は頷いた。

「……俺はどうも、あんたのやり方は好きになれない。法で裁けない悪ならば、それ以外の手段を行使するほかかない。そこまでは分かる。否定するつもりはない。ただあんたは、官僚を潰そうとして、結果的に官僚と同じ手口を選択しちまっている」

横目でこっちを睨もうとするが、倉田が肩を踏んでいるのでそれは叶わない。

「あんた自身はネットの陰に隠れて姿を見せず、直接恨みを抱く者に情報だけを巧みに提供し、実行させる。そいつらは逮捕されてもあんたは逮捕されない。あんたは殺意の種をばら撒いているだけで、何一つ実行はしていない。悪政、悪法を承知の上で成立させ、問題が起これば大臣をすげ替えてやり過ごす……同じだな。あんたが憎む官僚のやり口と、そっくり同じじゃないか」

辻内は歯を喰いしばり、なおも倉田を睨もうとした。

「……仕方ないだろう」

押し殺した、絞り出すような声だ。

「敵は一人じゃない。組織でもない。システムなんだ。腐りきっていようと、官僚主導というシステムは頑強だ。これを突き崩すには、こちらにもシステムが必要だったんだ。それが……アンマスクだ」

これだけ聞くと正論のようにも思えるが。

「だとしても、あんたの手口は感心しない。官僚で気に入らなきゃ、血盟団《けつめいだん》の『一人一《いちにんいっ》殺《さつ》』とでもいえばいいか」

血盟団とは、昭和初期に活動した右翼テロ集団の名前だ。「一人一殺主義」を掲げ、政界、財界の大物を標的とした。

辻内が、鼻で笑うような息を漏らす。

「……一人一殺か」

次第に辻内の笑いが大きくなり、汗で足の裏がすべり、押さえているのがつらくなってくる。

「血盟団、井上日召《いのうえにっしょう》ね。でも、俺は捕まらないよ。少なくとも警察には」

額を伝ってきた汗が目に染みた。

一瞬、視界を失った。同時に思考も空回りを起こした。

果たして自分は、この男をどうすべきなのだろう。

12

あまりの急展開に、葉山は困惑していた。

始まりは、辻内がまだひとコマ目の講義も始まっていない三時過ぎに、いきなり塾から鞄を持って出てきたことだった。

歩き方がいつもとは明らかに違っていた。普段の辻内は極端に大股で、せっかちそうに歩く。だがこのときは歩幅も小さく、リズムも乱れがちだった。これは体調を崩したなと、すぐにピンときた。

あいにく行確班のうち二人は報告のため杉並署の特捜に戻っており、辻内についていたのは中森と葉山だけだった。張り込み拠点は塾の向かいのビルの空き部屋。二人は慌てて外に飛び出し、辻内のあとを追った。

辻内はときおり立ち止まり、ハンカチを口に当てては息を整えた。相当調子が悪そうだった。マンション入り口にある三段ほどのステップを上がるのもきつそうで、今にも転ぶのではないかと気が気でなかった。

葉山たちはまた向かいのマンションに走り、非常階段から辻内の行動を見張った。部屋に入ってしばらくは動きがなかった。だが三十分ほどしてドアが開いた。

「誰だ、ありゃ」

「いや、分かりません」

明らかに辻内よりは背の低い、細身の男が出てきた。年は五十代後半だろうか。白いシャツに黒い上着を着ている。先の辻内とは対照的に、かなりの早足でエレベーターに向かって歩いていく。

葉山はとっさに腰を上げた。

「自分がいきます」

「ああ、頼む」

非常階段を下り、鉢合わせをしてもいけないので通りには出ないつもりだったが、男は葉山の数メートル先、国道の歩道をほとんど駆け足で通り過ぎていった。悟られぬように、などという配慮はしようもない。あとはただ必死で追いかけるしかなかった。

少しくたびれた黒のスーツ。一見すると暴力団員風だが、それにしてはフットワークが軽く、威圧感や虚勢といったものは見受けられない。また、辻内とは違った意味で姿勢がいい。

まさか、警察官――。そんな想像も脳裏をよぎった。

男は駅前までいって歩をゆるめた。一瞬、尾行に気づかれたのかと思ったが、そうではないようだった。どうも、何かを探しているようだった。

辻内の塾の近くをひと回りして、だが目的のものは見つからなかったのか、今度は国道に架かる横断歩道を渡って、地蔵通り商店街に入っていく。

そこで男は、急に覗くように左手の店舗に近づいていった。

写真屋だった。ポケットから何やら取り出し、おそらくデジタルカメラなのだろうが、プリントを依頼しているようだった。何か質問したり、頷いたりもしている。

やがて預かり伝票のようなものを受け取り、その場をあとにした。どんな写真のプリントを頼んだのか興味はあったが、この段階では男を追う方が優先だ。

いや、男はさして遠くまでいかず、ほんの三軒ほど先の喫茶店に入っていった。あとを追って入るわけにもいかず、だが幸い斜め向かいにコンビニがあったので、そこで立ち読みをする振りをして待つことにした。

男は三十分ほどして喫茶店から出てきた。さっきの道を戻るようにして写真屋に向かう。

カウンターから中を覗くと、すぐに先ほどの店員が笑顔で迎え、袋を差し出してきた。

男は中身を確かめ、納得した様子でポケットから財布を取り出した。何千円か払い、釣を受け取る。店員に笑顔で見送られ、店をあとにする。

さて、これからどこに向かうというのだろう。

男はいったん国道に出た。巣鴨駅から電車に乗るのかと思ったが、駅には向かわず、逆に背を向けるようにして左手、西巣鴨方面に歩き始めた。国道十七号の歩道を、例の早足で進んでいく。

陽は多少傾き始めていたが、それでもまだ暗さはなかった。暑さも一向に衰えていない。追い抜いていく車が巻き上げる、排ガスを含んだ風さえ今はありがたい。スーッと汗が気化し、体温を吸い取ってくれる。

しかし、困った。巣鴨駅から離れるにつれ、通行人はどんどん少なくなっていく。すれ違うのはもはや自転車の方が多く、途中から西巣鴨に向かっているのは、ほぼ男と葉山だけになってしまった。

一定の距離を保ちながら同じペースで歩いている二人は、傍から見たらかなり滑稽《こっけい》だっただろう。あとはそれに、男がいつ気づくかだけの問題だった。

その瞬間は、思いのほか早く訪れた。

急に男が振り返り、同じ早足でこっちに戻ってき始めたのだ。

尾行のセオリーに従うならば、このまますれ違うのを覚悟で歩き続けるほかない。だが、虚を突かれて一瞬、葉山は足を止めてしまった。それでも、なんとかもう一度歩き始めた。平静を装い、あまり男の顔は見ないようにして足を運んだ。

あと三歩、あと二歩――。

いよいよすれ違う、というタイミングで、

「……おい」

あろうことか、男の方から声をかけてきた。低く、分厚い皮革のような硬さを持つ声だった。

葉山は、驚いて足を止めた体《てい》の芝居をしたが、もう遅かったようだ。

「お前、尾行、下手糞だな」

何も言い返せなかった。身動きもできない。

男は内ポケットに手を入れ、薄い紙袋を取り出した。さっき店で受け取ったばかりのアレだ。

「……見てみろ」

有無をいわせぬ仕草で差し出してくる。従うべきか迷ったが、もはやとぼけてみせても仕方ないと判断した。

大人しく、いわれた通り袋を開く。最初の一枚にはテニスウェア姿の女が写っていた。

あまりいい写りではなかったが、顔はちゃんと見分けられるレベルだ。

「この女、知ってるか」

知らない女だった。かぶりを振っておく。

「めくれ」
二、三枚は似たような画が続き、次にスリーショットで写っているものが出てきた。左にいるのは最初に見た女と同一人物のように見える。
「これが辻内だな。こっちは誰だ」

確かに、真ん中に写っているのは辻内だが、まだかなり若い。二十代前半といった感じだ。しかし、もう一人右側にいる男には見覚えがない。これにもかぶりを振るほかない。

「だったら調べろ。辻内の枕元に飾ってあった写真だ。きっとこの二人とは、特別な関係にあったに違いない。それと……」

一瞬、男は迷うように目を逸《そ》らしたが、すぐにまた強い視線を葉山に戻してきた。

「……勝俣警部補に伝えておけ。約束は果たした、ってな」

ぽんと葉山の二の腕を叩き、男はすれ違おうとした。だが、このままというわけにはいかなかった。葉山は慌てて男の肘を摑んだ。

「ちょっと待ってください。あなた、誰なんですか」

男は肩越しに葉山を一瞥《いちべつ》した。

「いいんだよ。坊やは……俺が誰かなんて、知らなくていい」

それ以上、男を引き止めることはできなかった。

手を放すと、男はさっきとは打って変わって、ゆっくりと歩き始めた。

排ガス臭い風が、火照《ほて》った背中を冷たく舐めていった。


張り込み拠点に戻ったはいいが、勝俣の名前を出されたことで逆に報告はしづらくなってしまった。

「すみません、見失いました」

「なんでだよ。追いつけないタイミングじゃなかったろう」

「いや、なんか、警戒されてて……振り向かれたり、急に角を曲がられたりしてるうちに、地蔵通りで……すみません」

中森は、いつも持ち歩いているカロリーメイトを齧《かじ》りながら「まずいな」と呟いた。会議でこのことを報告するか否かを迷っているようだった。

最後のひと口を頬張り、包みを丸めてポケットに突っ込む。

「……今日、お前が戻れよ」

今夜、休養と報告を兼ねて二人のどちらかが特捜に戻る予定になっていた。葉山に戻れということは、この件の報告も一任するという意味にとれた。

「分かりました。自分が戻ります」

交替要員がきたのは夕方六時くらいで、葉山は三人に頭を下げ、張り込み拠点をあとにした。別れ際、交替できた佐藤巡査部長に「お前、ほんとくっせーぞ」といわれたので、電車を諦《あきら》め、タクシーで署に戻った。痛い出費だった。

一週間ぶりの捜査会議。人数が少なくなっているとは聞いていたが、まさか半分以下にまで減らされているとは知らなかった。加納の延長勾留期限も近く、公判を維持するに充分な捜査資料もそろっている。これ以上捜査員を抱えていても遊ばせておくだけ――そう、幹部が判断した結果なのだろう。

その一方、辻内の周辺捜査は劇的に進んでいた。

報告に立っているのは、何係かは分からないが捜査一課の主任だ。

「今朝報告しましたように、辻内は十四年前に一度結婚、しかし、たったの一ヶ月で離婚しています。辻内というのはそのときの妻の名字でして、旧姓はヤベでした。かなり、計画的な改名であったものと思われます」

ホワイトボードには「辻内」の横に括弧《かっこ》をして「矢部」と書いてある。

そうか。途中で名字が変わっていたから、来歴の調べがなかなかつかなかったのか。

「旧名、矢部眞人は、日進大学薬学部を卒業後、濱中薬品に就職。しかしこれを四年で退職。結婚と離婚はその直後。今の塾講師になったのはそれからまもなくです」

つまり、濱中薬品退社を期に、辻内は人生をリセットしたわけか。

管理官が主任を指差す。

「濱中薬品を退社した理由は」

「それは、はっきりしませんでした。一身上の都合ということになっていました」

続けろ、と管理官が促す。

「はい……矢部眞人の両親は今も健在で、茨城県で長女夫婦と共に暮らしています。長女というのは、眞人の四つ上の姉です。他に兄弟はいません。父親は地元で食品加工業を営んでおり、規模は分かりませんが、取引関係者の話では、かなり古い会社だということで、昨今の不況でどうなっているかは分かりませんが、少なくとも矢部が学生だった頃は、不自由なく暮らせる程度だったのではないかと思われます」

そこで、最前列の捜査員が手を挙げた。

「……それ、紛らわしいからよ、いちいち矢部って訳すなよ。辻内で通せって。今までそれでずっとやってきたんだ」

声からすると勝俣のようだった。

報告に立っていた主任は「しかし」と顔をしかめたが、管理官が困り顔で頷くと、彼も仕方なさそうに「はい」と返事をした。

「ええ……辻内は、最終的には開発本部の、開発品質管理部というところにいました。その業務内容までは、まだ分かりません。今日のところは以上です」

その後、加納の取調べ担当の勝俣も報告に立ったが、特にありませんと、不機嫌そうに漏らしただけだった。

また、元厚生官僚の谷川正継が自殺したこともこの会議で初めて知った。アンマスクとの関連についてはまだ明らかになっていないが、逆にまったく無関係ということもないだろうと思われた。

去年の七月。葉山はこの谷川正継と会い、その傲慢さに腹を立て、殺されずに済んだことをありがたく思え、といった意味のことを言い放っている。あの谷川が、なぜ自殺などしたのだろう。

今は、ここから冥福を祈るしかない。でもこの事件が一段落したら、焼香くらいさせてもらいにいこうと思う。

会議終了後、講堂に弁当が運び込まれ、捜査員はあちこちに輪を作りながら、会議の延長のような小宴会を始めた。

その、どの輪からもはずれている男がいる。

勝俣だ。

葉山は缶ビールには手をつけず、弁当だけを平らげて席を立った。どうした、と近くの捜査員に声をかけられたが、なんでもないですとごまかし、上座に用があるような振りをしつつ、最前列に座っている勝俣のもとに向かった。

「……主任。ちょっと、いいですか」

机に肘をついたまま、葉山を斜めに見上げる。

「……なんだ、お前か。やけにこざっぱりした顔してんじゃねえか」

こっちに戻ってすぐ風呂を借りた。着替えも済ませた。

「主任に、お話があります。外、出てもらっていいですか」

勝俣は、割り箸を弁当のフタに放り投げた。

「ああ、いいよ……ちょうど俺も、退屈してたところだ」

目立ってはいけないので、葉山が先に講堂を出た。どこにいこうか迷ったが、一つ上、柔剣道場のある階なら今の時間、まず人はいないだろうと思った。

六階に上がり、廊下を奥まで進んで待った。まもなく現われた勝俣は左手をポケットに突っ込み、右手は口元に当てていた。楊枝で前歯を穿っている。

「……なんだよ。お前から声をかけてくるなんて、気味がワリいぞ」

こっちだって好きでかけたわけではない。

「実は、今日の午後なんですが……見知らぬ男が、辻内の部屋から出てきました」

わざと単刀直入にいい、どんな反応を示すか試したつもりだったが、あいにく勝俣は眉毛一本動かさなかった。

「……誰だ」

とぼけるつもりか。

「分かりませんでした」

「つけなかったのか」

「つけましたが、最終的には取り逃がしました」

小馬鹿にするように鼻息を吹くが、そこに安堵の息は混じっていなかったか。

「しかし、伝言は頼まれました」

薄い眉を段違いにし、また勝俣が斜めに葉山を見上げる。

「伝言？」

「ええ」

「誰に」

「勝俣主任にです」

ようやく話の筋が読めたようだった。勝俣は舌打ちをし、短く刈った頭を掻き毟った。

「あの野郎……電話に出ねえと思ったら、そういうことか」

「預かりものもしてきました」

内ポケットから例の袋を出す。

「……写真か」

「ええ。辻内のマンションから出てきてすぐ、写真店にいってプリントしたものを渡されました。ですから、尾行したのは都合五十分か一時間くらいでしたが、おそらく最初から気づかれていたのだと思います」

葉山はひと呼吸置き、改めて目を合わせた。

「……主任。何者なんですか、あの男は」

勝俣は短く顎を振り、

「そんなこたぁ、お前は気にすんな」

パッと葉山の手から写真の袋を取りあげ、折り返し部分を乱暴にめくって写真を取り出す。

ひと目見た瞬間は、さして興味なげな顔つきだった。だが最初の女の写真が終わり、スリーショットが出てきたところで手が止まり、表情も一変した。何か言い出しそうに口を膨らませる。

「……この二人、ご存じなんですか」

それでもまだ勝俣は黙っていた。さらに数枚めくり、宴会場面の写真を見る。眉間に縦皺が深くなり、視線はいつしか写真を離れ、あらぬ場所をさ迷い始める。

「主任」

「うるせえ」

背後から忍び寄る災いの影に、全神経を集中させているかのようだった。その正体を見極めようと、己《おの》が心に目を凝《こ》らす——。

階段の方で足音がしたが、この階には用がないようだった。

突如、警務課長を呼び出す放送がスピーカーに流れたが、依然勝俣は固まったまま微動だにしなかった。

やがておもむろに、宴会場面からスリーショット写真に戻す。

「……オメェ、俺と一緒に動く気はあるか」

ここの講堂で顔を合わせたとき、勝俣は葉山に「俺が一課に戻してやろうか」といってきた。だが、今のこの申し出とそれは別問題であろうと察せられた。打算でも虚勢でもない、むしろ勝俣という刑事の根っこにある何かがいわせた台詞であるように思われた。

答えは、決まっていた。

「はい。やります」

勝俣は片頬を吊り上げ、満足そうに頷いた。

「……じゃあまず、この女が誰かってことだ」

いいながら、一枚目に戻す。

「これはな、オオトモマユだ」

それだけではなんのことか分からなかったが、すぐに勝俣は続けた。

「十五年前、長塚利一殺害を企て、しかし誤って息子の長塚淳を刺し殺しちまった大友慎治の娘、マユだ」

それと辻内、いや、矢部眞人が、なぜ。

「じゃあ、この男は誰かってことだ」

問うように勝俣は見上げたが、葉山に分かろうはずがない。

「これが、その長塚淳だよ。親父の利一と間違われて大友慎治に殺された、長塚淳だ」

「えっ、どういうことですか」

勝俣は、片頰だけの笑みを崩さない。

「お前、さっきの報告ちゃんと聞いてたか。辻内は大学卒業後、濱中薬品に就職している」

また何枚かめくり、宴会写真を表に出す。

「おそらくこの写真は、その時代に撮られたものだ。長塚淳は親父のコネの効く緑川製薬ではなく、あえて濱中薬品に就職したんだ。たぶんそこで淳は、辻内と……当時の矢部眞人と出会った。この写真はそういう意味だろう」

「じゃあ、その大友マユの方は」

再び女の写真に戻す。

「こんな恰好だ。大学のテニスサークルか、地元のテニスクラブか、その辺を当たれば二人の関係は自《おの》ずと分かってくるだろう。ちなみに大友マユは、大友慎治が事件を起こす二年ほど前に自殺している。確か二十歳前後だったはずだ。十七年前といやぁ、辻内はいくつだ」

「二十四歳です」

納得したように勝俣が頷く。

「恋人だったとしたら、一番楽しい時期だ。新卒で就職して二年。しかしそこでマユが自殺してしまう。さらに二年経って慎治が淳を殺す。辻内が濱中薬品を退社したのはいつだ」

「就職して……四年」

「ぴったりだな。結婚と離婚をしたのは」

「十四年前、二十七歳のときです」

勝俣が大きく息をつく。

「だいぶ、辻褄が合ってきたじゃねえか。十七年前に、まずマユが死ぬ。自殺の原因は、例の非加熱製剤を原因とする感染症を発症したことだった。仮に、辻内とマユが恋人同士だったとしたら、どうなる。しかも当時、辻内は濱中薬品の社員だ。非加熱製剤の悪い噂くらい耳にしていただろう。そして辻内は、そのことを大友慎治に漏らした。一緒に泣くつもりだったのか、それとも裁判でも起こすつもりだったのか……だが、大友慎治は辻内の予想もしない行動に出た。なんと直接、長塚利一殺害に動いちまった」

いや、と勝俣はすぐにかぶりを振った。

「案外、それを狙って辻内は、慎治に漏らしたのかもしれねえな」

辻内が大友慎治に、長塚利一を殺すよう、仕向けた?

13

なぜ自分は襲われたのか。あの男は一体、この部屋に何をしに入ってきたのか。どんなに考えても分からない。

長塚利一が殺されてもうすぐ一ヶ月になる。あの日以来、常に自分がある種の緊張状態に置かれていたことは否定できない。

突如覚える興奮。原因の分からない落胆。報道を見聞きするときの達成感。終わりのない日常に対する不安感。浮上し、墜落し、旋回し、急停止するコースター。そんな状態が長く続いて平常を保てるはずがない。むしろ、今までよく毎日仕事をしてこられたと思う。

あの日の午後、塾のパソコンで練習問題を作成していたら、突然画面が水面のように歪み、出たり引っ込んだりし始めた。とっさに手で押さえると、自分の手までそこに呑み込まれそうになり、思わず声をあげた。同僚に大丈夫かと肩を叩かれ、少しだけ正気を取り戻したのも束の間、今度は激しい吐き気が襲ってきた。便所に駆け込み、昼に食べた盛り蕎麦を残さず吐き戻した。

しばらく自分の机で休んだが、校舎長に帰った方がいいといわれ、そうさせてもらうことにした。それが三時過ぎで、ようやくマンションにたどり着き、またトイレで吐くだけ吐き、立ち上がった途端、今度はあの男に襲われた。

人間は、二種類の苦痛を同時には受け入れられないものらしい。男に襲われ、畳に引き倒され、シャツを脱がされて自由を奪われている間は、不思議と吐き気や眩暈《めまい》は治まっていた。だが男が出ていき、体を繰り返しくねらせて肘を抜き、腕の緊縛を解いて足のベルトもはずし、自由になった途端、また嘔吐してしまった。

とりあえず玄関に鍵を掛け、汚物を処理し、住居内を点検した。机の引き出しに入れてあった通帳や印鑑は盗まれていなかった。食器棚の引き出しに入れてある現金七万円も無事だった。クローゼットも、和室の押入れも、その他の場所にも荒らされた形跡はない。

自分が帰ってきたとき、あの男はどこにいたのだろう。

帰ってきたときはは っきりいって、吐き気でそれどころではなかった。胃液まで全部吐き出し、ようやく立ち上がったところで、玄関に見知らぬスニーカーがあることに気づいた。なんだこれはと立ち竦《すく》んだ、まさにその瞬間、背後から首を絞められた。

ということは、男は和室にいたことになる。

今一度和室を点検する。押入れはさっきも確認したが無事だった。ベッドは今朝起きたままなので、おそらく元からこんなものだったろう。本棚にも変わったところはない。その上に載せている電気スタンドも壊れていない。フォトフレームにも破損個所はない。むろん写真も抜かれてはいない。

いや、この写真を見た、というのはあり得る。それであの男が何を悟るかは分からないが、もし何かされたというならば、この写真を見られた、というのはあるかもしれない。

思考が、否が応でも過去に引きずり戻されていく——。

麻由。僕は君に、ひどいことをいってしまったね。

あんなに愛していたのに、僕は君を、信じ抜くことができなかった。

学生時代から、君があまり丈夫でないことは承知していた。テニスも遊び程度だったし、スキーも海も、一回ずつしかいかなかった。その代わり、旅行はよくいったね。北海道、仙台、奈良、京都、大阪、岡山、香川、福岡、沖縄。どこが一番楽しかった？　僕はやっぱり、京都かな。秋だったからね。紅葉がアクリル画みたいに鮮やかで綺麗だった。あと、夏の北海道もよかった。ジンギスカンも美味《おい》しかったし、十勝平野のドライブも気持ちよかった。何より、君の体調がよかったしね。いま思い出すだけでも、なんだかあのウキウキした気持ちが蘇ってくる。

君の体調が急激に悪くなったのは、短大を出て、就職してすぐの頃だったね。事務補助員なんて楽な仕事、といっていたのに、どうしたんだろうと心配したよ。

そう。ウイルス性の免疫不全症にかかっていたなんて、夢にも思わなかった。

当時あの手のウイルスは、一般的には性交渉によって感染するものと思われていた。まさか、血液製剤でも感染するなんて想像もしていなかったし、もし知っていたとしても、君は血友病患者ではなかったから、すんなりとは納得できなかったかもしれない。そんな、十六歳のときに交通事故に遭っていて、そのときに受けた輸血が原因かもしれないなどと、当時の僕には推測のしようもなかった。

病名を聞かされたときのショックは、今も変わらずこの胸にある。すぐそこに君はいるのに、昨日までと変わらない君が、目の前で涙を流して告白しているというのに、僕はまるで、君がもう死んでいるかのように感じてしまったんだ。君の苦悩も、勇気も、絶望も、誠実も、僕は何一つ汲み取ることができなかった。

未熟だった。子供だった。そんな言い訳で済むとは思わない。君を信じ抜こう、愛し抜こうという覚悟ができていない、器の小さな男だったとしかいいようがない。しかも加えて、医学的知識だけは中途半端に持っていた。専門分野が違うし、そもそも会社が違うのだからそんな知識は素人と五十歩百歩だったのだが、あろうことか僕は、君の貞操観念を疑ってしまった。君は性交渉によって僕以外の誰かからウイルスを移され、挙句、自分にまで移したのではないか。そっちの方にばかり考えがいってしまった。

最悪だったのは、君の病気が勤め先でも噂になってしまったことだ。検査に利用した共済が原因であることはあとで分かった。

君は公私共に裏切られ、傷つけられ、まもなく帰らぬ人となった。僕を恨む言葉の一つも残さずに。

僕が薬害感染症問題について具体的に知るようになったのは、君が亡くなって少ししてからだった。しかもそれを僕に教えてくれたのは、会社の同僚である長塚淳だった。初対面から、まるで十年来の親友のように意気投合した男が、ある夜、意気消沈しながら僕に告白してきた。

「……親父が、逮捕されるかもしれない」

非加熱製剤が原因でウイルス感染が広まり、肝炎や免疫不全症を引き起こした例が国内で多数報告されていた。それでも僕は、まだ麻由の死と非加熱製剤を直接結びつけることができずにいた。

その二つを結びつけたのは他でもない、淳だった。

「麻由ちゃんのお父さんにも、確認してみた方がいい。女性の血友病患者は珍しいから、もし薬害感染だったとしたら、可能性があるのは輸血だと思う。過去に、輸血が必要になるような大怪我をしたことがなかったかどうか……俺は、いまだに信じられないんだ。麻由ちゃんがお前を裏切って、他の誰かと関係を持っただなんて。そんなことより、非加熱製剤による感染の方が、遥かに可能性は高いように思う」

いわれるままに、確認にいってしまったのもよくなかった。麻由のお父さん、大友慎治氏は、顔を真っ青にして答えた。

「麻由は十六歳のとき、交通事故に、遭っています……外傷は、そうでもなかったんですが、内臓がやられてしまって、内出血がひどくて、そのときに、かなりの量の輸血を受けています」

そういえば、麻由の脇腹には何かの手術痕らしきものがあった。よく見ないと分からないくらい綺麗に治っていたし、本人も触れようとしないから、僕も気づかぬ振りをしていた。

そう。麻由は、僕を裏切ってなんていなかったのだ。

座っていた畳が死刑台の床のようにゴトンと抜け、そのまま暗闇に落ちていくような錯覚を覚えた。どこまで落ちても止まらなかった。尖った闇が全身を掻いては切り裂き、血が冷たく逆流し、脳味噌が化膿《かのう》してジクジクと熱を発した。

僕は問われるままに話してしまった。長塚という同僚から聞いたということ。その父親が近々、その薬害感染症問題で逮捕されるかもしれないということ。直に会って確かめたいというので、躊躇いはあったが、最終的には淳の自宅住所と電話番号を教えてしまった。

今は、すべてを後悔している。

麻由を死に追いやったのは僕だ。

慎治氏を殺人犯にしてしまったのも僕だ。

淳を死なせてしまったのも僕だ。

以後の僕が、自ら死を選ぶことは簡単だった。でも、そうはしなかった。

僕は知ってしまったのだ。人は、特に恨みを抱いた人間は、ある種の情報を引き鉄に、殺害を決意する可能性があるということを。むろん百パーセントではない。むしろ可能性としては低い方だ。ただ、情報はばら撒くことができる。劣化することなく蔓延させることができる。

そう、まるでウイルスのように。

僕は殺意を蔓延させる方法を、思いついてしまったんだ。

自分が犯した罪の重さは、ちゃんと分かっている。でもこれくらいの荒療治をしなければ、麻由の体を蝕《むしば》んだ、淳を苦しめた、慎治氏を人殺しに貶《おとし》めた、あるいは日本という国をボロボロになるまで侵した病原体には、傷一つ負わせることはできなかった。それは確かだったと思う。むろん、三人の死の直接の引き鉄を引いたのは僕であることを全面的に認めた上で、あえていわせてもらえるならば、の話だが。

そして今、「Unmask your laughing neighbors」は一つの頂《いただき》に達していると思う。谷川正継の自殺がその象徴であろう。誰も手を汚すことなく、元官僚が自ら死を選んだ。これは一つの理想形だ。あとはこういった例が、どれくらい自然発生的に続いてくれるかだ。

だから、次だ。最後の標的について書いたら、このサイトはもう終わりにしたいと思う。アンマスクは、今日でお終い。少なくとも、もう僕が情報をアップすることはない。

それから、川上紀之、志田昌之、加納裕道。三氏の勇決と行動には心から敬意を表したい。我々は同志だった。よって、詫びる気持ちは微塵もない。ただ、ありがとうと、それだけはいいたい。

あれから、どれくらい経ったのだろう。

固定電話も、携帯も鳴らなくなった。

誰だろう。こんな時間にチャイムを鳴らすのは。

ああ、ひょっとして、またあの刑事か――。

14

辻内の動きは逐一報告しろ、と命じて葉山を行確に戻した。

勝俣は杉並署内で水島を撒き、単独行動に出た。管理官があとでグダグダいうようだったら、お前が風俗通いで作った借金について公《おおやけ》にしてやると脅かしてやればいい。

まず向かったのは、辻内こと矢部眞人の出身校である日進大学だった。学生部で十八年前の卒業者名簿を見せてもらう。確かに、薬学部の最後の方に矢部眞人の名前はあった。在学時はテニスサークル「からら」に所属、就職先はちゃんと濱中薬品となっている。

次に辻内と大友麻由の年齢差を考えて、十五年前の名簿を見せてもらった。しかし、これは予想外に上手くいかなかった。政治経済、法学、文学、教育など、すべての学部を当たったが大友麻由の名前は見当たらなかった。

ようやく見つけたのは、何も麻由が四年制の大学を卒業したとは限らないと気づいてからだった。日進女子短期大学の英米文学科卒。卒業年度は辻内の翌年、十七年前だった。所属サークルは案の定、「からら」になっていた。

しかし、驚くのはまだ早かった。

なんと大友麻由の就職先は、外務省となっていたのだ。

すでに「かららー」というテニスサークルは消滅しており、現在は在籍者名簿も大学にはないといわれた。かといって、また一から卒業者名簿をめくってOB・OGを捜すのは骨が折れる。

なので、手っ取り早く麻由の在籍した短大の英米文学科の同期生を当たることにした。二百人近くいたが、大友麻由と親しかったかどうかを訊くだけだから大した手間ではない。セールスと勘違いされていきなり電話を切られるケースも少なくないので、実際に会話をしたのは四十人かそこらだ。

幸村《ゆきむら》美智代《みちよ》はそんな中の一人だった。

「同期生に大友麻由さんという方がいらしたと思うんですが、ご記憶ですか」

ああ、という明るい声には期待が持てた。

『覚えてます。でも彼女、短大を出てすぐ……』

「ええ、お亡くなりになったことは存じてます。ですのでお尋ねしたいのはそういうことではなくて、在学中に交際していたお相手のことなんですよ。当時、麻由さんは『からら』というテニスサークルに所属しておられて、矢部眞人さんという方と交際していたと思うんですが」

『ええ、そうでしたね。薬学部の』

それだけ聞ければ充分だ。

「やはりそうでしたか。ありがとうございました」

念のためさらに十人ほど当たってみたが、その中でも田嶋優子《たじまゆうこ》という女が同じように証言してくれた。

辻内と大友麻由は恋人同士だった。そこはまず間違いないと分かった。

翌九月三日は加納裕道の延長勾留最終日だったので、それまでの捜査資料や調書を添えて検察に送り出した。それで文句があるならいくらでも聞くし、追捜査の要請があればむろん対応するが、まずないだろうと思われた。それくらい加納は堅いホシだった。また加納は、岡田芳巳、貴子殺害容疑で近々再逮捕され、この特捜に戻ってくる予定にもなっている。なんなら足りない分は、そのときに誰かが穴埋めしてくれても一向にかまわない。

勝俣は、もうご免だった。加納は二度と担当したくない。

それよりも、いま追うべきは辻内なのだ。

一時期の三分の一まで減らされた捜査員のほとんどが、今では辻内の身辺捜査に回されていた。その中の一人がようやく気づいたようだった。会議で自信満々に報告を始める。

「辻内は濱中薬品時代に、長塚利一の息子、淳と出会っている可能性があります」

そこら辺の筋書きはすでに読めているので、勝俣はもう半分しか聞いていなかった。また自分に報告の順番が回ってきても、友人関係から目ぼしい情報は得られませんでした、と報告するに留めた。本当は友人関係に話を聞きになどいっていない。いつものように水島を撒き、単独で麻由のその後について調べていた。

今日話を聞いたのは小林《こばやし》という、四十三になる現役外務省職員だった。

小林は「よく覚えています」と前置きして話し始めた。

「小柄で、可愛らしい人でした。部内でも非常に人気がありました。ですが……当時の外務省というのは、今よりももっとひどいところでして、とにかくモラルなんてものはないも同然の役所でした。事務補助員はほぼ百パーセント、ルックスで採用されていましたし、実際、完全に愛人候補としか考えていませんでしたよ」

芝居だかなんだか知らないが、大きく溜め息をついてみせる。

「そんな中で大友さんは潔癖を通し、誰にもなびこうとしませんでした。そうなると、次に始まるのは虐《いじ》めです。……ね、子供じみた役所でしょう。特にあの人、何年前だかに殺された、松井さん」

松井武弘が殺されたのは七年前だ。

「あの人はひどかった。あの人も大友さんを気に入ってたんで、なおさらだったんでしょうね。彼女が血液の精密検査を受けたという情報を福利厚生室から引っぱってきて、挙句《あげく》に、どんな手を使ったのかは知りませんが、彼女が免疫不全症を患ってることまで突き止めたんですよ。ほんと、そういう仕事以外のことだと、異様な執着心を燃やすんだよな……しかもそれを、職場で言い触らして回って。危なかったよ、大友と姦《や》ってたら俺も移されてたかも、みたいなことを、食堂で大声でいったりね。はっきりいって、あれをやられたら男だって死にたくなりますよ。ましてや、あんな若い女性だったら……まあ、例の朝陽新聞の記者が松井さんを殺したのは別の理由だったみたいですけど、でもまあ、根っこは同じですよ。恨まれて殺されるようなこと、散々してましたもん。あの松井って人は」

ここにも恨み、あっちにも恨み、か。

辻内にぶつけるネタは大体そろった。

大友麻由を免疫不全症の毒牙にかけた旧厚生省、その代表としての長塚利一。その病名を暴き、プライバシーをズタズタにした外務省と松井武弘。

少なくともこの二人に関して、辻内は直接恨みを抱いていた。恋人を死に追いやった二つの省、二人の主犯。この二人を亡き者にするため、しかし自分の手は汚さず、似たような恨みを抱く者に情報を提供することによって、辻内は次々と実行犯を仕立てていった。

アンマスクは、いわば「死の掲示板」だったのだ。「殺しの求人広告」といってもいい。誰かこいつを殺してくれませんか。こんなひどい奴なんですが、恨んでる人はいませんか。そういう「殺し屋募集」の情報交換をする場だったのだ。

辻内は殺意を持っていた。長塚利一と松井武弘以外の官僚に対してはどうだか分からないが、しかし同じ手法で情報を公開し、その結果として岡田芳巳が殺され、中谷公平も襲われた。近所の目が気になり、引き籠もり状態になっていた谷川正継は自殺した。辻内は間違いなく、元官僚たちの個人情報を晒し続ければいずれ誰かが殺してくれるだろうという期待を抱きながら、アンマスクを運営していたのだ。

殺人者だ。辻内は明らかに人殺しだ。これをどのような罪に問い、立件していくかにはひと工夫必要だろうが、少なくとも以前のような言い訳はもう通用しない。お前は決してプライバシーの侵害や名誉毀損が限界の民事犯などではない。立派な第一級謀殺犯だ――。

そう、辻内にぶつけるつもりでタクシーに乗った。だが、目的地まであとちょっとというところで電話がかかってきた。

ポケットから出してみる。小窓には【葉山】の二文字。

「もしもーし」

『主任、葉山です』

やけに慌てた声をしている。

「分かってるよ。なんだよ」

『主任の携帯は、インターネットが見られる機種ですか』

いきなりなんだ。

「知らねえよ、そんなこたぁ。やってみたことねえから」

『じゃあやってみてください。アンマスクのURLはご存じですか』

URLが「ホームページアドレス」と同じ意味であることはかろうじて知っていた。

「ああ、資料に載ってたのは、手帳に控えてある」

『だったらそれを打ち込んで見てみてください』

「なんでだよ、面倒臭えな」

『辻内が、アンマスクに自分の個人情報を掲載しているんですよ。最終更新日は二日前になっています』

どういうことだ。

「個人情報って、何を書いてあるんだ」

『もう、全部ですよ。旧姓が矢部であることから、現在の住所氏名、年齢経歴、大友麻由という恋人の死、旧厚生省、外務省への恨み、長塚親子の事件の顚末《てんまつ》から、もう何もかもです。あれじゃ……』

葉山は一瞬言葉を途切れさせ、

『アッ』

スピーカーが割れるほどの大声をあげた。

「おい、なんだテメェ」

『すみません、またあとでかけます』

いきなりブチリと切られた。いや、そんなのはこっちだって待っちゃいない。

「おお、そこでいい。その角でいいから停《と》めてくれ」

五千円札をチラつかせ、左に寄せるよう運転手に指示する。

停まったら、

「釣はやる」

気前よく五百十円を諦めてタクシーから飛び出す。

葉山たちが見張りの拠点にしているのはコインパーキングをはさんで向かいのマンションの非常階段だ。このタイミングだったら、ひょっとしたら勝俣の方が先に着くかもしれない。

エントランスに駆け込み、正面のエレベーターのボタンを押す。カゴは三階にあり、下りてくる間に葉山たちに追いつかれるかと思ったが、それはなかった。

ごろんごろんと大儀そうに扉が開く。「5」と「閉」を立て続けに押し、階数表示を睨みながら足踏みをする。

しかし、アッ、てなんだ。あとでかけるってどういうことだ。

だがそんな疑問は、五階で扉が開いた瞬間に、消えてなくなった。

「……おい」

ちょうど辻内の部屋、五〇三号室のドアが開いており、そこに一人、右腹を下にするようにして人が倒れている。

さらにもう一人。

「おい、お前……よせ」

その倒れている誰かにまたがって、両手に持った何かを頭上高く振り上げている男がいる。

男は、血塗れだった。

振り上げた何かを、倒れた男の頭に勢いよく叩きつける。ボクッ、という鈍い音がここまで聞こえてくる。

男は、握っている柄《え》をこじりながら上下させ、倒れた男の頭から引っこ抜く。

男が持っているのは、鉈《なた》だった。

やめろ、という言葉は出てこなかった。もう遅いという考えの方が圧倒的に強く肉体を支配していた。なぜなら、反応がないから。倒れている男は、二度、三度と鉈で頭を叩き割られているにも拘わらず、まったく反応しないのだ。ただ衝撃を受け、コンクリート床の上でバウンドするだけ。

やがて、階下から足音が迫ってきた。階段を上ってきた葉山と、一課の中森という警部補だった。

「……オカダ、コウイチ」

どちらが呟いたのかは分からなかった。それが誰なのかも瞬時には思いつかなかった。

だが、すぐに合点《がてん》がいった。

岡田晃一。岡田芳巳の息子で、妻の貴子を加納裕道に刺殺された、あの岡田晃一か。

「よせ、岡田ッ」

そう叫んで、一番に向かっていったのは葉山だった。中森がそれに続き、勝俣はただ背後から見守っていた。

岡田が鉈を振り上げたタイミングで、葉山がその胸に蹴りを喰らわせた。体勢を崩した岡田は真後ろに倒れ、その際に取り落とした鉈は素早く中森がこちらに蹴り飛ばした。

勝俣は白手袋をし、それを拾った。

ザラザラに膨らんだ錆《さび》だらけの刃に、髪の毛や、皮膚片がたくさん絡みついていた。


葉山がいった通り、辻内を撲殺したのは岡田晃一だった。ネットで一連の事件について調べているうちにアンマスクの存在を知り、毎日チェックしていたら主宰者を名乗る辻内の情報が掲載され、すべての元凶はこの男かと憎しみを抱いたという。岡田の身柄は管轄の富坂《とみさか》署に引き渡した。勝俣も捜査協力を求められたが、第一発見者という以上の関わりは持ちたくないと、丁重に断った。

辻内にとっては、それが岡田晃一であろうが誰であろうがかまわなかったはずだ。ただ、自分を恨む者がいるなら殺しにこい。逃げも隠れもするつもりはない。そういうことだったのだろう。

また、岡田晃一の事情については葉山が詳しかった。

「晃一は、もし加納が死刑判決を受けず、いつか社会に出てくるようなら自分が殺すと、そう宣言していました。それと同じ形の恨みが、辻内に向けられたのだと思います。あんなに血塗れだったのに、ひと目で判別がつきました。あ、岡田晃一だ、と。それくらい、加納を殺すといったときの晃一の表情には迫力がありました。一生、忘れられない顔です」

勝俣にとっても、このヤマはなんとも大儀だった。そして疲れた。初めて、しばらく捜査からはずれたいと思った。

それから一週間ほどして、勝俣は杉並署の特捜から抜けることになった。もともと、なし崩し的に参加させられた捜査だった。抜けるときも特に改まった挨拶などはしなかった。再逮捕されて戻ってきた加納の調べは今、六係の中森が担当している。まあ、加納なら誰が担当でもペラペラと気前よく喋ってくれることだろう。

一方、勝俣にとって本籍となる殺人班八係は東京湾岸署の特捜を引き揚げ、現在は西多《にした》摩《ま》郡日の出町の雑木林で発見された白骨死体の捜査に参加しているという。

しかも、明日からそこにこいといわれた。

「……悪いけどよ、二日でいいから休ませてくれねえか。ここんとこ碌に休みもねえで、ちゃんと解決したってのに在庁祝いも休暇もなしで、次はいきなり西多摩って、そりゃあんまりだろう」

電話の相手は八係長の内田だ。

『分かった。じゃあ、明日一日休みをやる。明後日《あさって》からこっちにこい。いいな』

「馬鹿、よくねえよ。あと二日休みをくれっていってんだよ」

『いや、あと一日が限界だ。こっちだって人手が足りないんだ。もういい、グダグダいってないでさっさと酒でも飲んで寝ろ。そして明後日はちゃんと朝から出てこい。いいな。遠いから遅れましたなんて、小学生みたいなこというなよ』

内田はいうだけいって電話を切った。残念ながら、勝俣は内田の弱みをいまだに握れていない。一番ほしい人間なのに、なぜか取っ掛かりすら摑めない。勝俣より二つ下の五十二歳。脛《すね》に傷の一つや二つ、ないはずはないと思うのだが。

それとも、そろそろ自分も焼きが回ったということなのだろうか。

その後に、姫川からもかかってきた。

「なんだよ、うるせえな……いま何時だと思ってんだよ」

『まだ夕方の四時ですよ。なんですか、寝てたんですかこんな時間から。そっちの方がどうかしてますよ』

本当に、声から喋るテンポから言葉の選び方から、何から何までいけ好かない女だ。

「どうだっていいだろう、そんなこたぁ……なんだ。なんの用だ」

『んもォ、ほんと頭にき過ぎて、何からいっていいのか分かんないですよ。えっと……あっそうだ。勝俣さん、前にあたしの手帳、勝手に見たでしょう』

すっかり忘れていたが、そんなことをした覚えも確かにある。しかし、犯行はそう簡単に認められない。

「さて、そんなセコい真似、俺はしたっけな」

『したに決まってるじゃないですか。じゃなかったら、倉田さんがわざわざあたしに連絡してきて、勝俣さんに何か話したかなんて確認するはずないんですよ』

あの野郎、女には自分から連絡するのか。

「倉田が、なんだって？」

『そんな、電話口でペラペラ喋れるような内容じゃないくらい分かってていってるんでしょう。そういう、都合が悪いときだけボケた振りするのやめた方がいいですよ。もうじき本当にボケちゃうんだから、そのとき周りに本気にされなかったら困るでしょう』

このアマ。

「うるせえ。テメェの手帳を盗み読みされて一ヶ月も気づかねえアホ女に心配されるほど、俺さまはまだ耄碌《もうろく》しちゃいねえや」

『やっぱり、あのときに読んだんですね』

「ああ。世田谷の特捜にわざわざ訪ねていってやったときにな。オメェが俺を前にして、無用心にもバッグ置きっ放しで糞なんか垂れにいくからだ」

『そっ、そんなことしてないじゃないですか。話が長くなりそうだから、コーヒーでもどうですかって、わざわざ買いにいってあげたんじゃないですか』

それもどっちでもいい。

「で、だからなんだってんだよ。倉田がどうかしたか」

『どうかって……他人の手帳からネタ盗んで、それで別の誰かを恐喝するって、一体どういう神経してるんですか。あたしの思考がどうとかいう以前に、勝俣さんのやってることはまんま犯罪じゃないですか。ほんと、今度やったら訴えますよ』

やれるもんならやってみろ。

「いいてえことはそれだけか」

『まだあります……葉山則之。あの子に変な知恵つけないでくださいね。あの子はいずれ、あたしが一課に引っぱるんですから』

何を偉そうに。

「そんなのは早い者勝ちだ。あいつは俺が引っぱる。オメェの下に置いとくのは勿体ねえ」

『そんなにノリのことが気に入ったんですか』

「ああ。あの、臆病《おくびよう》そうな目がいいな。何かに怯えてるから、いつだってアンテナがピンと張ってる。肝心なところを見逃さない緊張感がある。オメェみてえに、根拠のねえ自信で舞い上がってる高慢ちきとは大違いだ」

数秒、姫川は間を置いた。

『……ああ、たとえ勝俣さんにでも、ノリのことをそういうふうに褒めてもらえるのは、嬉しいです。ありがとうございます』

そういう、こっちの嫌味をこともなげに受け流して、あたしは大人の女なのよ、みたいな態度をとるところが特に腹立たしい。

「礼には及ばねえよ。とにかく、奴は俺が引っぱるからな」

『駄目です。ノリはうちの班に入れます。早い者勝ちならいいんですよね。もう今日にでも係長に話通して、人事に掛け合ってもらいますから』

「なんだとテメェ」

姫川は、今日自分が休みであることを知ってていっているのだろうか。

『じゃ、失礼します』

「ちょ、ちょっと待てコノヤロウ」

『いえ、もっといいたいことがあったんですけど、なんか急に気が済んじゃいました。今日はこれで勘弁してあげます』

「なんだとコラッ」

『お休みなさい』

「おいッ」

切られた。

ちくしょう。頭がカッカして、寝ろといわれてももう眠気などどこかにいってしまった。ああ、今すぐ姫川のところに飛んでいって、泣いて詫びるほど徹底的に言い負かしてやりたい。あの女が悔しがって、血が出るまで唇を嚙み締めるのを見たくて仕方ない。

ちくしょう。悔しいかな、あの女が絡むと、腹の底からエネルギーが湧いてくるのを感じずにはいられない。疲れなんて、いつの間にか吹き飛んでしまった。明日の休みなんて返上して、できることなら今すぐにでも動き出したい気分だ。

ちくしょう。姫川——。

お前《めえ》だけは、絶対に赦さねえ。

解説

中条省平《ちゅうじょうしょうへい》
（学習院大学教授）

本書『感染遊戯』は、姫川玲子《ひめかわれいこ》シリーズの第5作ですが、現在まで刊行されている他の5冊とは決定的に異なった性格をもっています。この小説では姫川玲子が主人公ではありません。つまり、いわゆる「スピン・オフ」、正統的なシリーズからの「派生作品」です。とはいえ、シリーズで人気の出た脇役をフィーチャーして一丁あがりというような安易な仕上がりではありません。そこは抜群の物語巧者たる誉田哲也のこと、いくつもの小説的仕掛けを施《ほどこ》しています。本作解説者としては、ネタバレにならないように、『感染遊戯』に仕掛けられた物語的趣向について、いくつか指摘をおこなって、この小説の読み応えを増すことができれば幸いです。

まず、『感染遊戯』は、表面的には異なった主人公が活躍する4つの中短編を集めた作品集のように見えます。しかし、最後まで読むと、それらの短編がまるでパズルのピースのように見事に結びついて、大がかりな長編小説の構図を描きだすことになります。タイトルにも「遊戯」という言葉が使われていますが、このゲーム精神、遊び心の豊かさに唸《うな》らされます。おそらく読者は本作を一度読みおえたあと、ふたたび全体を読みなおしたくなるでしょう。すると、最初は読みとばしていた細部が、全体の構図にとって必要不可欠な布石、伏線として機能していることが分かります。物語の細部に凝りに凝る、こうした小説作法の巧緻《こうち》さが誉田哲也の作家としての魅力なのです。

主人公は3人。最初の3つの短編ではその主人公が次々にリレーされ、最後の中編でこの3人が一堂に会して、それぞれの役割を果たします。その役割の連繫、視点の交替、活躍ぶりのバランスも見事です。つくづく巧い作家なのです。

主人公を3人の男に割りふったところも見逃せません。姫川玲子シリーズは基本的にひとりの主人公の活躍を描く小説であり、ほかの登場人物は脇役にすぎません。おそらく、作者はその固定化したパターンを崩したいと思ったのでしょう。姫川玲子というシリーズの中心人物を遠景に置くことで、その他大勢とされる男たちが形づくる人間模様が浮かびあがってきます。『感染遊戯』はヒロイン中心の個人的なドラマではなく、複数の異なった人物が織りあげる〈人間喜劇〉としての広がりを獲得しています。そこに本書の小説としての新味があります。

最初の主人公は勝俣健作《かつまたけんさく》、通称「ガンテツ」。姫川シリーズではおなじみ、ヒロイン玲子の「天敵」とされる悪役です。口がめっぽう悪く、仲間を平気でだし抜き、裏金のやりとりも辞さない悪徳デカ。しかし、なんと人間的な魅力にあふれていることか！　本書冒頭に登場するなり、姫川玲子に書類を見せろとシモネタがらみで迫るところなど、その下品さは、ねちねちしたいやらしさを通りこして天晴《あっぱ》れな爽快さの域に達しています。ガンテツのへらず口を読んでいるだけでうれしくなってしまいます。

しかし、このゴキブリのような刑事が姫川玲子の最上の理解者であることも忘れてはなりません。ガンテツは殺人を扱う捜査一課のなかで、姫川玲子と並んで「殺し」の狂気に感応することができる人物であり、それゆえ玲子の狂気を直感的に悟っているのです。ガンテツは姫川玲子シリーズのなかでコメディ・リリーフ的な存在に見えますが、じつは問題の本質をもっとも正確に見抜いているキーパーソンでもあるのです。

2人目の主人公は倉田修二《くらたしゅうじ》。現在は警備員ですが、元刑事で、姫川シリーズの短編「過ぎた正義」（『シンメトリー』所収）に登場していました。未成年の息子が殺人を犯したため警察を辞め、悪質な未成年犯罪者をみずからの手で処刑するという行為に踏みだした人物です。その意味で、姫川玲子が17歳の夏の夜、自分の身に襲いかかった災厄のせいで「殺し」の狂気を内に宿してしまったように、倉田もまた殺しの烙印《らくいん》を身に刻まれた人物なのです。そのことを鋭く見抜いたガンテツは、本書の第4の中編「推定有罪」で、倉田にこういいます。

「……姫川玲子って、知ってるか。お前が辞めたちょっとあとで本部に取り立てられた、殺人班の女主任なんだが［…］その女主任がな、まさに今にも、誰かを殺しちまいそうな目をしてるんだよ。ちょうど昔の、お前みてえな」

本書『感染遊戯』は、短編「過ぎた正義」の続編であり、完結編でもあります。倉田がひき起こすさらなる殺人、そして、彼が最終的にひき受ける暗い運命に読者は驚きと哀れを誘われることでしょう。

3番目の主人公は葉山則之《はやまのりゆき》です。かつて若く有能な巡査長として姫川班に所属していました。葉山は善良な若者ですが、14歳、中学2年のときに家庭教師をしてもらっていた女子大生・有田麗子が通り魔に刺殺されるのを目撃し、にもかかわらず通り魔の影に怯えて目撃者として名乗りでることができなかったという忌まわしい過去を抱えています（『ソウルケイジ』参照）。つまり、葉山は姫川玲子の男性版分身ともいうべき「殺し」のトラウマの経験者であり、運命的な「レイコ」という名前をもつ二人の女性に呪縛《じゅばく》されているのです。

葉山に関してもガンテツは鋭い嗅覚を働かせ、奇妙な共感を寄せています。おそらく葉山のもつ本質的な暗さ、好感を寄せた女性を見殺しにした罪悪感から発するオーラを感じとっているのでしょう。自分の部下にして面倒を見てやろうと珍しく美しい善意まで発揮することになるのです。それだけに、葉山をめぐって玲子とふたたび衝突する本書ラストの鞘当《さやあ》てのおかしさといったらありません。緊迫感に満ちた殺人のドラマにこうした息抜きを自然に導入できるところが、誉田哲也の小説家としての懐の深さです。

かくして、『感染遊戯』の主人公に以上3人の男たちが選ばれたことは偶然ではありません。彼らはいずれも、姫川玲子と共通する殺しの烙印を背負った、正常な人間世界から逸脱しかねないアウトサイダーです。だからこそ、殺人者たちの抱えこむ悪の精神と共感して震え、それだけにいっそう激しく自分の内にも潜む悪を憎むことになるのです。

姫川玲子シリーズにおける『感染遊戯』の特色として、もうひとつ挙げるべきは、社会派的な視線でしょう。本書には多くの殺人が描かれますが、その底に流れるのは、現代日本社会への癒《いや》しがたい憤《ふん》怒《ぬ》です。本書の底流に存する感情をひと言でいえば、ある登場人物の内心の言葉に要約されるでしょう。

「この国は、欺瞞《ぎまん》と偽善に満ちている」

その欺瞞と偽善を集約し、支配しているのが政府の官僚組織です。

製薬会社に天下りをばらまき、そのため薬害を見逃して多くの国民を死なせた厚生省。女性アルバイトや臨時職員を性的対象と見なして恥じない外務省。

国民に還元すべき700億の厚生年金を支払わず、自らの不正を正当化するように法律を書き替えてしまった厚生省と社保庁。

裏金を作り、天下りを押しつけ、パチンコ利権、駐車場利権を貪《むさぼ》る警察。

自分たちのための宿泊施設を建設しつづけ、そこに天下りの理事、職員を送りこんだ郵政省。

農業用水の名目でダム建設を押し進め、結局必要なかったダムのために多くの村を水底に沈めてきた農林省……。

スキャンダルが起こるたびに大臣や責任者の首が飛ぶことはあっても、肝心の官僚組織は無傷で存続し、自民党政権が民主党政権に代わっても何も変わらず、またしても元の自民党政権に戻ってしまいました。国民の憤懣《ふんまん》は来るべき東京オリンピックのから騒ぎでうやむやにされてしまうのでしょうか。

そんな状況のなか、作者はネット時代に可能な新たなテロのかたちを示唆《しさ》しています。本書でいちばん恐ろしいのは、犯される個々の殺人のかたちではなく、新時代のテロのかたちに私たち読者が思わず知らず共感を抱いてしまうことです。その意味で、誉田哲也は殺人をめぐるエンタテインメントを紡《つむ》ぎだすだけでなく、殺人やテロを欲する時代の空気を敏感に捕捉して、ここに生々しく提示しているのです。

二〇一一年三月　光文社刊

光文社文庫

感《かん》染《せん》遊《ゆう》戯《ぎ》

著者　誉《ほん》田《だ》哲《てつ》也《や》

2013年11月20日　初版1刷発行
2023年12月5日　9刷発行

発行者　三宅貴久
印刷　萩原印刷
製本　ナショナル製本

発行所　株式会社　光文社
〒112-8011　東京都文京区音羽1-16-6
電話　(03)5395-8149　編集部
8116　書籍販売部
8125　業務部

落丁本・乱丁本は業務部にご連絡くだされば、お取替えいたします。
ISBN978-4-334-76648-1　Printed in Japan

組版　萩原印刷

姫川玲子シリーズ 好評既刊

ストロベリーナイト

溜め池近くの植え込みから、ビニールシートに包まれた男の惨殺死体が発見された！　警視庁捜査一課の警部補・姫《ひめ》川《かわ》玲《れい》子《こ》は、これが単独の殺人事件で終わらないことに気づく。捜査で浮上した謎の言葉「ストロベリーナイト」が意味するものは？　クセ者揃いの刑事たちとともに悪戦苦闘の末、辿り着いたのは、あまりにも衝撃的な事実だった。超人気シリーズの第一弾！

ソウルケイジ

多摩川土手に放置された車両から、血《ち》塗《まみ》れの左手首が発見された！　近くの工務店のガレージが血の海になっており、手首は工務店の主人のものと判明。死体なき殺人事件として捜査が開始された。遺体はどこに？　なぜ手首だけが残されていたのか？　姫川玲子ら捜査一課の刑事たちが捜査を進める中、驚くべき事実が次々と浮かび上がる——。大ヒットシリーズ第二弾！

光文社文庫